GUILLAUME MUSSO

Né en 1974, Guillaume Musso, passionné de littérature depuis l'enfance, commence à écrire alors qu'il est étudiant. Paru en 2004, son roman *Et après...* est vendu à près de deux millions d'exemplaires. Cette incroyable rencontre avec les lecteurs, confirmée par l'immense succès de tous ses romans ultérieurs, *Sauve-moi*, *Seras-tu là ?*, *Parce que je t'aime*, *Je reviens te chercher* et *Que serais-je sans toi ?*, fait de lui un des auteurs français favoris du grand public, traduit dans le monde entier, et plusieurs fois adapté au cinéma.

Après *La fille de papier*, paru en 2010, son dernier roman *L'appel de l'ange* a paru en 2011, chez XO Éditions.

Retrouvez toute l'actualité de l'auteur sur :
www.guillaumemusso.com

PARCE QUE JE T'AIME

GUILLAUME MUSSO

PARCE QUE
JE T'AIME

XO
EDITIONS

© XO Éditions, 2007
ISBN : 978-2-266-21074-4

*Il n'y a rien de mieux qu'un roman
pour faire comprendre
que la réalité est mal faite,
qu'elle n'est pas suffisante
pour satisfaire les désirs,
les appétits, les rêves humains.*

Mario Vargas Llosa

Avant de commencer, un message de l'auteur :
Pour préserver la surprise, ne révélez pas la fin
de ce livre à vos amis !

1

La nuit
où tout commença

Nous devons nous y habituer :
aux plus importantes croisées
des chemins de notre vie, il n'y a
pas de signalisation.
Ernest HEMINGWAY

Décembre 2006

C'est le soir de Noël, au cœur de Manhattan…

La neige tombe sans relâche depuis le matin.
Engourdie par le froid, la « ville qui ne dort jamais »
semble tourner au ralenti, malgré une débauche d'illu-
minations.

Pour un soir de réveillon, la circulation est étonnam-
ment fluide, la couche de poudreuse et les épaisses
congères rendant difficile le moindre déplacement.

À l'angle de Madison Avenue et de la 36e Rue, les limousines se succèdent pourtant à un rythme soutenu. Elles déversent leurs occupants sur le parvis d'une belle demeure de style Renaissance, siège de la Morgan Library, l'une des plus prestigieuses fondations culturelles de New York, qui fête aujourd'hui son centenaire.

Sur le grand escalier, c'est un tourbillon de smokings, de robes somptueuses, de fourrures et de bijoux. La foule converge vers un pavillon de verre et d'acier qui prolonge le bâtiment pour l'ancrer de façon harmonieuse dans le XXIe siècle. Au dernier étage, un long corridor mène à une vaste pièce où, derrière des vitrines, sont exposés quelques-uns des trésors de l'institution : une bible de Gutenberg, des manuscrits enluminés du Moyen Âge, des dessins de Rembrandt, Léonard de Vinci et Van Gogh, des lettres de Voltaire et d'Einstein, et même un bout de nappe en papier sur lequel Bob Dylan a écrit les paroles de *Blowin' in the Wind*.

Progressivement, le silence se fait, les retardataires gagnent leur siège. Ce soir, une partie de la salle de lecture a été spécialement aménagée pour permettre à quelques privilégiés d'entendre la violoniste Nicole Hathaway interpréter des sonates de Mozart et de Brahms.

La musicienne entre en scène sous les applaudissements. C'est une jeune femme d'une trentaine d'années, à l'allure chic et sage. Son chignon à la Grace Kelly lui donne des airs d'héroïne hitchcockienne. Acclamée sur les scènes internationales, elle a joué avec les plus grands orchestres et, dès son premier disque enregistré lorsqu'elle avait seize ans, reçu d'innombrables récompenses. Cinq ans plus tôt, un drame a dévasté sa vie. La presse et la télévision s'en sont fait largement l'écho et, depuis, sa notoriété a dépassé le cercle des seuls mélomanes.

Nicole salue son public et place son instrument. Sa beauté classique s'accorde parfaitement à l'élégante demeure patricienne, comme si la violoniste prenait naturellement sa place parmi les gravures antiques et les manuscrits de la Renaissance. D'une attaque franche et profonde, son archet trouve immédiatement le dialogue avec les cordes et le maintiendra pendant toute la durée de la prestation.

Dehors, la neige continue à tomber dans la nuit froide. Mais ici, tout n'est que confort, luxe et raffinement.

★

À moins de cinq cents mètres de là, non loin de la station de métro de Grand Central, une plaque d'égout se soulève lentement, laissant émerger une tête hirsute, au regard vide, au visage abîmé par les coups...

Après avoir libéré le labrador au poil noir qu'il portait dans ses bras, un homme se hisse avec difficulté sur le trottoir enneigé. Il traverse la rue, zigzagant sur la chaussée et manquant de se faire écraser au milieu d'un concert de klaxons.

Maigre et affaibli, le SDF porte un manteau sale et élimé. Lorsqu'il croise des passants, ceux-ci pressent le pas et, instinctivement, s'écartent.

C'est normal. Il sait qu'il fait peur, qu'il sent la crasse, la pisse et la sueur.

Il n'a que trente-cinq ans, mais en paraît cinquante. Autrefois, il a eu un travail, une femme, un enfant et une maison. Mais c'était il y a longtemps. Aujourd'hui, il n'est plus qu'une ombre errante, un fantôme enveloppé de chiffons qui marmonne des propos incohérents.

Il tient difficilement debout, se traîne plus qu'il ne marche, vacille.

Quel jour sommes-nous ? Quelle heure ? Quel mois ?

Il ne sait plus. Dans sa tête, tout se mélange. Devant ses yeux, les lumières de la ville semblent se diluer. Les flocons glacés portés par le vent lacèrent son visage comme des coups de cutter. Ses pieds sont gelés, son estomac douloureux, ses os prêts à se rompre.

Deux ans déjà qu'il a quitté la société des hommes pour se terrer dans les entrailles de la ville. Comme des milliers d'autres SDF, il a trouvé asile dans les boyaux du métro, des égouts et du système ferroviaire. Que les honnêtes citoyens et les touristes se rassurent : la politique de tolérance zéro prônée par la municipalité a porté ses fruits, nettoyant consciencieusement Manhattan en surface. Mais sous les gratte-ciel flamboyants vibre une ville parallèle : un New York d'épaves humaines qui irriguent un vaste réseau de tunnels, de niches et de cavités. Des milliers d'« hommes-taupes », rejetés dans les bas-fonds, fuient la répression policière, coincés dans des tunnels crasseux au milieu des rats et des excréments.

C'est ainsi.

L'homme fouille dans sa poche pour en sortir une bouteille de mauvais alcool. Bien sûr qu'il boit. Comment faire autrement ?

Une rasade, puis encore une autre.

Pour oublier le froid, la peur, la saleté.

Pour oublier sa vie d'avant.

★

Dernier coup d'archet de Nicole Hathaway. Le temps de deux mesures, un silence recueilli plane au-dessus de l'assistance. Ce fameux silence qui suit du Mozart, censé être encore du Mozart, est bientôt chassé par des applaudissements nourris.

La violoniste incline la tête, accepte un bouquet de fleurs puis traverse la pièce pour recevoir des congratulations sans fin. Les invités ont beau être enthousiastes, Nicole sait bien que sa prestation n'a pas été grandiose. Elle a joué ces sonates avec une technique parfaite, une pureté de laser et beaucoup de vigueur.

Mais pas avec ses tripes.

Absente, elle serre mécaniquement quelques mains, trempe ses lèvres dans une coupe de champagne et, déjà, cherche à s'éclipser.

— Tu veux qu'on rentre, chérie ?

Elle se tourne lentement vers cette voix rassurante. Eriq, son compagnon, se tient devant elle, un verre de Martini à la main. Cet avocat d'affaires partage plus ou moins sa vie depuis quelques mois. Toujours prévenant, il a su être là pour elle à un moment où elle en avait besoin.

— Oui. J'ai la tête qui tourne. Ramène-moi à la maison.

Anticipant sa réponse, il s'est déjà précipité au vestiaire et lui tend un manteau de flanelle grise qu'elle enfile avant de resserrer son col.

Après un rapide adieu à leurs hôtes, ils descendent l'imposant escalier de marbre, tandis qu'à l'étage la fête commence à peine à battre son plein.

— Je t'appelle un taxi, propose Eriq en arrivant dans le hall d'entrée. Je vais récupérer ma voiture au bureau et je te rejoins.

— Je t'accompagne, il y en a à peine pour cinq minutes.

— Tu plaisantes ! Il fait un temps de chien.

— J'ai besoin de marcher et de respirer un peu d'air frais.

— Mais ça peut être dangereux !

— Depuis quand c'est dangereux de faire trois cents mètres à pied ? Et puis tu es là.

— Comme tu voudras.

Ils sortent sur le trottoir en silence et regagnent la Cinquième Avenue en marchant d'un pas vif dans le froid mordant. La circulation est toujours aussi réduite ; la neige continue à s'entasser sur la ville en flocons lourds et silencieux.

À présent, la voiture n'est plus qu'à cent mètres, juste derrière Bryant Park. Pendant les beaux jours, cet endroit offre une agréable enclave de verdure, idéale pour une escale au soleil, un pique-nique ou une partie d'échecs près de la fontaine. Mais ce soir l'endroit est sinistre, plongé dans le noir, désert…

— TON FRIC !

Nicole pousse un cri bref.

Une lame vient de jaillir devant ses yeux, brillante comme un éclair.

— TON FRIC, JE TE DIS ! ordonne le type au couteau.

C'est un homme sans âge, tout en épaisseur et en puissance. Son crâne rasé émerge d'un coupe-vent sombre qui lui descend jusqu'aux genoux. Son visage, troué de deux yeux minuscules animés d'une lueur démente, est fendu dans toute sa longueur par une cicatrice boursouflée.

— PLUS VITE !

— OK ! OK ! capitule Eriq en sortant son portefeuille et en tendant de lui-même sa Breitling et son téléphone portable.

L'homme s'en empare puis se rapproche de Nicole pour lui arracher son sac et l'étui de son violon.

La musicienne tente de cacher son anxiété, mais elle est incapable d'affronter le regard de son agresseur et ne peut faire autrement que de fermer les yeux. Tandis qu'une main lui arrache son collier de perles, elle se récite mentalement l'alphabet à l'envers. Très vite. Comme elle le faisait enfant, pour dominer ses peurs.

Z Y X W V U…

C'est tout ce qu'elle a trouvé pour fixer son attention sur quelque chose, en attendant que ce moment ne soit plus qu'un mauvais souvenir.

T S R Q P O…

Il va partir, il a eu ce qu'il voulait : de l'argent, un portable, des bijoux…

N M L K J I H…

Il va partir. Nous tuer ne l'avancerait à rien.

G F E D C B A…

Mais, lorsqu'elle ouvre les yeux, l'homme est toujours là, et il arme son bras dans l'intention de lui porter un coup de couteau.

Eriq a vu le coup partir, mais il est tétanisé par la peur et n'a pas esquissé le moindre geste pour la protéger.

Pourquoi n'est-elle pas surprise par son comportement ?

De toute façon, elle n'a plus le temps de bouger. Spectatrice impuissante, elle regarde, hypnotisée, la lame qui va lui trancher la gorge.

Ça n'aura donc été que ça, sa vie ? Un début prometteur, un milieu lumineux suivi d'une descente aux enfers puis d'une fin sordide qui arrive sans crier gare. Avec cette sensation cruelle d'être l'héroïne d'une histoire inachevée…

C'est bizarre. On dit parfois qu'au moment de mourir, on revoit en accéléré les moments importants de notre existence. Nicole, elle, ne visualise qu'une scène : une plage qui s'étend à perte de vue, déserte, à l'exception de deux personnes qui agitent joyeusement la main dans sa direction. Elle voit distinctement leurs visages. Le premier est celui du seul homme qu'elle ait jamais aimé et qu'elle n'a pas su retenir. Le second est celui de sa fille qu'elle n'a pas su protéger.

★

Je suis morte.
Non. Pas encore. Pourquoi ?
Quelqu'un vient de surgir de nulle part.
Un SDF.
Nicole pense d'abord à une nouvelle attaque, avant de comprendre que ce nouveau venu tente de la sauver. De fait, c'est lui qui, au dernier moment, se prend le coup de couteau dans l'épaule. Malgré cette blessure, il se relève prestement, se précipite avec hargne sur l'agresseur, parvient à le désarmer et à lui faire lâcher son butin. S'ensuit un combat à poings nus, violent et indécis. Sa moindre corpulence n'empêche pas le SDF de prendre le dessus. Aidé par son chien, un labrador de couleur sombre, il réussit finalement à mettre en fuite son opposant.

Mais sa victoire a laissé des traces. À bout de forces, il s'écroule dans la neige, le visage sur le trottoir gelé.

Déjà, Nicole se précipite vers lui, perdant au passage l'un de ses escarpins vernis.

Elle est là, à genoux sur le givre, au chevet de cet homme qui vient de lui sauver la vie. Elle remarque les traces de sang dans la neige. Pourquoi ce SDF a-t-il pris des risques pour elle ?

— On va lui donner vingt dollars pour le remercier, propose maladroitement Eriq en ramassant son portefeuille et son portable dans la poudreuse.

À présent que le danger est écarté, l'avocat a retrouvé sa superbe.

Nicole le dévisage avec mépris.

— Tu ne vois pas qu'il est blessé ?

— Dans ce cas, j'appelle la police.

— Ce n'est pas la police qu'il faut appeler, c'est une ambulance !

Avec difficulté, elle parvient à mettre l'inconnu sur le dos. Elle pose sa main sur son épaule qui saigne abondamment, puis elle regarde son visage, mangé par une barbe fournie.

D'abord, elle ne le reconnaît pas, jusqu'à ce qu'elle voie ses yeux, fiévreux, qui la regardent fixement.

Alors, quelque chose se brise en elle. Une vague de chaleur inonde tout son être. Elle ne sait pas encore si c'est de la douleur ou du soulagement. Une brûlure ou un espoir qui a surgi dans la nuit.

Elle se penche vers lui, rapproche son visage du sien comme pour le protéger du tourbillon de neige qui les enveloppe.

— Qu'est-ce que tu fais ? s'inquiète Eriq.

— Raccroche ton téléphone et va chercher ta voiture, lui ordonne-t-elle en se redressant.

— Pourquoi ?

— Cet homme… je le connais.

— Comment ça, tu le connais ?

— Aide-moi à le transporter jusqu'à chez moi, demande-t-elle sans répondre à sa question.

Eriq secoue la tête, puis, dans un soupir :

— Putain, mais c'est qui ce mec ?

Les yeux dans le vague, Nicole laisse passer un long moment avant de murmurer :

— C'est Mark, mon mari.

2

La disparue

Nous ne sommes jamais aussi mal protégés contre la souffrance que lorsque nous aimons.

FREUD

Brooklyn, de l'autre côté du fleuve, dans le confort douillet d'une petite maison victorienne ornée de tourelles et de gargouilles…

Un feu nourri crépitait dans la cheminée.

Toujours inconscient, Mark Hathaway était allongé sur le canapé du salon, une épaisse couverture enroulée autour des jambes. Penchée sur son épaule, le Dr Susan Kingston terminait de lui poser des points de suture.

— La blessure est superficielle, expliqua-t-elle à Nicole en retirant ses gants. C'est plutôt l'état de santé général de Mark qui m'inquiète : il a une sale bronchite et son corps est couvert d'hématomes et d'engelures.

19

Un peu plus tôt dans la soirée, alors qu'elle dégustait en famille le traditionnel *Christmas pudding*, Susan avait reçu un appel de sa voisine, Nicole Hathaway, la suppliant de venir soigner son mari blessé.

Malgré sa surprise, elle n'avait pas hésité une seconde. Son époux et elle connaissaient bien Mark et Nicole. Avant le drame, survenu cinq ans auparavant, les deux couples avaient sympathisé et sortaient souvent ensemble, expérimentant un à un les restaurants italiens de Park Slope, chinant chez les antiquaires de Brooklyn Height et courant le week-end sur les immenses pelouses de Prospect Park.

Aujourd'hui, cette époque paraissait lointaine, presque irréelle.

Les yeux fixés sur Mark, Susan ne pouvait s'empêcher d'éprouver une terrible impression de gâchis.

— Tu savais qu'il vivait dans la rue ?

Nicole secoua la tête, incapable de parler.

Un matin, deux ans plus tôt, son mari lui avait dit qu'il partait, qu'il n'arrivait plus à vivre « comme ça », qu'il n'en avait plus la force. Elle avait *tout* fait pour le retenir, mais parfois *tout* n'est pas suffisant. Depuis, elle n'avait plus eu de ses nouvelles.

— Je lui ai donné une dose de calmants ainsi que des antibiotiques, précisa Susan en rangeant ses affaires.

Nicole la raccompagna jusqu'à la porte.

— Je repasserai demain matin, promit Susan, mais…

Elle s'arrêta au milieu de sa phrase, à la fois honteuse et terrifiée par ce qu'elle allait dire :

— … ne le laisse pas repartir dans cet état, termina-t-elle, sinon… il en mourra.

★

— Alors ?

— Alors quoi ?

— Qu'est-ce qu'on en fait ? demanda Eriq. De ton mari ?

Un verre de whisky à la main, l'avocat faisait les cent pas dans la cuisine.

Nicole le regarda avec un mélange de lassitude et de dégoût. Que faisait-elle avec ce type depuis près d'un an ? Comment l'avait-elle laissé entrer dans sa vie ? Pourquoi s'était-elle raccrochée à lui ?

— Va-t'en, s'il te plaît, murmura-t-elle.

Eriq secoua la tête.

— Il est hors de question que je t'abandonne dans un moment pareil.

— Lorsque j'avais un couteau sous la gorge, ça ne t'a pas gêné de m'abandonner !

Il se figea, mortifié, et il lui fallut plusieurs secondes avant de tenter une justification :

— Mais je n'ai pas eu le temps de… commença-t-il sans parvenir à achever sa phrase.

— Va-t'en, répéta simplement Nicole.

— Si c'est vraiment ce que tu veux… Mais je t'appellerai demain, ajouta-t-il avant de s'éclipser.

Soulagée de s'être débarrassée d'Eriq, Nicole retourna dans le salon. Elle éteignit toutes les lampes et, sans faire de bruit, rapprocha un fauteuil du canapé pour être au plus près de Mark.

La pièce n'était plus éclairée que par la lueur orangée des braises de la cheminée et baignait maintenant dans une atmosphère paisible.

Épuisée et désorientée, Nicole posa sa main sur celle de son mari et ferma les yeux. Ils avaient été si heureux dans cette maison ! Ils étaient fous de joie le jour où ils l'avaient dénichée. C'était l'un de ces *brownstones* construits à la fin du XIXe siècle, avec une façade de pierres brunes et un joli jardin. Ils en avaient fait l'acquisition dix ans plus tôt, juste avant la naissance de leur enfant qu'ils voulaient élever loin de la frénésie de Manhattan.

Sur les étagères de la bibliothèque, quelques photos encadrées rappelaient les jours heureux. D'abord, un homme et une femme main dans la main, regards complices et gestes tendres. Vacances romantiques à Hawaii et traversée aventureuse du Grand Canyon à moto. Puis la photo d'une échographie et, quelques mois plus tard, celle d'un bébé à la bouille ronde qui fête son premier Noël. Sur les derniers clichés, le bébé est devenu une petite fille qui a perdu ses premières dents. Elle pose fièrement devant les girafes du zoo du Bronx, réajuste son bonnet sous la neige du Montana et présente à l'objectif ses deux poissons-clowns, Ernesto et Cappuccino.

Le parfum des jours heureux disparus à jamais…

Mark toussa dans son sommeil. Nicole fut parcourue d'un frisson. L'homme qui dormait dans le canapé n'avait plus rien à voir avec celui qu'elle avait épousé. Seuls ses diplômes et les récompenses qui tapissaient le mur comme des trophées témoignaient que Mark avait été un jeune psychologue renommé. En tant que spécialiste de la résilience, la FAA et le FBI faisaient appel à lui lors des catastrophes aériennes et des prises d'otages. Après le 11 Septembre, il avait participé à la cellule psychologique mise en place pour suivre les familles des victimes ainsi que ceux des employés du World Trade Center qui avaient échappé à la catastrophe. Car on ne sort jamais indemne d'un tel drame. Une partie de nous-même reste pour toujours prisonnière des cris, des flammes et du sang. Vous n'êtes peut-être pas mort mais vous vous sentez sali, rongé par un sentiment de culpabilité, dévoré par une angoisse sourde et traversé par une question lancinante qui ne connaîtra jamais de réponse : pourquoi avez-vous survécu, vous, et pas les autres ? Vous, et pas votre enfant, votre femme, vos parents…

Parallèlement à son travail de psychologue, Mark avait consigné ses expériences dans des revues de vulgarisation à gros tirage. À travers ses articles, il s'était attaché à faire connaître les thérapies nouvelles – jeux de rôle, hypnose… – sur lesquelles il travaillait en précurseur avec son associé et ami d'enfance, Connor McCoy. De fil en aiguille, Mark était devenu un psy à la mode que l'on voyait souvent sur les plateaux de télévision et cette soudaine notoriété les avait propulsés, lui et Nicole, sur le devant de la scène médiatique. Dans son numéro sur les couples les plus en vue de New York, le prestigieux *Vanity Fair* leur avait consacré un article de quatre pages avec photos glamour à l'appui. Une consécration.

Mais ce conte de fées sur papier glacé avait volé en éclats du jour au lendemain. Un après-midi de mars, Layla, leur petite fille de cinq ans, avait disparu dans un centre commercial d'Orange County, au sud de Los Angeles. La dernière fois qu'on l'avait aperçue, elle regardait des jouets devant la vitrine d'un Disney Store. Sa nounou, une jeune fille au pair australienne, l'avait laissée seule quelques minutes. Juste le temps d'essayer un jean soldé dans la boutique Diesel d'à côté…

Combien de temps s'était écoulé avant qu'elle s'aperçoive de sa disparition ? « *Pas plus de cinq minutes* », avait assuré la nounou aux enquêteurs. Autant dire une éternité. Tout peut arriver en cinq minutes.

On sait que les premières heures qui suivent une disparition d'enfant sont cruciales. C'est là qu'on a le plus de chances de le retrouver vivant. Passé quarante-huit heures, les probabilités chutent dangereusement.

Il pleuvait à torrent, ce 23 mars. Bien que la disparition ait eu lieu en pleine journée et dans un endroit bondé, les enquêteurs avaient eu du mal à récolter des témoignages crédibles. L'exploitation des bandes vidéo de surveillance n'avait rien donné, pas plus que l'interrogatoire de la nounou, coupable de défaut de surveillance, mais pas d'enlèvement d'enfant.

Alors, les jours avaient défilé...

Pendant plusieurs semaines, plus de cent policiers aidés de chiens renifleurs et d'hélicoptères avaient passé la région au peigne fin. Mais en dépit des efforts déployés par le FBI, aucune piste concrète n'avait permis de localiser la gamine.

... puis les mois...

L'absence d'indices déroutait la police. Il n'y avait eu aucune demande de rançon, aucune piste crédible. Rien.

... et les années...

Depuis cinq ans, la photo de Layla restait affichée dans les gares, les aéroports et les bureaux de poste, à côté de celles d'autres enfants disparus.

Mais Layla était introuvable.

Évaporée.

★

Pour Mark, la vie s'était arrêtée, ce 23 mars 2002.

La disparition de sa fille l'avait plongé dans une détresse absolue. Ravagé par un séisme intérieur fait de douleur et de culpabilité, il s'était coupé de son métier, de sa femme, de son ami.

Les premiers mois, il avait engagé les meilleurs détectives privés pour reprendre l'enquête dans les moindres détails.

Sans résultats.

Alors, il s'était lui-même lancé dans de vaines investigations.

Cette quête, vouée à l'échec, avait duré trois ans. Puis Mark avait disparu à son tour, ne donnant plus aucune nouvelle, ni à sa femme ni à Connor.

Nicole n'avait pas connu la même dérive.

Au début, son désespoir s'était doublé d'une culpabilité particulière : c'est elle qui avait insisté pour que Layla l'accompagne à Los Angeles où elle donnait une série de récitals ; elle qui avait recruté la nounou par qui le drame était arrivé. Pour faire face au pire, elle n'avait pas trouvé d'autre parade que l'hyperactivité, enchaînant les concerts et les enregistrements, acceptant même d'évoquer son drame dans les journaux ou à la télé, victime consentante d'un voyeurisme malsain.

Certains jours pourtant, la douleur devenait intolérable. Lorsqu'elle ne pouvait plus lutter contre ses idées morbides, Nicole louait une chambre d'hôtel et se calfeutrait sous les couvertures comme en état d'hibernation.

Chacun survit comme il peut…

*

Soudain, une bûche craqua dans la cheminée. Mark fit un mouvement brusque et ouvrit les yeux. Il se redressa brutalement et, pendant quelques secondes, se demanda où il était et ce qui lui était arrivé.

En voyant le visage de Nicole, ses idées se remirent en place lentement.

— Tu es blessée ? demanda-t-il à sa femme.

— Non, grâce à toi.

Un instant, il sembla retomber dans sa torpeur avant de se lever d'un bond.

— Reste couché, je t'en supplie, tu dois te reposer !

Comme s'il ne l'entendait pas, il fit quelques pas vers la baie vitrée. Derrière la paroi de verre, la rue brillait, blanche et silencieuse.

— Où sont mes vêtements ?

— Je les ai jetés, Mark, ils étaient sales.

— Et mon chien ?

— Je l'ai ramené ici avec toi, mais… il s'est enfui.

— Je m'en vais, cria-t-il en titubant vers la porte.

Elle se mit devant lui, l'empêchant d'avancer.

— Écoute, il fait nuit, tu es blessé, épuisé… On ne s'est pas vus depuis deux ans. Il faut qu'on discute.

Elle tendit le bras vers lui, mais il la repoussa. Elle s'accrocha et il se débattit, heurtant au passage les étagères. Un cadre tomba sur le sol dans un bruit de verre brisé.

Mark le ramassa et le remit en place. Son œil tomba sur la photo de sa fille. Les yeux verts et rieurs, le sourire aux lèvres, elle respirait le bonheur et la joie de vivre.

Alors, quelque chose se brisa en lui et il s'écroula en sanglots, le dos face au mur. À son tour, Nicole se blottit contre sa poitrine et ils restèrent longtemps ainsi, prostrés dans les bras l'un de l'autre, partageant la même détresse, peau douce contre peau rugueuse, l'odeur subtile d'essence de Guerlain se mêlant à la puanteur de ceux qui vivent dans la rue.

★

En tenant son mari par la main, Nicole le guida vers la salle de bains et ouvrit pour lui le jet de la douche avant de s'éclipser. Enivré par l'odeur entêtante du shampoing, Mark resta près d'une demi-heure sous l'averse domestique, brûlante et régénératrice. Dégoulinant, il s'emmitoufla dans une grande serviette avant de sortir dans le couloir, laissant des flaques d'eau partout sur le parquet ciré. Il ouvrit ce qui avait été sa penderie et constata que ses habits étaient toujours là. Il n'accorda aucun regard à ses anciens costumes – Armani, Boss, Zegna… –, vestiges d'une vie qui n'était plus la sienne, se contentant d'enfiler un caleçon, un jean à toile épaisse, un tee-shirt à manches longues et un gros pull.

Il descendit l'escalier pour rejoindre Nicole à la cuisine.

Alliage de bois, de verre et de métal, celle-ci jouait sur des effets de transparence. Un large plan de travail aux lignes épurées courait le long du mur, tandis qu'un îlot central bien équipé invitait à se mettre aux fourneaux. Des années plus tôt, cette pièce avait résonné de l'ambiance joyeuse de petits déjeuners pris en famille, de goûters aux pancakes et de dîners en amoureux. Mais il y avait bien longtemps que plus personne n'avait réellement cuisiné ici.

— Je t'ai préparé une omelette et des tranches de pain grillé, annonça Nicole en versant du café fumant dans un mug.

Mark s'assit devant son assiette puis se leva presque aussitôt. Ses mains commençaient à trembler. Avant de toucher à la nourriture, il fallait qu'il boive. De l'alcool.

Sous le regard éberlué de Nicole, il déboucha fébrilement la première bouteille de vin qui tomba sous sa main et en vida la moitié en deux longues gorgées. Momentanément apaisé, il absorba son repas en gardant le silence jusqu'à ce que Nicole ose enfin lui demander :

— Où étais-tu, Mark ?

— Dans la salle de bains, répondit-il sans la regarder.

— Non, où étais-tu pendant ces deux ans ?

— En bas.

— En bas ?

— Dans les tunnels du métro, dans les égouts, dans les boyaux des canalisations, avec les sans-abri.

Les larmes aux yeux, sa femme secoua la tête en signe d'incompréhension.

— Mais pourquoi ?

— Tu sais très bien pourquoi, dit-il en élevant la voix.

Nicole s'approcha de lui pour lui prendre la main.

— Mais tu as une femme, Mark, un métier, des amis…

Il retira sa main et se leva de table.

— Fous-moi la paix !

— Explique-moi une chose, cria-t-elle pour le retenir, qu'est-ce que ça t'apporte de vivre comme un clodo ?

Il la regarda intensément.

— Je vis comme ça parce que je ne peux pas vivre autrement. Toi tu peux, moi je ne peux pas.

— Ne cherche pas à me culpabiliser, Mark.

— Je ne te reproche rien. Refais ta vie, si ça te chante. Moi, c'est une douleur que je ne peux pas surmonter.

— Tu es psy, Mark. Tu as aidé des gens à surmonter toutes sortes de catastrophes.

— Cette douleur, je ne veux pas la surmonter, car c'est la seule chose qui me retient en vie. C'est tout ce qui me reste d'elle, tu comprends ? Il ne se passe pas une minute sans que je pense à elle, sans que je me demande ce qu'a pu lui faire son ravisseur, sans que je me demande où elle peut bien être en ce moment.

— Elle est morte, Mark, laissa tomber Nicole froidement.

Ce fut plus qu'il n'en pouvait supporter. Mark leva la main vers elle, l'attrapant à la gorge comme s'il allait l'étrangler.

— Comment peux-tu dire une chose pareille ?

— Ça fait cinq ans, Mark ! hurla-t-elle en se dégageant. Cinq ans sans le moindre indice, cinq ans sans aucune demande de rançon !

— Il reste toujours une chance...

— Non, Mark, c'est fini. Il n'y a plus d'espoir raisonnable. Elle ne va pas réapparaître du jour au lendemain. Ça n'arrive jamais, tu comprends, JAMAIS !

— Tais-toi !

— Si l'on retrouve quelque chose, ce sera son cadavre, rien de plus.

— NON !

— Si ! Et ne crois pas être le seul à en souffrir. Qu'est-ce que je devrais dire, moi qui, en plus d'une fille, ai aussi perdu un mari ?

Sans répondre, Mark sortit précipitamment de la cuisine. Nicole le suivit, bien décidée à le pousser dans ses retranchements :

— Tu n'as jamais pensé que nous pourrions avoir d'autres enfants ? Tu ne t'es jamais dit qu'avec le temps, la vie pourrait renaître dans cette maison ?

— Avant d'avoir d'autres enfants, je veux retrouver ma fille.

— Laisse-moi appeler Connor. Il te cherche partout depuis deux ans. Il peut t'aider à remonter la pente.

— Je ne veux pas remonter la pente. Ma fille souffre et je veux souffrir avec elle.

— Si tu persistes à vivre dehors, tu mourras ! C'est ça que tu veux ? Alors, vas-y ! Mets-toi une balle dans la tête !

— Je ne veux pas mourir, car je veux être là le jour où on la retrouvera.

Nicole avait besoin d'aide. Elle prit son portable et composa le numéro de Connor.

Décroche, Connor, décroche !

Quelque part dans la nuit, plusieurs sonneries retentirent dans le vide. Nicole comprit que Connor ne répondrait pas et qu'elle avait perdu le combat. Seule, elle ne parviendrait pas à retenir son mari.

Dans le salon, Mark se recoucha sur le canapé et dormit encore quelques heures.

Il se leva avec le jour, attrapa un sac de sport dans la penderie pour y glisser une couverture, un coupe-vent, des paquets de biscuits et plusieurs bouteilles d'alcool.

Nicole compléta ce paquetage avec un téléphone portable, une batterie et un chargeur.

— Si tu décidais d'appeler Connor, ou si je cherche à te joindre…

Lorsque Mark poussa la porte de la maison, la neige avait cessé et les premières lumières du jour coloraient la ville de reflets bleutés.

Dès que Mark eut posé un pied sur le manteau neigeux, le labrador noir apparut comme par magie de derrière une poubelle en laissant échapper un jappement. Mark lui grattouilla la tête avec reconnaissance. Il souffla dans ses mains pour les réchauffer, posa son sac sur l'épaule et prit la direction du Brooklyn Bridge.

Sur le seuil de la porte, Nicole regardait l'homme de sa vie qui s'éloignait dans le matin. Alors, elle se planta au milieu de la rue, pour lui crier :

— J'ai besoin de toi !

Comme un boxeur sonné, il se retourna à une dizaine de mètres devant elle et eut un léger mouvement pour écarter les bras comme s'il cherchait à dire qu'il était désolé.

Puis il disparut au coin de la rue.

3

Quelqu'un qui me ressemble

La vie est un collier de peurs.
BJÖRK

*La fille qui rêvait d'un bidon
d'essence et d'une allumette.*
Titre d'un roman de Stieg
LARSSON

Le cabinet du Dr Connor McCoy était installé dans l'une des tours de verre du prestigieux Time Warner Center, à l'extrémité ouest de Central Park.

Connor en était très fier car il avait été conçu pour que les patients s'y sentent bien et y reçoivent les meilleurs soins. Grâce au bouche-à-oreille, sa clientèle n'avait cessé de grandir, même si ses méthodes peu orthodoxes n'étaient pas du goût de tous ses confrères.

En cette nuit de Noël, Connor était encore à son bureau, plongé dans le dossier médical d'un malade. Il écrasa un bâillement et jeta un coup d'œil à sa montre.

Une heure et demie du matin.

De toute façon, personne ne l'attendait. Connor ne vivait que pour son métier et n'avait ni compagne ni famille. Il avait fondé son premier cabinet avec Mark Hathaway, l'ami d'enfance avec qui il partageait une même passion pour la psychologie. Tous deux avaient été élevés dans un quartier difficile de Chicago. Tous deux avaient connu la souffrance de près avant de consacrer leur carrière et leur énergie à mettre au point différentes formes de thérapies. Leur réussite avait été fulgurante jusqu'au drame qui avait frappé Mark. Connor l'avait soutenu du mieux qu'il l'avait pu, reprenant avec lui l'enquête sur la disparition de sa fille lorsque la police avait baissé les bras. Mais son aide n'avait pas été suffisante : Mark avait disparu à son tour, brisé par le chagrin. La fuite de son associé avait plongé Connor dans un profond désarroi. Il avait non seulement perdu son meilleur ami, mais connu, par la même occasion, son plus gros échec professionnel.

Pour chasser les mauvais souvenirs, Connor se leva de son fauteuil et se servit un fond de pur malt.

Joyeux Noël, lança-t-il en soulevant son verre en direction de son reflet dans le miroir.

Cernée de panneaux de verre, la pièce baignait dans une lumière irréelle et offrait une vue vertigineuse sur le parc. Ici, tout était sobre et dépouillé. Sur une étagère métallique, deux sculptures à la Giacometti semblaient s'élever dans l'espace tandis qu'au mur, une peinture monochrome de Robert Ryman laissait perplexes ceux qui n'y voyaient qu'un carré blanc. Connor, lui, était fasciné par les infimes variations de la lumière sur la toile.

Deviner l'invisible, voir derrière les apparences…

L'essence même de son métier.

Son verre à la main, le médecin examina quelques photos sur l'écran de son ordinateur portable. C'étaient des tirages d'imageries cérébrales représentant une zone du cerveau d'un de ses patients. Chaque fois qu'il observait ce type de clichés, Connor était captivé.

Souffrir, aimer, être heureux, malheureux : tout se passait là-dedans, dans les arcanes de notre cerveau, au milieu de ses milliards de neurones. Le désir, la mémoire, la peur, l'agressivité, la pensée, le sommeil dépendaient, en partie, de la sécrétion par l'organisme de différentes substances chimiques, les neurotransmetteurs, chargées de faire passer les messages d'un neurone à l'autre. Passionné par les dernières découvertes des neurosciences, Connor avait été l'un des pionniers de l'analyse des causes biologiques de la dépression. L'étude à laquelle il avait participé montrait par exemple qu'une forme plus courte d'un gène transporteur vous prédisposait à la dépression ou au suicide. Les individus ne naissaient donc pas égaux pour affronter les épreuves de la vie.

Mais Connor ne pouvait se résoudre à ne considérer que ce déterminisme génétique. Convaincu que le psychisme et la biologie étaient étroitement liés, le jeune médecin avait toujours veillé à se former dans les deux domaines : la psychologie et la neurologie. Bien sûr, notre patrimoine génétique s'impose à nous, mais, tout au long de la vie, notre cerveau peut être reprogrammé par les relations affectives et amoureuses.

Tel était en tout cas son credo : rien n'est jamais définitivement joué.

Le médecin avala d'un trait sa dose de whisky, puis enfila son manteau et quitta le bureau.

L'immeuble abritait un hôtel cinq étoiles, plusieurs restaurants et un club de jazz. Des clameurs de fête montaient de tous les étages, accentuant encore un peu plus la solitude du psychologue.

Dans l'ascenseur, il ouvrit son sac besace pour vérifier qu'il n'avait oublié aucun des dossiers qu'il comptait étudier chez lui le lendemain. Dans deux jours, il organisait une séance de psychologie collective et, pour être efficace, ce genre de thérapie nécessitait une parfaite préparation.

Il arriva au parking souterrain dont l'accès était protégé par un système de reconnaissance rétinienne. Connor se plia à la procédure et regagna sa voiture, un coupé Aston Martin argenté qui brillait de mille feux. Une pression sur la clé pour déverrouiller le bolide et retrouver l'odeur du cuir. Il déposa son sac sur le siège passager et sortit du garage qui débouchait sur Colombus Circle. La neige tombait toujours à gros flocons, rendant le sol glissant. Connor gagna l'Avenue Of the Americas en direction de TriBeCa.

Dans l'autoradio, la musique électronique de Radiohead renvoyait à un futur incertain et déshumanisé dans lequel l'homme aurait perdu tous ses combats. Une musique en accord avec son état d'esprit actuel fait d'un mal-être profond qui ne le quittait plus.

Au croisement de Broadway, il tenta une accélération périlleuse et manqua de peu de sortir de la route. De plus en plus souvent, il aimait flirter avec le danger. Un moyen comme un autre de se sentir vivant.

Il s'arrêta à un feu rouge au début de Greenwich Village. Courbé sur son volant, il ferma fugacement les yeux.

Il faut que je me ressaisisse !

Jusqu'à récemment, il pensait, grâce à son métier, avoir définitivement surmonté ses anciennes peurs. Il avait même écrit un livre, *Survivre*, pour raconter son

histoire et délivrer un message d'espoir. Mais la déser-
tion de Mark avait tout fichu en l'air et il était retombé
dans un désespoir dangereux, une solitude destructrice,
une culpabilité persistante.

Il se frottait les paupières lorsque la sonnerie de son
portable le tira de sa torpeur. Il attrapa l'appareil dans
la poche de sa veste et regarda sur l'écran le nom de son
correspondant :

Nicole Hathaway

Nicole ? Ils ne se parlaient plus guère depuis qu'elle
sortait avec cet avocat, Eriq. Un connard. Son cœur
s'était mis à battre plus vite, espérant sans trop y croire
des nouvelles de Mark. Tout excité, il s'apprêtait à
répondre lorsque...

— MERDE !

La porte passager de l'Aston Martin s'ouvrit brusquement et une main s'empara de son sac en cuir. Sans
réfléchir, Connor bondit hors de la voiture et se lança à
la poursuite de son voleur ou plutôt... de sa voleuse.

Malgré les flocons, il distinguait en effet les cheveux
longs d'une jeune fille qui serrait son larcin contre sa
poitrine.

Connor courait de plus en plus vite, manquant à
chaque foulée de s'étaler sur le trottoir enneigé. Il n'était
plus qu'à deux mètres d'elle lorsqu'elle traversa brusquement la rue au milieu des voitures, au risque de se
faire renverser.

Petite garce !

Au mépris de toute prudence, Connor lui emboîta
le pas. Pour rien au monde il n'aurait voulu perdre
les dossiers que contenait le sac. Ils renfermaient la
vie intime, les secrets les plus personnels de ses
patients.

35

À présent, il était bien lancé, comblant à nouveau son retard sur la délinquante. Lorsqu'il se rendit compte que la fille était à bout de souffle, il projeta son corps vers l'avant pour la plaquer de tout son poids. Elle se retrouva le visage dans la neige, immobilisée, le bras tordu collé contre son dos.

— Rends-moi ça ! ordonna Connor en lui arrachant le sac besace.

Ayant récupéré son bien, le médecin se remit debout lentement, serrant fermement le bras de son opposante pour la forcer à se relever avec lui.

— Lâchez-moi ! hurla celle-ci en se débattant.

Sourd à sa demande, Connor la traîna sur plusieurs mètres jusqu'à pouvoir l'examiner sous la lumière d'un lampadaire. C'est alors qu'il la vit vraiment.

C'était une jeune fille d'une quinzaine d'années, à la silhouette frêle et longiligne. Son teint blafard tranchait avec ses longs cheveux noirs, salis de mèches décolorées virant à l'écarlate. Un manteau de vinyle usé tombait sur une jupe courte qui laissait entrevoir une superposition de collants recouverts de résilles.

— Lâchez-moi ! répéta-t-elle.

Toujours insensible à ses cris, Connor resserra encore sa prise. Que faisait une aussi jeune fille, seule au milieu de la nuit, un soir de Noël ?

— Comment tu t'appelles ?

— FUCK OFF ! l'insulta-t-elle.

— Puisque c'est comme ça, je t'emmène chez les flics !

— Salaud !

Elle se débattit avec tant de force que son portefeuille tomba de la poche de son manteau. D'une main habile, Connor le récupéra dans la neige. À l'intérieur, une *Identity Card* le renseigna sur l'état civil de sa voleuse :

Evie Harper
Née le 3 septembre 1991.

— Qu'est-ce que tu fais dehors à deux heures du matin, Evie ?

— Rendez-moi ce portefeuille ! Vous n'avez pas le droit !

— Je ne sais pas si tu es la mieux placée pour parler de droit, remarqua Connor.

Il la laissa se dégager. Retrouvant sa liberté, Evie recula de plusieurs mètres, mais sans détaler. Elle lui faisait face avec défi.

Connor la dévisagea. Evie tremblait de froid. Ses paupières étaient cernées de noir, mais, derrière son maquillage de vampire, on devinait des yeux clairs de gosse apeurée, où brillait néanmoins une étrange détermination.

— Écoute, je vais te ramener chez tes parents.

— J'ai pas de parents ! dit-elle en se reculant.

— Tu vis où, alors ? Dans un centre ? Dans une famille d'accueil ?

— FUCK OFF !

— Ça, tu me l'as déjà dit, soupira le médecin. C'est tout ce que tu as appris à l'école ?

Il éprouvait à l'égard de la jeune fille un mélange d'agacement et de compassion. Evie lui rappelait quelqu'un, mais il n'aurait su dire qui. Surtout, il sentait qu'elle avait peur. Il devinait aussi qu'elle souffrait et que cette souffrance emportait tout sur son passage.

— Tu as besoin d'argent ?

Pas de réponse. Toujours ces yeux qui trahissaient une terreur qu'elle s'appliquait à dissimuler.

— C'est pour la drogue, c'est ça ? Tu veux avoir ta dose ? T'es en manque ?

Evie se révolta :

— Je suis pas une junkie !

— Tu vas à l'école quelque part ?

— Qu'est-ce que ça peut te foutre !

Connor se rapprocha d'Evie et tenta une approche plus raisonnable.

— Écoute, je suis médecin, je peux te trouver un foyer pour la nuit.

— Tu veux me sauver, c'est ça ?

— Je veux t'aider.

— J'en veux pas de ton aide !

— Qu'est-ce que tu veux alors ?

— Du fric, c'est tout.

— Du fric pour quoi faire ?

— Putain, t'es flic ou quoi ?

Connor ouvrit la fermeture en scratch du porte-monnaie d'Evie pour voir ce qu'il contenait.

Rien. Pas le moindre billet. Pas la plus petite pièce.

Il remit la carte d'identité en place et rendit le portefeuille à la jeune fille qui le récupéra d'un geste brusque.

— Je te paye un repas chaud ? proposa-t-il.

— Et je te fais quoi, en échange ?

— Rien, Evie, promit-il en secouant la tête.

À présent, elle le regardait avec suspicion. La vie lui avait appris à se méfier des hommes, même si quelque chose de rassurant émanait de celui-ci.

— Et pourquoi tu voudrais m'aider ?

— Parce que tu me rappelles quelqu'un.

Elle sembla hésiter, puis :

— Je me tire, j'en veux pas de ton repas.

Mais Connor insista :

— Écoute, il y a un *diner* un peu plus haut sur la 14e Rue. Alberto's, ça s'appelle. Tu vois où c'est ?

Evie fit oui de la tête, un peu malgré elle.

— Je vais regagner ma voiture, annonça Connor, puis je vais aller là-bas manger un bon repas. Alberto, à New York, c'est le roi du hamburger. Rien à voir avec McDo, tu verras…

— Je ne verrai rien du tout.

— Moi, en tout cas, je serai là. Alors, si dans dix minutes tu es partante pour un hamburger saignant avec un pain croustillant, des petits oignons, des cornichons en lamelles et des patates sautées, tu sais où me trouver.

Sans se presser, il remonta la rue en marchant au milieu du trottoir. Il avait parcouru une vingtaine de mètres lorsqu'il se retourna.

La lumière des réverbères colorait d'argent les quelques flocons qui continuaient à tomber, donnant à la rue un aspect féerique. Comme engourdie par le froid, Evie n'avait pas bougé d'un centimètre. À nouveau, Connor fut frappé par sa fragilité et sa pâleur cadavérique, comme si quelque chose en elle était déjà mort.

— Je viendrai pas, réaffirma la jeune fille avec défi.

— C'est toi qui décides, lui lança Connor.

★

À peine un quart d'heure plus tard, attablée au comptoir du *coffee-shop*, Evie dévorait son repas avec l'appétit de quelqu'un qui n'a pas mangé depuis deux jours.

C'était un *diner* hors du temps qui sentait bon le New Jersey avec ses banquettes en moleskine usée et ses chromes patinés. Sur le mur, derrière la caisse, une collection de photos dédicacées pouvait laisser croire que Jack Nicholson, Bruce Springsteen ou Scarlett Johansson avaient récemment fréquenté l'endroit. Au fond du restaurant, une sono plaintive diffusait un vieux Clapton pour une demi-douzaine de clients solitaires.

Dehors, sur le trottoir, Connor fumait une cigarette, scrutant la jeune fille à travers la vitre comme s'il pouvait percer derrière son apparence les secrets de son âme.

Evie avait posé son manteau en boule sur la banquette et ouvert son gilet sur un tee-shirt noir barré du slogan *Kabbalists do it better*. À son cou, au bout d'une chaîne en argent, pendaient une croix renversée et une étoile à cinq branches. Elle dévorait son hamburger avec une telle précipitation qu'elle avait du ketchup partout. Tandis qu'elle se débarbouillait avec une serviette en papier, Connor remarqua qu'elle avait enroulé un adhésif autour de ses poignets. Il nota surtout les traces d'automutilation à l'intérieur des avant-bras. Dire que cette fille n'allait pas bien était un euphémisme. Connor la sentait animée de forces contraires, pleine de détermination, mais en même temps proche de la rupture.

Ce don qu'il avait de voir au fond des gens, il le partageait avec Mark depuis leur jeunesse.

Mark...

À la pensée de son ami, son regard se troubla. Encore enfants, ils s'étaient promis de pouvoir toujours compter l'un sur l'autre. Au fil des années, ils avaient su faire front pour surmonter ensemble les coups durs que la vie ne leur avait pas épargnés. Mais la disparition de Layla avait fait exploser leurs repères et leurs belles promesses.

Connor prit une dernière bouffée de sa cigarette et jeta le mégot dans la neige. En cette soirée de Noël, il avait la sensation de porter sur ses épaules toute la lassitude du monde. Qu'est-ce qu'il foutait là, à trois heures du matin, à se geler dans le froid au lieu d'être chez lui ? Il ne pouvait pas continuer à mener ce type de vie. Il ne pouvait pas sauver tout le monde. Le costume de mère Teresa était trop lourd à porter. Peut-être était-il temps de faire une pause, d'oublier ses patients, de quitter Manhattan pour partir ailleurs et commencer une nouvelle vie.

Renaître.

Pendant quelques secondes, cette éventualité flotta dans son esprit comme un euphorisant, jusqu'à ce qu'il sente le regard d'Evie posé sur lui, de l'autre côté de la vitre. Il releva la tête et, pour la première fois, leurs regards se croisèrent vraiment. Connor comprit alors comme une évidence à qui cette fille lui faisait penser.

À lui.

Sans la connaître, il sentait qu'ils partageaient la même souffrance. Elle portait la sienne comme un étendard alors que lui la camouflait derrière son statut de médecin. Mais, au bout du compte, ils appartenaient à la même famille.

Connor se décida à rentrer dans la chaleur du *coffee-shop*. La guitare de Clapton avait laissé place à celle de Bob Dylan. *Shelter from the Storm. S'abriter de l'orage.* L'un de ses titres préférés, écrit par Dylan en 1975, après la rupture avec sa femme Sara. Nouvelle preuve des effets bénéfiques du chagrin sur la créativité artistique...

— Alors, ce hamburger ? demanda-t-il en s'asseyant sur la banquette devant elle.

— Pas mal, admit Evie en avalant une gorgée de milk-shake.

Connor se pencha vers la jeune fille. S'il voulait l'aider, il fallait qu'il en sache davantage sur elle. Il mit dans sa voix toute la persuasion dont il était capable :

— Tout à l'heure, tu m'as dit que tu cherchais de l'argent...

— Laisse tomber, lui lança-t-elle.

— Non, explique-moi, ce fric, c'était pour quoi faire ? Je veux comprendre.

— Y a rien à comprendre !

— Si tu le prends comme ça...

Connor poussa un long soupir. Pourquoi diable voulait-il toujours s'occuper des gens contre leur gré ?

Contrarié, il quitta la table pour le comptoir et commanda une Corona tout en gardant un œil sur Evie. Inquiète, elle rongeait ses ongles peints en noir, le visage tourné vers la fenêtre.

Alors qu'il payait sa bière, Connor explora le contenu de son porte-monnaie : trois billets de cent dollars qu'il avait récemment retirés au distributeur. Pour se sentir rassuré, il avait toujours besoin d'avoir sur lui une grosse somme d'argent. Réflexe classique d'un ancien pauvre.

Une idée venait de germer dans son esprit. Il descendit de son tabouret pour s'approcher de la banquette où Evie rassemblait ses affaires avant de lever le camp.

— On va jouer à un petit jeu, annonça-t-il en posant sur la table l'un des billets de cent dollars.

— Il s'appelle comment ton jeu ? Corruption de mineure ?

— Je croyais que tu voulais gagner de l'argent…

Elle regarda le billet avec un mélange de mépris et de curiosité. La main de Connor le recouvrait en partie et elle s'aperçut qu'il manquait une phalange à son annulaire.

— Si tu veux, il est à toi, décida Connor en poussant le billet dans la direction de la jeune fille. Tu réponds à ma question et il est à toi…

Elle le dévisagea, hésitant à entrer dans un engrenage dont elle ne comprenait pas la logique. Mais, finalement :

— Pose-la, ta question…

— Pourquoi as-tu besoin d'argent ? demanda Connor en la fixant intensément.

Evie approcha sa main du billet vert.

— Pour me payer un flingue, dit-elle crânement.

Elle s'empara du billet et le mit dans sa poche en défiant Connor du regard.

C'était l'argent le plus facile qu'elle ait jamais gagné de toute sa vie.

Connor, lui, se figea. Il était sidéré par la réponse de la jeune fille. L'image d'une arme à feu traversa soudain son esprit, suivie d'une détonation et d'un hurlement. Un souvenir enfoui depuis longtemps qui réapparaissait sans crier gare.

Mal à l'aise, il extirpa de sa poche un deuxième billet qu'il plaça au même endroit.

— Pourquoi as-tu besoin d'un flingue ?

Cette fois, Evie hésita plus longtemps. Son premier réflexe fut de mentir, mais elle devina que Connor l'aurait senti. D'une certaine façon, la vérité était rare et précieuse, et les cent dollars qu'il lui offrait étaient le prix de cette vérité.

— Parce que je veux tuer un homme.

La phrase tomba comme une sentence. D'abord groggy, Connor secoua la tête, effrayé par la réponse de la jeune fille.

Il déplia néanmoins son troisième billet, le plaça sur la table et posa sa dernière question :

— Pourquoi veux-tu tuer un homme ?

Cette fois, Evie n'eut pas d'hésitation. Elle était déjà allée trop loin pour reculer. Elle s'empara donc des derniers dollars comme on ramasse ses gains au poker.

— Pour me venger.

Dans la tête de Connor, trois mots surgirent alors du passé – *une vengeance implacable* –, qui lui firent froid dans le dos.

— Comment ça, te venger ? De qui ? Pourquoi ?

Mais déjà Evie avait remis son manteau et noué son écharpe.

— Désolée, dit-elle en se levant, ça fait deux questions supplémentaires et tu n'as plus de quoi payer.

Pris à son propre piège, il la regarda, impuissant, franchir la porte du restaurant.

— Attends ! cria-t-il pour la retenir.

Il la rejoignit dans la rue. La neige tombait toujours à un rythme soutenu, scellant sur la ville sa chape sourde et oppressante.

— Tu ne peux pas partir comme ça. Il fait froid, c'est dangereux. Je vais te trouver un abri pour la nuit.

Elle lui tourna le dos, sans prendre la peine de lui répondre.

En désespoir de cause, Connor lui fourra dans la poche une carte de visite avec toutes ses coordonnées.

— Si jamais tu changes d'avis...

Mais il savait que ça ne serait pas le cas.

Alors qu'elle traversait la rue, Evie s'arrêta brusquement au milieu du passage piéton, se tournant vers Connor pour poser à son tour une unique question :

— La personne à qui je te fais penser... c'est qui ?

Devant le *coffee-shop*, Connor avait allumé une nouvelle cigarette. Des volutes de fumée bleue, figées par le froid, s'élevaient au-dessus de sa tête.

— C'est moi.

Elle le dévisagea, à la fois surprise et déstabilisée par sa réponse. Une dernière fois leurs regards se croisèrent puis Evie reprit sa route. Connor la regarda s'éloigner dans la nuit, tout en tirant des bouffées nerveuses sur sa cigarette.

Bientôt, il la perdit de vue, mais il resta encore de longues minutes à fixer, hébété, les traces de pas que ses chaussures avaient laissées dans la neige.

Bien sûr, il ne pouvait pas sauver tout le monde.

Mais quelle est l'espérance de vie d'une fille de quinze ans,

perdue,

sans ressources,

au milieu d'une nuit d'hiver

à Manhattan ?

4

Le chemin de la nuit

> *Quand tu te regardes dans le miroir et que tu as envie de le casser, ce n'est pas le miroir qu'il faut briser, mais toi qu'il faut changer.*
>
> ANONYME

Connor gara sa voiture sur Broome Street et parcourut à pied les deux pâtés de maisons qui le séparaient de son domicile. Comme le reste de la ville, SoHo ployait sous une neige uniforme qui gommait les enseignes des galeries d'art, des restaurants et des boutiques de mode.

Il arriva devant un immeuble *cast-iron* à armature en fonte. La façade du bâtiment, récemment rénovée, était parée de centaines d'ampoules tandis que, sur le trottoir, un bonhomme de neige inachevé attendait sans plus y croire un chapeau, une carotte ou une pipe.

— Prends toujours ça, mon vieux, dit le médecin en lui nouant son écharpe autour du cou.

Dans le hall, Connor récupéra son courrier avant d'appeler l'ascenseur. La cabine le conduisit au dernier étage où se trouvait son appartement, un loft de bonne taille à la décoration spartiate. À l'intérieur ne flottaient ni odeur de cookies ni fumet de dinde rôtie au four pendant des heures. Pas de sapin de Noël, ni de chambre d'enfant. Pas de chaleur, pas de vie. Il avait acheté cet appartement cinq ans plus tôt, comme un symbole de réussite sociale, mais il ne l'avait jamais vraiment meublé, ni décoré. Trop de boulot, trop de complications… et surtout, personne avec qui partager la complicité d'un emménagement.

Alors qu'il consacrait sa vie à sonder l'âme des autres, il était quelqu'un de secret et de mystérieux. Il aimait les femmes, mais, jusqu'à présent, toutes ses aventures amoureuses étaient restées sans perspectives d'avenir. Même quand tout se passait bien venait toujours un moment où sa partenaire lui reprochait d'être insaisissable. Comment aurait-il pu avouer qu'il ne parvenait pas à retrouver dans une relation amoureuse le degré d'intimité qui le liait à ses patients ?

Il écrasa un bâillement et ouvrit son frigo pour y découvrir une bouteille de chardonnay déjà bien entamée. Il s'en servit un verre, avant de revenir dans le salon. Comme l'appartement était froid, il avala d'un trait sa ration d'alcool et ne résista pas à l'envie d'en prendre une autre.

Ce soir, il sentait en lui sa vieille pulsion autodestructrice refaire surface. Il avait passé sa vie à la combattre, mais il savait que ce combat exigeait une vigilance de tous les instants.

Il dénoua sa cravate, fit quelques pas vers la baie vitrée puis s'affala sur le canapé. Dans son esprit flottait toujours l'image de cette étrange fille, Evie, qui avait cherché à lui voler son sac. Il repensa à la détresse qu'il avait lue dans son regard et, à nouveau, regretta de n'avoir rien pu faire pour elle. Ses paroles inquiétantes résonnaient encore dans sa tête jusqu'à lui donner la migraine : « *je veux tuer un homme* », « *pour me venger* ».

— Ne fais pas cette connerie, murmura-t-il comme si Evie pouvait l'entendre. Quoi que t'ait fait ce type, ne le tue pas.

Juste à ce moment, son téléphone sonna. Il fronça les sourcils. C'était sûrement Nicole. Avec toute cette histoire, il avait oublié de la rappeler.

Il décrocha.

Ce n'était pas Nicole.

C'était la voix d'une jeune femme, complètement déformée par la peur, qui s'accusait d'avoir tué quelqu'un.

5

Lumière

Nul ne peut atteindre l'aube sans passer par le chemin de la nuit.

Khalil GIBRAN

Trois mois plus tard...

C'est la fin de l'hiver, le début du printemps.

Une aube rose pâle se lève sur l'East Side, laissant entrevoir la promesse d'un jour ensoleillé.

Non loin des berges de l'East River se dresse l'église Notre-Dame, une petite paroisse hispanique coincée entre un entrepôt et un building sans âme. Son foyer comprend un centre d'hébergement provisoire pour SDF. Bien que les installations y soient rudimentaires – carrelage ébréché, cloisons branlantes, plomberie défectueuse... –, l'endroit est apprécié de ceux qui vivent dans la rue. À l'inverse des foyers officiels, ils savent

49

qu'on ne leur posera pas de questions et qu'ils pourront trouver de la nourriture et des vêtements propres.

Dans le dortoir du sous-sol, une dizaine de SDF terminent leur nuit, couchés sur des lits de camp, tandis que dans la salle commune du rez-de-chaussée, les premiers levés se servent un frugal petit déjeuner. C'est la cour des miracles version XXIe siècle : assise à une table, une femme encore jeune mais déjà édentée lape un bol de café ; à côté d'elle, un grand Russe amputé d'un bras émiette maladroitement un biscuit pour le faire durer plus longtemps ; tout près de la fenêtre, un vieux Black décharné, insensible à la nourriture, se recroqueville dans un sac de couchage et poursuit une litanie obsédante.

Soudain, la porte s'ouvre pour laisser place à un homme en manteau noir et à la barbe fournie. Bien qu'il n'ait pas dormi ici, c'est un habitué de l'endroit. Depuis quelque temps, il a pris l'habitude de venir recharger la batterie de son téléphone dans la salle du foyer.

Affaissé sur lui-même, indifférent à ce qui l'entoure, Mark Hathaway se traîne dans un coin de la pièce et s'écroule près d'une prise électrique avant d'y relier un appareil chromé.

Il n'a pas revu sa femme depuis Noël. À présent, il ne ressemble plus à rien. Les cheveux fous, le regard éteint, le visage incrusté de crasse, il a quitté depuis longtemps le monde des vivants pour évoluer dans un brouillard permanent, dernière étape avant la chute.

Vous avez un nouveau message.

La voix métallique dans le combiné n'éveille rien en lui jusqu'à ce que…

— *Mark ? C'est moi…*

Cette voix, par contre, il la reconnaît : c'est celle de sa femme. Malgré son esprit embrumé, il devine des sanglots dans sa voix.

— *Rappelle-moi, c'est urgent.*

Un court silence, puis :

— *Il faut que je te dise quelque chose…*

À ce moment-là, Mark est persuadé que Nicole va lui annoncer la découverte du cadavre de Layla. Il a soudain une vision atroce : un ogre, une bête, une petite fille qui hurle à travers la nuit, mais…

— *C'est toi qui…*

Il ne parvient plus à respirer. Les battements de son cœur résonnent dans ses tempes.

— *… c'est toi qui avais raison,* reprend Nicole.

Nouveau silence. Cette fois, il ne croit plus rien, il ne comprend plus rien. Puis :

— *Ils l'ont retrouvée…*

Il ferme les yeux, trouve la force de murmurer une prière sans trop savoir à qui l'adresser.

— *Elle est vivante, Mark.*

Une onde brûlante parcourt son corps et le terrasse. À présent, c'est lui qui pleure.

— *Layla est vivante.*

6

Vivante

*Aimer, c'est prendre soin de la
solitude de l'autre sans jamais la
combler, ni même la connaître.*
Christian BOBIN

Mark ne réécouta même pas le message. Layla était
vivante ! Une minute plus tôt, il était à l'article de la
mort, mais à présent il se sentait régénéré, électrisé par
la nouvelle qu'il venait d'apprendre.

Il quitta le foyer, courut à perdre haleine le long de
Stanton Street pour rejoindre Little Italy. Plusieurs fois,
il essaya d'arrêter un taxi, mais aucun n'accepta de le
charger. De toute façon, il n'avait pas le moindre dollar
en poche. Tant pis, il prendrait le métro en fraude
jusqu'à Brooklyn.

Dans la rame, il s'affala sur un siège pour reprendre
son souffle. Il ne pouvait plus respirer, sa vue se
brouillait, mais il ne fallait pas qu'il craque. Pas maintenant. Il devait se calmer, retrouver progressivement

ses esprits. Même si sa tête était sur le point d'exploser et si son cœur battait à cent soixante.

RESSAISIS-TOI. Tu dois redevenir celui que tu étais avant. Fais-le pour Layla. Elle est VIVANTE. Tu l'as toujours su. Tu ne sais pas très bien pourquoi, mais tu l'as TOUJOURS su.

Il ferma les yeux et tenta de remettre ses idées en place.

C'est pour ça que tu as résisté à l'envie d'en finir. Pour être là quand on la retrouverait. À présent, tu vas devoir l'aider. Tu dois être fort pour ELLE.

Il resta un long moment dans cette position, ne rouvrant les yeux que pour vérifier le nom des stations lorsque le train entrait en gare.

Au milieu de la confusion qui régnait dans son cerveau, quelque chose émergea soudain. Une intuition plus qu'une véritable déduction.

La date ! Vérifie la date !

Sur l'un des sièges devant lui traînait un exemplaire du *New York Post* du matin. Il s'empara du journal, le parcourant avec fébrilité pour découvrir la date du jour : samedi 24 mars 2007. Le message téléphonique de Nicole datait de la veille au soir. C'était donc hier que l'on avait retrouvé Layla.

Le 23 mars 2007 !

En soi, cette date n'évoquait rien de particulier mais, pour lui, elle était marquée au fer rouge, dans son cœur et dans sa tête.

C'était le *23 mars 2002* que Layla avait disparu.

Cinq ans auparavant.

Jour pour jour.

★

Mark arriva dans la petite rue tranquille de Brooklyn abritant cette maison qui avait été un « chez-lui », mais qui ne l'était plus. Sur le trottoir, il remarqua une voiture de police garée à un emplacement interdit.

En deux foulées, il grimpa la volée de marches du perron puis tambourina à la porte sans prendre la peine de sonner.

Le visage de Nicole apparut dans l'embrasure. Un simple regard qui disait tout : la douleur de l'absence, la force des attachements sincères… Puis un début d'étreinte interrompue par l'apparition d'un agent du FBI, tapi dans l'ombre de sa femme.

— Bonjour docteur Hathaway, dit le policier en présentant son insigne. Frank Marshall, bureau du FBI de Californie, je pense que vous vous souvenez de moi.

Mark se tourna vers lui. Nicole avait dû le briefer, car l'homme ne semblait pas s'étonner d'avoir un clochard devant lui. Il avait un physique solide à la Ed Harris : trapu, coupe en brosse, l'air vaguement bienveillant. C'est lui qui avait supervisé l'enquête sur l'enlèvement de Layla.

— Où est-elle ? articula Mark. Où est Layla ?

Nicole ouvrit la bouche, mais Marshall répondit à sa place :

— Il faut être prudent, docteur Hathaway, prévint-il en se dirigeant vers un ordinateur portable posé sur la table du salon. Pour l'instant, nous ne sommes pas certains à 100 % qu'il s'agisse bien de votre fille. Une analyse ADN est en cours qui nous en dira plus.

Marshall appuya sur une touche et un visage de petite fille apparut sur l'écran.

— Cette photo a été prise hier soir, quelques heures après sa réapparition.

Mark se baissa vers l'écran.

— C'est Layla ! trancha-t-il sans hésitation. C'est notre fille !

— C'est ce que j'espère, répondit Marshall.

— Je veux la voir !

— Elle n'est pas à New York, docteur.

Mark avança vers Marshall.

— Où est-elle ?

— À Los Angeles, dans un centre de soins, le Saint Francis Memorial Hospital.

— Comment… comment va-t-elle ?

— C'est encore difficile à dire. Les médecins pratiquent tous les examens. Il est trop tôt pour…

— Elle a été battue, violée ?…

— Franchement, nous n'en savons rien.

Mark explosa :

— Comment ça, vous n'en savez rien !

Il s'était rapproché du flic jusqu'à le toucher et le toisait d'un air menaçant.

— Calmez-vous, proposa Marshall en se reculant. Je vais tout reprendre dans l'ordre comme je l'ai déjà fait avec votre femme.

Nicole les entraîna à la cuisine et leur prépara du café. Les deux hommes s'assirent côte à côte et Marshall sortit un carnet de notes de sa poche pour être sûr de ne rien oublier.

— Une petite fille d'une dizaine d'années a été trouvée, hier après-midi, aux alentours de dix-sept heures, errant dans l'une des allées de la galerie marchande Sun Shine Plaza à Orange County, LA.

Mark se prit la tête entre les mains. Marshall continua :

— Son âge, sa ressemblance, sa marque de naissance, sa cicatrice au menton : tout nous laisse à penser qu'il s'agit de votre fille.

— Ce centre commercial, souffla Mark, c'est là...

— ... qu'elle a disparu, il y a exactement cinq ans, jour pour jour, compléta Marshall.

Une expression d'incrédulité passa sur le visage de Mark.

— Même heure, même lieu, à cinq ans d'intervalle...

— Ce n'est pas précisément ce qu'on peut appeler un hasard, je suis d'accord avec vous.

— Et Layla, qu'est-ce qu'elle vous a dit ?

— C'est bien là le problème, docteur Hathaway, votre fille ne nous a *rien* dit.

Mark fronça les sourcils.

— Elle n'a pas prononcé le moindre mot, expliqua Frank, ni devant nous ni devant le personnel médical qui la soigne depuis hier soir.

Un mutisme total ?

Déjà, Mark réfléchissait en médecin. À de nombreuses reprises, dans sa carrière, il avait soigné des enfants souffrant de mutisme psychotique.

— J'en ai assez entendu ! dit-il en se levant d'un bond. Je pars à Los Angeles, je vais chercher Layla.

— Nous vous avons réservé des places pour aujourd'hui ou demain, annonça Frank en se levant à son tour. Appelez-moi quand vous serez prêts. Une de nos voitures vous conduira à l'aéroport.

— Nous sommes prêts, trancha Mark. Inutile d'attendre.

Un silence contraint s'installa tout à coup dans la pièce, puis Nicole lança :

— Non !

Mark se tourna vers sa femme en signe d'incompréhension.

Pour toute réponse, Nicole pointa son doigt en direction de la paroi vitrée. Mark regarda la vitre et vit son image qui s'y reflétait comme dans un miroir. C'était celle d'un étranger, maigre, crasseux, les cheveux longs et sales, la barbe hirsute, la gueule cabossée, les yeux injectés de sang. Il faisait peur.

— Tu ne veux pas qu'elle te voie comme ça, n'est-ce pas ?

Honteux, Mark baissa la tête, en signe d'assentiment.

★

— Heureusement que tous mes clients ne font pas comme vous ! marmonna Jo Callahan, l'un des derniers *barbershop* traditionnels de Brooklyn. Attendre DEUX ANS entre chaque coupe, ce n'est pas raisonnable, docteur Hathaway ! Et je parle même pas de la barbe !

Il avait bien fallu une heure d'efforts au vieux coiffeur pour venir à bout de sa tâche. En adepte du travail bien fait, il plaça un miroir ovale derrière la nuque du médecin pour lui permettre d'apprécier sa nouvelle coiffure.

— La prochaine fois, j'espère ne pas attendre si long-temps, promit Mark.

Avec dix centimètres de cheveux en moins et un rasage extra-frais, il se découvrait un visage qu'il avait du mal à reconnaître.

Après le coiffeur, Mark fit un détour rapide dans une boutique chic de Park Slope qu'il fréquentait lorsqu'il était encore un jeune médecin plein d'avenir et d'am-bition. Un pantalon de toile, une veste bien taillée, le dernier polo à la mode orné d'un crocodile argenté… bien sûr que l'habit faisait le moine. Quelques heures plus tôt, il n'était qu'une épave traînant dans un squat poisseux, et voilà qu'avec un peu de cosmétique et quelques déguisements, il parvenait de nouveau à faire illusion.

Il regagna son domicile à pied. Devant la maison, la voiture de flics avait disparu.

Bon débarras.

Il allait sonner lorsqu'il se rappela que Nicole lui avait rendu ses clés. Il ouvrit la porte et traversa le couloir. Les fenêtres étaient ouvertes. Le salon baignait dans la lumière printanière et sentait la bergamote et la fleur d'oranger. Un CD de Keith Jarrett tournait dans la chaîne hi-fi, éclaboussant la pièce d'une pluie de notes cristallines. *The Köln Concert* : l'apothéose de Jarrett, le plus beau concert improvisé de tous les temps, le disque de jazz qui plaisait même à ceux qui n'aimaient pas le jazz. Mark fut saisi par l'émotion. Le disque avait pour lui une valeur sentimentale : Nicole le lui avait offert au début de leur histoire d'amour.

— Nicole ? appela Mark.

Pas de réponse. Elle devait être à l'étage.

Il monta les escaliers quatre à quatre.

— Nicole ?

Il ouvrit la porte de la salle de bains.

Personne.

Il s'arrêta sur le seuil de leur chambre. Punaisée sur la porte, une carte postale figurait deux corps enlacés flottant dans un drap vaporeux. Mark reconnut immédiatement *La Valse*, cette sculpture de Camille Claudel qu'ils avaient admirée au musée Rodin, lors de leur premier voyage à Paris.

La musique de Jarrett, la passion de Camille Claudel. Deux « madeleines » laissées par Nicole qui le ramenaient à un passé lointain.

Mais où était sa femme ?

Perplexe, il décrocha la carte postale et découvrit au verso quelques mots écrits à la hâte :

Mark, mon amour,

Ne t'inquiète pas pour moi. Je vais bien, mais je ne peux pas partir à Los Angeles maintenant.

C'est pourtant la chose qui me tiendrait le plus à cœur : être à nouveau avec toi et notre petite fille.

Mais c'est impossible.

Ce voyage, tu dois le faire seul.

Excuse-moi de ne pouvoir t'en dire davantage.

Plus tard, tu comprendras.

Quoi qu'il puisse arriver par la suite, sache que je t'ai toujours aimé et que je t'aimerai toujours.

Nicole

7

Made in heaven

Tandis que j'avais peur, il vint
Et, venant, ma peur diminua.
Emily DICKINSON

Douze heures plus tard
Los Angeles
Saint Francis Memorial Hospital

L'ascenseur n'en finissait pas de monter. Coincés à l'intérieur, Mark Hathaway et Frank Marshall se regardaient en chiens de faïence. Avant que la cabine n'arrive à destination, l'agent du FBI se décida à poser la question qui lui brûlait les lèvres :

— Vous ne trouvez pas bizarre que votre femme ne nous ait pas accompagnés ?

Mark ne répondit rien, donnant à Frank la désagréable impression de parler dans le vide.

— Tout de même, reprit Frank, sa fille qu'elle croyait morte réapparaît et...

— Où voulez-vous en venir ? le coupa Mark, agacé.

61

Frank sembla hésiter puis :

— Si vous savez des choses que nous ignorons à propos de votre épouse, si vous avez des soupçons, il faut nous en parler. Voilà où je veux en venir.

Mais Mark continua à l'ignorer, lui tournant même ostensiblement le dos. Il devait oublier ce mot étrange que lui avait laissé Nicole et qu'il ne savait pas interpréter. Pour l'heure, il ne devait penser qu'à sa fille qu'il allait retrouver dans quelques minutes. Rien d'autre ne comptait, rien d'autre n'avait d'importance.

— Encore une chose, ajouta Frank : pour les besoins de l'enquête, le FBI ne souhaite pas révéler la réapparition de votre fille. Nous n'avons pas diffusé l'information à la presse et nous voulons que les journalistes restent en dehors de ça pour l'instant.

— Pourquoi ?

— Nous avons nos raisons, répondit prudemment le policier.

Mais Mark contre-attaqua :

— Que vous ne m'expliquerez pas, bien entendu ! Toujours votre manie du secret ! Mais c'est fini tout ça : vous n'avez plus rien à m'imposer !

Contrarié par le comportement de Mark, Frank appuya sur le bouton d'arrêt d'urgence, bloquant l'ascenseur entre deux étages pour clarifier la situation.

— Que nous soyons bien d'accord, Hathaway : je vous laisse ramener Layla avec vous à New York, à condition que vous respectiez un certain nombre de règles.

— Je vous emmerde. Rallumez cet ascenseur.

— J'exige que votre fille soit suivie quotidiennement par un psychologue du Bureau. Et dès qu'elle se décidera à parler, c'est nous qui l'interrogerons.

C'en fut trop pour Mark. En moins d'une seconde, il empoigna l'agent fédéral par le col de sa veste et le plaqua contre le miroir de l'ascenseur avec une violence imprévisible qui déséquilibra la cabine.

— Le psychologue, c'est moi, compris ? Ma fille ne verra personne d'autre. Je suis spécialiste de ce genre de cas, le meilleur dans mon domaine.

Frank ne chercha pas à se débattre, remarquant simplement :

— Vous *étiez* peut-être le meilleur, mais, à présent, vous n'êtes plus qu'un homme violent et impulsif qui a vécu deux ans dans la rue. Pas vraiment les qualités pour rassurer un enfant en état de choc, vous en conviendrez.

Mark resserra les poings, accentuant encore sa pression.

— Vous n'avez pas été capable de retrouver Layla ! Si elle est là, aujourd'hui, ce n'est pas grâce à vous. Alors, foutez-moi la paix. Je reprends le contrôle. L'affaire est terminée.

Mark relâcha son emprise et appuya sur le bouton pour remettre l'ascenseur en mouvement.

Frank réajusta son col en précisant d'un ton neutre :

— L'affaire ne sera terminée que lorsqu'on aura bouclé le ravisseur de votre fille.

★

Les portes de la cabine s'ouvrent sur un long couloir aux parois vitrées, battues par la pluie et le vent. La nuit est tombée et les lumières de la ville s'étendent à l'infini sur la cité des anges.

Mark s'applique à suivre les indications qu'on lui a fournies. La chambre de Layla se trouve au bout du couloir. Il aperçoit la porte, une quarantaine de mètres devant lui.

Chambre 466.

Quarante mètres.

L'hôpital bourdonne du ballet des médecins et des infirmières, mais Mark n'entend rien. Réfugié dans une bulle de silence, il avance au ralenti comme dans un plongeon en apnée. Il est impatient et plein d'appréhension. Pour se rassurer, il se répète qu'il s'est préparé à toutes les hypothèses : peut-être que sa fille ne le reconnaîtra pas ou se montrera agressive, peut-être sera-t-il incapable de lui rendre la parole, peut être…

Trente mètres.

Le temps s'étire à l'infini. Pourquoi a-t-il si peur ? C'est pourtant lui qui a eu raison. Depuis cinq ans, envers et contre tous, il a mobilisé son énergie pour refuser l'idée même de la mort de Layla. On lutte avec sa tête plutôt qu'avec ses poings. C'est une leçon qu'ils avaient retenue, lui et Connor, de leur enfance compliquée dans un quartier pourri de Chicago. C'est cette croyance qui avait guidé le choix de leur profession. Et lorsque la douleur se fait trop forte et qu'on ne peut plus rendre les coups, on se replie sur soi-même et on laisse passer la tempête. Vient toujours un moment où l'ennemi se fatigue de frapper. Vient toujours un moment où pointe enfin la promesse d'une échappatoire.

Vingt mètres.

Plus il se rapproche, plus il sent remonter en lui un concentré de ce qu'il a enduré ces dernières années. C'est long, cinq ans plongé dans un abîme de douleur, à savoir que sa fille souffre et qu'on ne peut rien faire pour elle. C'est dur de ne trouver comme seule réponse que de souffrir à son tour dans une ultime tentative de communion.

Dix mètres.

Encore quelques pas et le cauchemar prendra fin.

Pour l'instant, il a du mal à y croire.

Alors qu'il n'a pas encore atteint la porte, celle-ci s'entrouvre doucement.

D'abord, il ne distingue qu'une auréole de cheveux bouclés qui émergent d'un pyjama rose trop grand. Puis une petite fille, escortée d'une infirmière, lève la tête vers lui.

C'est elle ! Elle a grandi, bien sûr. Pourtant, il la trouve si petite, si fragile...

Une grenade dégoupillée vient d'exploser dans son cœur, mais, pour ne pas l'effrayer, il réfrène son envie de courir vers elle et se contente d'un petit signe de la main.

Il tremble de tous ses membres.

Ne pars pas, Layla, ne pars pas !

La petite fille n'a pas bougé. Mark ose alors croiser son regard.

Mille huit cent vingt-huit jours depuis qu'elle a disparu.

Il s'était préparé à découvrir une enfant hagarde et désorientée, mais il ne lit dans ses yeux ni terreur ni souffrance. Au contraire, elle semble calme et posée. Voilà même qu'elle esquisse un sourire, lâche la main de son infirmière et court dans sa direction. Mark se baisse alors pour être à son niveau et la prend enfin dans ses bras.

— Tout va bien, chérie, dit-il en la soulevant.

Il la serre contre lui et une gratitude infinie le submerge. C'est une sensation qui dépasse en intensité ce qu'il a éprouvé lorsqu'elle est née.

— C'est fini, lui murmure-t-il à l'oreille. C'est fini.

Pour marquer ce retour à la normale, il fouille dans son sac et en sort un petit lapin en peluche qu'il a pensé à amener de New York.

— Je t'ai apporté ton lapin blanc. Tu te souviens ? Tu ne t'endormais jamais sans Monsieur Lapin.

La petite fille s'empare de la peluche et la serre contre son cœur.

— C'est fini, mon bébé, répète Mark comme pour mieux s'en convaincre. C'est fini. On rentre à la maison.

8

Le terminal

Rêver un impossible rêve
Porter le chagrin des départs
Brûler d'une possible fièvre
Partir où personne ne part.
                              Jacques BREL

Aujourd'hui
25 mars 2007 - huit heures du matin
Aéroport de Los Angeles LAX

MARK

Le taxi s'arrêta devant le terminal 2, mais Mark ne descendit pas tout de suite. Durant le trajet vers l'aéroport, Layla s'était endormie contre son épaule et il ne voulait pas la réveiller brusquement. Après avoir quitté l'hôpital, ils avaient passé la nuit dans un hôtel de *downtown*. Layla n'avait toujours pas prononcé la moindre parole, mais elle semblait sereine et heureuse de le revoir.

— Tu reparleras, promit-il à la petite fille endormie.

Il en était certain. Il fallait juste qu'elle se sente entourée et protégée. Et Mark allait tout faire pour qu'elle reprenne confiance.

À travers les vitres fumées de la berline, il regardait avec appréhension l'agitation qui régnait déjà aux abords de l'aéroport. Il détestait Los Angeles, sa pollution, son côté superficiel et sa violence. Cette ville gargantuesque lui avait toujours donné l'impression de tout engloutir sur son passage : la nature comme les hommes.

Dans le cocon protecteur de la voiture, il se sentait en sécurité pour quelques secondes encore, bercé par la pureté des intonations du morceau de violon que diffusait le poste de radio.

Cette musique... je la connais.

— C'est beau ce morceau, c'est quoi ?

— La Chaconne de Bach, répondit le chauffeur mélomane en lui tendant le boîtier du CD.

Mark examina la pochette illustrée d'une photo qui se voulait glamour : une violoniste, légèrement vêtue, le visage appuyé contre un miroir, renvoyait l'image d'un être bicéphale, à la fois sexy et inquiétant. Sur l'étiquette jaune du prestigieux label figuraient le nom de la musicienne et le programme du récital :

Nicole Hathaway plays Bach
Partitas for solo violin

Mark n'eut pas le temps d'être troublé. Layla venait d'ouvrir les yeux. Elle regarda son père en souriant et écrasa un bâillement.

— Tu mets ton blouson, proposa Mark, on va prendre l'avion.

La petite fille s'exécuta et ils quittèrent le taxi pour pénétrer dans le terminal.

Dans le hall des départs, la tension était maximale. Une semaine plus tôt, la découverte d'un nouveau complot terroriste au Royaume-Uni avait semé la panique des deux côtés de l'Atlantique, entraînant une série de fausses alertes. Le niveau de vigilance antiterroriste avait été relevé de « critique » à « grave » et, chaque jour, de nombreux vols étaient annulés. Mark vérifia que ça n'était pas le cas pour le leur et se pressa vers le comptoir indiqué. Il savait que le renforcement de la fouille des passagers et du contrôle des bagages allongeait les délais d'embarquement et il voulait se débarrasser au plus vite de cette formalité.

Au milieu de la foule, il tenait fermement la main de Layla, comme s'il risquait de la perdre à nouveau.

— Docteur Hathaway ! Docteur Hathaway !

Mark se retourna, surpris par cette interpellation.

Quelques mètres derrière lui, un homme qu'il n'avait jamais vu courait dans sa direction.

— Mickaël Philips, je travaille au *Herald*, se présenta-t-il.

Mark fronça les sourcils.

— Je voudrais obtenir quelques mots de votre fille, annonça le reporter en tirant un magnétophone de sa poche.

— Nous n'avons rien à vous dire, décida Mark en serrant Layla contre lui et en pressant l'allure.

Mais l'autre lui emboîta le pas et se voulut persuasif :

— Nous vous offrons un contrat : soixante-quinze mille dollars pour une interview et une séance photo…

— Allez vous faire foutre ! fulmina Mark.

En se retournant, il constata que le journaliste avait dégainé son portable et s'en servait pour lui voler un cliché.

Tout en essayant de protéger Layla, il attrapa Philips à la gorge, l'agrippant par la trachée jusqu'à ce que le reporter se résolve à lâcher son appareil.

Le téléphone portable tomba sur le sol et Mark l'écrabouilla méthodiquement avec le talon de sa chaussure.

— Vous me paierez ça ! menaça le journaliste en se massant le cou.

Mark le dévisagea quelques secondes, surpris par son impulsivité et la vitesse avec laquelle s'était déroulée cette altercation.

Alors qu'il tournait les talons pour rejoindre la zone d'enregistrement, il entendit Philips qui le mettait en garde :

— Vous êtes dans une sacrée merde, Hathaway, et vous n'en avez même pas conscience ! J'ai fait mon enquête : j'ai des informations que j'aurais pu vous communiquer. Vous ne connaissez pas la vérité ! Ni sur votre femme ni sur votre fille !

*

EVIE

La navette en provenance d'Union Station déversa ses passagers devant le terminal 2. Parmi eux, une jeune fille de quinze ans à l'allure gothique. Evie fut la dernière à sortir. Encore mal réveillée, elle s'engouffra dans le hall des départs et, les yeux plissés, scruta les écrans pour vérifier l'horaire de son vol. La nuit dernière, elle avait dormi sur un banc et était tout endolorie. Son ventre gargouillait. Ses articulations craquaient et ses os semblaient fragiles, comme sur le point de se briser. Elle regarda avec envie un comptoir Starbucks qui vendait café et cookies, mais elle n'avait plus le moindre dollar en poche. Affamée, elle récupéra discrètement un fond de jus d'orange et un reste de muffin dans la poubelle du *coffee-shop*.

Dans quelques heures, elle serait à New York. Après un fâcheux contretemps qui l'avait forcée à se rendre à

Los Angeles, elle était désormais en mesure de rejoindre l'homme qu'elle poursuivait. Elle avait son adresse : un immeuble au nord de Manhattan. Lorsqu'elle l'aurait retrouvé, elle le tuerait.

Elle le tuerait.

Elle le tuerait.

Et peut-être qu'après, la douleur serait moins forte.

★

ALYSON

Un volumineux 4x4 à l'empattement agressif et aux formes coupantes se gara avec difficulté au troisième niveau du parking souterrain du terminal 2.

Dans l'habitacle du Porsche Cayenne, un mélange soûlant de rap et de R&B poussé à plein volume. À son bord, une jeune femme de vingt-six ans, Alyson Harrison : cheveux platine coupés court, jean slim Notify, ceinture lasso, veste de cuir cintrée.

Alyson coupa le contact et s'effondra sur le volant. Tout son corps était parcouru de frissons. Il fallait qu'elle retrouve son calme si elle voulait qu'on la laisse embarquer. Et pour ça, il n'y avait pas trente-six solutions. Elle fouilla dans son sac Hermès pour en sortir un petit poudrier en ivoire. Fiévreuse, elle aspira deux traits de coke puis se frictionna les gencives avec un peu de poudre blanche. C'était la seule solution pour ne pas s'écrouler. Sans cocaïne, elle se sentait minable, incapable de faire face. Depuis plusieurs années, elle avait perdu le contrôle de sa consommation, mais la poudre faisait toujours son effet.

Effectivement, en moins d'une minute, Alyson retrouva un semblant de confiance et se sentit à nouveau forte et capable de tout gérer. Bientôt, ce bien-être se transformerait en arrogance et en hypersensibilité. En attendant, il fallait juste qu'elle trouve assez de force pour poser son cul dans cet avion et rentrer à New York.

Elle retira ses verres de contact de myope pour les remplacer par des lentilles de couleur : un œil rose, un autre bleu. Dans le rétroviseur, elle réajusta sa frange, la fixant avec une barrette papillon. Ainsi parée, elle sortit du 4x4 en titubant, perchée sur des hauts talons et poussant un sac de voyage à roulettes.

Lorsque le flash du paparazzi se déclencha, Alyson vit son reflet se figer dans le pare-brise d'une berline à l'arrêt. La vitre lui renvoya une image cruelle mais juste.

Celle d'une pétasse cocaïnée qui valait un milliard de dollars.

★

Voilà, ils sont là, tous les trois, à quelques mètres les uns des autres, dans le petit théâtre que constitue ce hall d'aéroport.

Mark,

Evie,

Alyson.

Ils ne se connaissent pas, ne se sont jamais parlé, mais ils ont déjà quelque chose en commun.

Tous les trois sont à un tournant de leur existence,

à cran,

proches de la rupture.

Tous les trois ont un passé douloureux.

Tous ont vu leur vie bouleversée par l'absence ou la mort.

Tous se sentent à la fois victimes et coupables.

Mais dans quelques minutes, ils vont prendre le même avion.

Et leur vie va changer.

★

— Bon, je passe en premier et tu me suis, d'accord, Layla ?

Mark enleva sa veste et sa ceinture qu'il posa sur le tapis roulant avant de franchir le portique de sécurité.

Pas de sonnerie.

— Allez, à toi ! lança-il à sa fille tout en récupérant ses affaires.

Tranquille, la petite fille rejoignit son père, mais déclencha au passage l'alarme du système de protection.

— Videz vos poches et ôtez vos chaussures !

Ça t'emmerderait d'être un peu aimable, pensa Mark en fusillant le vigile du regard.

Il faut dire qu'une ambiance électrique régnait ce matin-là dans l'aéroport. Une tension renforcée par la forte présence des militaires réquisitionnés pour participer aux fouilles et aux contrôles de sécurité.

Le médecin s'agenouilla devant sa fille pour l'aider à se déchausser. Il inspecta ses poches, mais elles étaient vides.

— Ça va aller, chérie.

En chaussettes, Layla repassa sous l'arcade, déclenchant l'alarme une seconde fois. Bizarre : elle ne portait qu'un jean, un tee-shirt et un blouson.

Mark fronça les sourcils.

— Elle est détraquée, votre machine !

Sans prendre la peine de lui répondre, l'employé de la sécurité s'approcha de la petite fille.

— Tournez-vous, mademoiselle, et levez les bras.

Layla s'exécuta pendant que l'autre lui passait son détecteur le long du corps.

L'appareil s'affola subitement en approchant de la nuque de l'enfant.

— Qu'est-ce que ça veut dire ? s'énerva Mark.

Le vigile fut bien incapable de lui répondre. Il renouvela sa manœuvre, provoquant les mêmes effets, avant de se décider à appeler un collègue pour changer de détecteur. Mais ce nouvel appareil ne permit pas d'éclaircir la situation : tout laissait à penser qu'un corps métallique était implanté sous la peau de Layla !

Stupéfait, le garde plaqua son oreillette avec son doigt et leva les yeux vers la caméra de surveillance pour s'adresser à un interlocuteur invisible :

— Madame, on a un problème…

★

Mark et sa fille se trouvaient maintenant dans un bureau dépouillé, aux allures de salle d'interrogatoire. Devant eux, en tailleur-pantalon, une Latino à l'air sévère qui se prenait pour Condoleezza Rice détaillait leurs passeports.

— Expliquez-moi quelque chose, monsieur Hathaway : est-ce que votre fille a subi récemment une intervention chirurgicale ?

— Je… je ne sais pas, admit Mark.

— Est-ce qu'on lui aurait injecté quelque chose au niveau de la nuque : une puce ou un implant quelconque ?

— Je ne sais pas.

La responsable de la sécurité lui jeta un regard méprisant.

— Comment ça, vous ne savez pas ! C'est votre fille, oui ou non ?

— C'est une longue histoire, dit-il d'un ton las.

Condoleezza se tourna alors vers Layla.

— Est-ce que tu as mal derrière la tête ?

La petite fille soutint son regard sans ciller tout en conservant son mutisme.

— Eh bien, tu as perdu ta langue ?

Excédé, Mark se leva de sa chaise.

— On s'en va ! décida-t-il en prenant sa fille par la main. Tant pis pour l'avion, on va louer une voiture.

— Vous n'allez pas bouger de là, affirma son interlocutrice en désignant le militaire qui montait la garde devant le bureau.

— C'est ce qu'on va voir ! éclata Mark. Et d'abord, rendez-moi mon passeport ! Je n'ai rien à me reprocher.

La discussion prenait un tour conflictuel lorsque le téléphone sonna.

— Oui ? fit Condoleezza en appuyant sur le haut-parleur.

— C'est le FBI, madame, l'informa sa secrétaire, l'agent Frank Marshall.

— Dites-lui de rappeler plus tard.

— Il dit que c'est urgent.

— Bon, passez-le-moi, décida-t-elle en coupant l'amplificateur sonore.

Mark s'était rassis sur sa chaise, surpris de cette intervention de Frank et se demandant sur quoi elle allait déboucher.

La conversation fut brève, ponctuée de deux « oui » et d'un « bien monsieur », lâchés par Condoleezza avant de raccrocher.

L'air contrarié, elle leva les yeux vers Mark et fit acte de contrition :

— Tout est en ordre, docteur Hathaway, dit-elle en lui tendant son passeport. Veuillez nous excuser pour le dérangement. Je vous souhaite un vol agréable ainsi qu'à votre fille.

★

Contrarié par ce contrôle humiliant, Mark décida qu'ils avaient droit à un bon petit déjeuner. Au comptoir du Bon Café, une chaîne de *coffee-shops* créée par un Français, il commanda deux plateaux bien garnis et s'installa avec Layla à une petite table près d'une plante verte. Il constata avec plaisir que sa fille avait bon appétit et qu'elle mordait à pleines dents dans son croissant « à la parisienne », tout en buvant un verre de jus d'orange. Lui-même se contenta d'un café qu'il avala en parcourant d'un œil distrait l'exemplaire d'*USA Today* offert à tous les clients.

*

Le terminal était baigné d'une douce lumière blanche.

Alors que Mark et Layla quittaient leurs sièges, une jeune fille passa derrière eux et, sans se faire remarquer, s'assit à leur table pour s'emparer du reste de jus d'orange et du yaourt qui n'était même pas entamé.

Evie en profita aussi pour parcourir les titres du journal. Un article illustré d'une grande photo occupait la moitié de la première page.

Suicide du milliardaire Richard Harrison

Le fondateur du groupe Green Cross, l'un des leaders mondiaux de la grande distribution, est décédé hier à New York à l'âge de soixante-douze ans. Le milliardaire a été retrouvé sur son bateau, baignant dans une mare de sang après s'être tiré une balle de fusil de chasse dans la boîte crânienne.

D'après nos informations, Richard Harrison aurait laissé une lettre à ses proches pour leur expliquer les raisons de son geste. L'entrepreneur, qui avait révélé, deux ans plus tôt, être atteint de la maladie d'Alzheimer, ne pouvait plus supporter d'être diminué par la maladie.

Le service funèbre aura lieu demain après-midi à Manhattan.

C'est en 1966, dans un petit bourg du Nebraska, que Richard Harrison posa la première pierre de son empire en ouvrant une petite épicerie spécialisée dans le discount. Le succès fut immédiat et, très rapidement, il put ouvrir d'autres points de vente, d'abord dans la région puis dans tout le pays. Le nombre de Green Cross n'a cessé de se multiplier aux États-Unis jusqu'à compter aujourd'hui plus de six cents grandes surfaces.

Homme réservé, réputé pour la modération de son train de vie, Richard Harrison vivait dans la même maison depuis trente ans. L'argent semblait ne pas avoir changé grand-chose au quotidien de ce chef d'entreprise qui prenait plaisir à cultiver son image de « Monsieur Tout-le-monde » en n'arborant jamais aucun signe distinctif de richesse.

Une discrétion et un ascétisme à l'opposé de sa fille unique, Alyson, dont les frasques sont régulièrement rapportées par la presse *people*.

Evie interrompit la lecture de son journal, distraite par la clameur qui s'élevait près des portes automatiques.

Traquée par une armada de photographes, éblouie par les flashs, Alyson Harrison venait justement de faire son entrée dans le terminal. Frêle comme une brindille, le visage à moitié caché par d'immenses lunettes mouche, elle avait du mal à contenir la meute qui l'encerclait et la cernait de questions :

FLASH - FLASH - FLASH Alyson ! Par ici, Alyson ! FLASH - FLASH Vous tenez le coup, Alyson ? FLASH Quelles relations aviez-vous avec votre PÈRE ? Il paraît que vous étiez fâchés. Et la DROGUE, c'est fini ? Alyson ! FLASH – FLASH ça fait quoi d'hériter d'un MILLIARD DE DOLLARS ? Alyson ! Il y a quelqu'un dans votre vie en ce moment ? FLASH - FLASH Vous allez retourner à l'hôpital ? Et la drogue, Alyson ? Vous n'avez pas répondu, C'EST VRAIMENT FINI ? FLASH

Les questions s'abattaient sur elle comme autant de gifles.

Au début, lorsque les médias avaient commencé à s'intéresser à elle, Alyson s'était sentie flattée. Un temps, elle avait cru garder le contrôle et instrumentaliser la presse à son avantage. Puis sa notoriété était devenue célébrité et le piège s'était refermé. Aujourd'hui, il ne se passait plus un seul jour sans qu'un photographe ou un simple quidam armé d'un téléphone tente de lui voler quelque parcelle d'intimité.

FLASH - FLASH

Alyson porta une main devant son visage pour se protéger. Les souvenirs surgirent alors du passé à la vitesse d'un boomerang.

FLASH...

... BACK

9

Alyson
Premier flash-back

Huit ans plus tôt

L'héritière de l'empire
Green Cross provoque
un scandale à Times Square
(AP – 18 oct. 1999)

Alors qu'elle sortait d'un restaurant à la mode où elle venait de fêter son dix-neuvième anniversaire, Alyson Harrison a provoqué un attroupement hier soir à Times Square. Visiblement éméchée, la jeune femme a improvisé un strip-tease poussif au beau milieu de la rue, sous les ricanements et les invectives d'un « public » nombreux.

Depuis qu'elle a arrêté ses études pour se « consacrer pleinement » aux soirées people et aux séquences de shopping, la fille du milliardaire Richard Harrison défraie régulièrement la chronique par ses excentricités et son comportement d'enfant gâté.

★

Les caprices d'Alyson
(AFP – 23 déc. 1999)

De passage à Paris, la milliardaire a choqué le personnel de l'hôtel George-V.
Après avoir dévalisé les boutiques sur les Champs-Élysées, elle a réservé – en plus de sa suite somptueuse – une seconde chambre rien que pour y entreposer ses paquets. « Il y avait au moins trente boîtes de chaussures, rien que des grandes marques », a déclaré une femme de chambre.

★

Steve et Alyson :
c'est du sérieux
(Onl!ne – 14 janv. 2000)

La chaîne e-Muzic l'avait annoncé la semaine dernière, mais c'est désormais officiel : le batteur du groupe de rock 6thGear et l'héritière de l'empire Green Cross vivent bel et bien une romance depuis deux semaines.
Steve Glenn, trente et un ans, est connu pour ses manières de *bad boy* et son goût prononcé pour l'alcool. Steve et Alyson : un cocktail explosif qui devrait donner du travail aux paparazzi.

★

Scandale à Courchevel
(AFP – 12 fév. 2000)

L'héritière de l'empire Green Cross ne s'est finalement pas montrée ce week-end dans la prestigieuse station des Alpes où elle avait pourtant réservé deux pistes pour son usage exclusif.

« Personne ne l'a vue. Elle a dû être effrayée par le battage médiatique sur ses conditions d'accueil. Ici, on n'aime pas les passe-droits », a indiqué une source municipale sous le couvert de l'anonymat.

★

La milliardaire kleptomane
(AP – 03 mai 2000)

Décidément, Alyson Harrison n'en rate pas une ! La blonde sulfureuse a été arrêtée hier après-midi pour le vol de plusieurs milliers de dollars de vêtements dans une boutique huppée de Beverly Hills.

Son père a déjà annoncé qu'il aurait recours à Jeffrey Wexler, l'un des ténors du barreau, pour assurer sa défense.

★

Alyson relaxée !
(AP – 08 juin 2000)

★

Steve et Alyson : c'est fini
(Onl!ne – 18 déc. 2000)

★

Alyson Harrison accusée
de délit de fuite !
(The Telegraph – 03 janv. 2001)
Être milliardaire ne donne pas le droit d'être au-dessus des lois.
Selon le site Internet QMZ.com, Alyson Harrison s'est enfuie après un accrochage qui n'a heureusement pas fait de victime.
Une infraction qui serait restée sans suite si un passant n'avait filmé la scène sur son téléphone portable. Contrainte de reconnaître les faits, Alyson a fait appel à l'avocat Jeffrey Wexler pour trouver un accord à l'amiable avec le propriétaire du véhicule.

★

Alyson Harrison
a un nouveau petit ami
(Onl!ne – 12 fév. 2001)
La mondaine qui est séparée du rocker Steve Glenn s'est consolée dans les bras du héros de la série télé *Pacific Pallissad*, l'acteur Austin Tyler, qu'elle a rencontré sur le tournage d'une publicité.

★

Alyson Harrison se ruine
pour Roxy !

(AP – 06 mars 2001)

L'héritière multiplie les folies vestimentaires pour habiller élégamment son… chien. Collier serti de diamants, « garde-robe » dessinée par les plus grands couturiers, séances chez un psychologue canin : rien n'est trop beau pour Roxy, le chien chinois à crête qu'elle trimbale partout avec elle. *« À la différence des hommes, je sais que Roxy ne me quittera jamais »*, a affirmé la mondaine pour justifier ses dépenses.

Une vidéo hot d'Alyson
sur le Net !

(Onl!ne – 20 juill. 2001)

Après le vol de son téléphone portable dans une boîte de nuit de Miami, l'héritière craignait une exploitation malveillante des données conservées sur son cellulaire. Outre un carnet d'adresses des membres de la jet-set, celui-ci contenait également de nombreuses photos et vidéos personnelles. L'une d'entre elles, un petit clip de deux minutes mettant en scène Alyson et son boy-friend dans une torride partie de jambes en l'air, vient de faire son apparition sur Internet.

« Je suis choquée que mon intimité soit ainsi exposée, a déclaré Alyson. Je voudrais m'excuser auprès de mes amis et de ma famille. » Une fois passé ce premier moment d'embarras, la mondaine n'a pas été longue à retrouver son aplomb : *« Il est naturel de faire l'amour, je*

refuse de me sentir coupable de quoi que ce soit », a-t-elle affirmé.

★

Alyson Harrison lance sa propre ligne de lingerie
(AP – 6 août 2001)

Ses créations seront disponibles uniquement dans les magasins Green Cross.

★

Alyson Harrison à nouveau célibataire ?
(Onl!ne – 28 août 2001)

★

Alyson adepte de la Kabbale
(Reuters – 9 sept. 2001)

Comme nombre de ses semblables à Hollywood, la blonde excentrique s'est déclarée adepte de la Kabbale, la dernière religion à la mode chez les célébrités. *« Je ne me sépare jamais de mon bracelet en fil rouge. Il m'aide à éloigner la malchance et me permet de rester en contact avec ma force spirituelle. »*

★

Un parfum signé Alyson
(AP – 29 sept. 2001)

C'est au tour de l'héritière Harrison de sortir un parfum à son nom. La jeune femme s'est

associée à une prestigieuse marque de parfum
(possédée par son père !) pour développer sa
fragrance qui devrait être disponible pour Noël.

★

Alyson Harrison,
déjà recasée ?
(Onl!ne – 28 oct. 2001)

★

Alyson Harrison voudrait
faire du cinéma
(Imdb.com – 20 nov. 2001)

★

D'un sportif à l'autre...
(Onl!ne – 5 déc. 2001)

Alyson Harrison est décidemment très inté-
ressée par le sport. Après le footballeur Dave
DeLaluna, c'est au tour du champion olym-
pique de natation John Aldreen d'être pris
dans les filets de la blonde héritière.

★

Le parfum d'Alyson
fait un bide
(AP – 8 janv. 2002)

★

Alyson Harrison arrêtée pour conduite en état d'ivresse

(Reuters – 12 janv. 2002)

La starlette et figure de la jet-set Alyson Harrison a été arrêtée dans la nuit de samedi à dimanche à Los Angeles pour conduite en état d'ivresse, a-t-on appris de source policière. L'arrestation s'est produite à deux heures quinze à Beverly Hill après que les motards de la police eurent remarqué que la voiture de la jeune femme zigzaguait dangereusement sur la chaussée.

Les policiers n'ont pas été longs à trouver une bouteille de tequila déjà bien entamée sur la banquette de la voiture.

Un test d'alcoolémie a démontré que Mlle Harrison, vingt-deux ans, présentait un taux bien au-delà de la limite autorisée.

C'est désormais au parquet de déterminer quand elle devra répondre de l'infraction devant la justice.

★

Alyson condamnée !

(Reuters – 24 fév. 2002)

Alyson Harrison a été condamnée aujourd'hui à une amende de mille dollars et à une suspension de permis de conduire pour une durée de six mois après son contrôle positif pour conduite en état d'ivresse le 12 janvier dernier. L'héritière sera également contrainte de suivre un programme sur les dangers de l'alcool au volant.

10

Dans l'avion

*Confronté à une épreuve, l'homme
ne dispose que de trois choix :
1) combattre ;
2) ne rien faire ;
3) fuir.*

Henri LABORIT

Aujourd'hui
25 mars 2007 - dix heures du matin
Aéroport de Los Angeles LAX

« Mesdames et messieurs, le capitaine McCarthy et
son équipage sont heureux de vous accueillir sur cet
Airbus A380 à destination de Londres *via* New York.
Nous vous demandons de gagner votre siège et d'attendre notre décollage. Shangri-La Airlines vous
souhaite un vol très agréable. »

Au moment d'embarquer, Mark ne put s'empêcher
d'être surpris par le gigantisme de l'avion. L'Airbus

s'étendait le long d'un double pont intégral qui pouvait accueillir plus de cinq cents passagers. Pour éviter les bouchons, l'accès aux cabines se déroulait sur deux passerelles qui menaient chacune à un niveau différent. Tenant fermement Layla dans ses bras, Mark mit dix minutes pour trouver leurs places, tant la taille de l'avion était démesurée. Après quelques retards de livraison, la compagnie singapourienne *Shangri-La Airlines* avait été la première à exploiter le gros-porteur européen et n'avait pas lésiné sur les moyens pour aménager luxueusement l'intérieur de l'appareil. Avec ses larges hublots et ses sièges espacés les uns des autres, même la classe économique était lumineuse et confortable.

Mark et sa fille avaient deux places côte à côte, à l'arrière du pont inférieur. Lorsqu'ils gagnèrent leur rangée, une jeune fille d'une quinzaine d'années, aux cheveux sales et filasse, sommeillait déjà dans le siège accolé au hublot. Sur ses genoux reposait un sac à dos fatigué avec une étiquette :

Evie Harper

Layla s'installa sur son siège entre son père et Evie. Elle avait mis le tee-shirt rose aux couleurs d'*Alice au pays des merveilles* que Mark venait de lui acheter dans une boutique de *duty free. Follow the white rabbit...* conseillait un slogan sous l'image d'un lapin halluciné, sanglé dans une redingote et qui portait à bout de bras une énorme montre à gousset.

— Ça va ? demanda Mark, sans attendre vraiment de réponse.

La petite fille le regarda avec douceur. Il sentit son cœur se serrer, mais réussit à tenir l'émotion à distance. Il farfouilla dans un sac à l'enseigne d'une librairie et en sortit un bloc à dessin, un paquet de feutres, ainsi que deux livres : un album pour tout-petits et le premier tome d'*Harry Potter*.

— J'en ai pris deux parce que… je ne sais même pas si tu sais lire, avoua Mark en étalant ses achats sur la tablette. Il y a cinq ans, c'est moi qui te lisais tes histoires avant d'aller dormir, tu te souviens ?

Il prit une gorgée d'eau minérale dans la petite bouteille posée devant lui et continua son monologue sur le ton de la confidence.

— Tu sais, chérie, je n'ai pas la moindre idée de ce qui t'est arrivé. J'ignore qui s'est occupé de toi pendant tout ce temps. J'imagine que tu as souffert et que tu as eu peur. Terriblement peur. Je sais aussi que tu as dû te sentir seule, perdue, et que tu as sûrement pensé qu'on t'avait abandonnée, maman et moi. Mais ce n'est pas vrai. Pas une seule seconde nous n'avons cessé de penser à toi et nous aurions tout donné pour te retrouver.

Attentive, la bouche ouverte, la petite fille regardait son père avec intensité.

— Je ne sais pas si tu te souviens de mon métier, mon ange… Lorsque tu m'avais demandé ce que je faisais, je t'avais répondu que j'étais docteur, mais un docteur un peu spécial qui soignait les blessures de l'âme. C'est difficile à expliquer : les gens viennent me voir lorsqu'ils souffrent à l'intérieur. Ils souffrent parce qu'ils ont subi des épreuves qui leur laissent des plaies au cœur. Ce sont des douleurs difficiles à soigner…

Le médecin sembla chercher ses mots avant de poursuivre :

— Souvent, ces personnes se sentent fautives de quelque chose, même si elles ne sont coupables de rien. Mon métier, c'est de les convaincre qu'on peut renaître de sa souffrance. Aucune blessure n'est irréversible. J'en suis profondément convaincu : on peut transformer ses meurtrissures en force. Ce n'est pas quelque chose de magique. Ça prend du temps. Souvent, on ne guérit pas totalement. La douleur ne disparaît jamais vraiment. Elle reste tapie au fond de nous, mais elle nous laisse revenir à la vie et continuer notre chemin. Je sais que ce n'est pas facile à comprendre, mais tu es une petite fille intelligente.

Mark fit une nouvelle pause avant de terminer :

— Si je te raconte cela, c'est pour te dire que je vais tout faire pour te protéger et t'accompagner, mais tu dois me laisser t'aider, chérie. Lorsque tu seras prête, il faudra que tu me parles, que tu me racontes ce que tu as vécu. Je peux tout entendre, tu sais. Pas parce que je suis médecin, mais parce que je suis ton papa. Tu comprends ?

En guise de réponse, Laya esquissa un léger sourire.

Puis elle examina les deux livres avec intérêt avant de se décider pour *Harry Potter*.

Mark la regarda attentivement pendant plusieurs minutes : elle lisait vraiment.

Elle sait lire, pensa-t-il. *Quelqu'un lui a appris à lire...*

Mais qui ?

Alors que Layla tournait consciencieusement les pages de son roman, Mark faisait son possible pour masquer son angoisse. Dans sa tête, pourtant, mille questions sans réponse s'entrechoquaient : qui avait enlevé sa fille ? Pourquoi l'avait-on relâchée au bout de cinq ans ? Pourquoi persistait-elle dans ce mutisme effrayant ? Comment expliquer l'épisode du portique de sécurité ? Avait-on réellement placé un corps étranger sous la peau de Layla ? Sans doute, mais de quelle nature ? Une puce, peut-être... Pour la localiser ? Pour la suivre à la trace ? Mais dans quel but ? Et Nicole...

Pourquoi avait-elle disparu à son tour, comme si elle avait quelque chose à se reprocher ? Sans parler de ce journaliste au courant de la réapparition de Layla alors que le FBI ne l'avait pas rendue publique. Pourquoi l'avait-il mis en garde : « Vous ne connaissez pas la vérité ! Ni sur votre femme ni sur votre fille ! »

Vous ne connaissez pas la vérité...

★

Au même moment, à l'avant du pont supérieur, une agitation soudaine s'empara des hôtesses et des stewards. Tous avaient le regard scotché sur Alyson Harrison qui venait d'apparaître dans le salon des première classe, un espace cosy regroupant une soixantaine de fauteuils design à commande électronique.

Une hôtesse élégante et affable conduisit Alyson jusqu'à son siège.

— Bienvenue sur Shangri-La Airlines, mademoiselle. Toute notre équipe se tient à votre disposition et vous souhaite un très agréable voyage.

Lunettes de soleil vissées sur le nez, Alyson s'écroula dans son fauteuil. Les endroits publics la mettaient désormais mal à l'aise. Elle ne s'y sentait plus en sécurité. Il y avait toujours des dizaines d'yeux fixés sur elle et un paparazzi amateur prêt à dégainer son téléphone portable dans l'espoir de revendre son cliché à un site de *gossip* qui en ferait des gorges chaudes.

Le problème, c'est qu'elle ne se sentait plus en sécurité nulle part. Depuis quelques années, son existence était devenue une suite sans fin d'errances et d'excès qui la détruisaient chaque jour davantage, et le milliard de dollars dont elle venait d'hériter ne changerait rien à l'affaire.

Dans la vie, les choses qui ont le plus de valeur sont celles qui n'ont pas de prix.

Alyson avait mis longtemps à le comprendre.

Trop longtemps.

★

L'énorme long-courrier arriva en début de piste et marqua une pause avant de prendre son élan.

— Décollage dans une minute, prévint le commandant.

Avec ses cinq cent soixante tonnes et ses deux ponts superposés, l'appareil tenait plus du paquebot volant que du simple avion de ligne.

Comment un truc pareil peut-il parvenir à s'élever dans les airs ? se demanda Evie en regardant à travers le hublot. C'était seulement la deuxième fois qu'elle prenait l'avion et elle détestait ça.

★

Le pilote mit les gaz et le quadriréacteur prit son élan le long de la piste.

Evie commença à se ronger les ongles.

Bon, alors, tu décolles… lança-t-elle mentalement.

Elle regarda autour d'elle avec anxiété, mais personne ne semblait s'inquiéter du temps que mettait l'avion pour prendre son envol.

Ça serait vraiment trop bête de crever maintenant, juste avant d'avoir accompli sa vengeance.

★

L'avion roulait, roulait, roulait toujours…

Depuis le pont supérieur, la vue sur la piste était saisissante. À plus de douze mètres de hauteur, les passagers dominaient l'immense voilure et semblaient toiser la piste.

Y a un problème, remarqua Alyson, *ce putain de truc devrait être déjà dans le ciel.* Pourtant, la perspective d'un accident n'arrivait pas à l'effrayer. Après tout, la mort était peut-être la solution : la fin de la souffrance, de la honte et de la culpabilité. La fin de la peur qui rongeait son ventre en permanence. La fin de tout…

Plusieurs fois déjà, elle avait cherché à en finir, mais il y avait toujours eu quelque chose pour s'opposer à son projet : un mauvais dosage de médicaments, des veines que l'on tranche dans le mauvais sens, des secours que l'on prévient trop vite…

Jusqu'à présent, elle n'était pas parvenue à ses fins.

Jusqu'à présent.

★

Mark sentait avec angoisse la piste qui vibrait sous les vingt roues du train principal. Se racontait-il des histoires ou est-ce que l'avion mettait un temps fou à décoller ?

Dans le vide-poche devant lui, la brochure technique de l'appareil rappelait pourtant fièrement que la puissance des turboréacteurs équivalait à celle de six mille voitures.

Si tu es si puissant, qu'est-ce que t'attends pour décoller ?

Le regard inquiet de Mark croisa celui de la jeune fille assise près du hublot au bout de la rangée. Elle non plus n'avait pas l'air rassurée. Seule Layla, assise entre les deux et plongée dans sa lecture, restait imperméable à ce qui l'entourait.

Décolle ! Décolle !

★

Arrivé en bout de piste, le géant des airs sembla hésiter un moment avant d'arracher ses cinq cent soixante tonnes du sol, provoquant un « ouf ! » de soulagement de la part des voyageurs.

★

Dans un silence monacal, l'appareil atteignit en moins de six minutes le premier palier de quinze mille pieds.

Agité et fiévreux, Mark se tortillait sur son siège. Ses mains tremblaient, des gouttes de sueur perlaient sur son front et coulaient le long de son dos. Une migraine terrible lui barrait la tête, comme si son cerveau venait d'être essoré.

Mark connaissait la cause de ce malaise : le sevrage alcoolique. Il n'avait plus pris une goutte d'alcool depuis trente-six heures et cela commençait à lui peser. Hier soir, puis ce matin, il avait eu une envie irrépressible de vider le minibar de la chambre d'hôtel. Tout à la joie d'être de nouveau avec sa fille, il avait su se maîtriser, mais la rue avait fait de lui un alcoolique. Il était certain de pouvoir sortir tout seul de cet enfer, mais cela prendrait du temps. Dans sa carrière, il avait déjà suivi des alcooliques en période de sevrage et il savait à quoi s'attendre s'il ne buvait pas : une désorientation, un délire, une crise convulsive, des hallucinations visuelles ou auditives.

À côté de lui, Layla leva les yeux de son livre et le regarda avec circonspection. Pour faire bonne figure, Mark tenta un clin d'œil suivi d'un sourire rassurant, mais quelque chose lui disait que sa fille n'était pas dupe de son état de santé.

— Vous allez bien, monsieur ?

C'était la jeune fille près du hublot qui avait posé la question. Mark la regarda attentivement : mi-femme, mi-enfant, des cheveux sales et décolorés, une tenue gothique recherchée mais froissée, une lassitude dans le regard qui trahissait une expérience éprouvante de la vie malgré son jeune âge.

— Ça va, assura-t-il. Comment tu t'appelles ?

Elle hésita à lui répondre. Toujours cette méfiance chevillée au corps. Mais quelque chose en Mark lui inspirait confiance. Une chaleur dans le regard qui lui rappelait ce médecin qu'elle avait croisé trois mois plus tôt, la veille de Noël, et qu'elle n'avait pas oublié. Elle avait essayé de ne pas le montrer, pendant le peu de temps où ils étaient restés ensemble, mais elle s'était sentie étrangement proche de lui. Souvent, dans ses moments de doute et de solitude, elle se surprenait à penser à lui. Alors, la peur se faisait moins violente et un espoir encore confus d'une vie plus douce lui traversait l'esprit.

— Je m'appelle Evie, répondit-elle.

— Moi, c'est Mark Hathaway, et voici ma fille, Layla.

— Salut, Layla, dit Evie en se penchant vers la petite fille.

— Elle ne… elle ne parle pas, expliqua le médecin.

Evie regarda les mains de Mark.

— C'est le manque d'alcool ?

— Quoi ?

— Vous essayez d'arrêter de boire ? C'est pour ça que vous tremblez…

— Non ! mentit le médecin, soudain un peu honteux. Pourquoi dis-tu cela ?

— À cause de ma mère : elle était comme vous.

— Écoute, c'est compliqué, commença Mark.

Il marqua une pause avant de demander :

— Ta mère, qu'est-ce qu'elle est devenue ?

— Elle est morte.

— Ah !… je suis désolé.

Le signal *fasten seat belt* venait de s'éteindre, indiquant aux passagers la permission de se lever.

Evie proposa :

— Si vous voulez aller vous rafraîchir, je peux surveiller votre fille.

— Merci, mais ça ira, répondit Mark, soudain méfiant à son tour.

— Je pense que si vous ne buvez pas vite quelque chose, vous allez vous sentir très mal.

Mark considéra la chose de façon rationnelle. C'est vrai qu'il se sentait de plus en plus mal. En quelques heures, il avait subitement abandonné sa vie de SDF, mais il peinait à retrouver ses anciens repères. Surtout, il avait sous-estimé les conséquences de son sevrage brutal avant d'embarquer dans cet avion.

Il regarda Layla. Pouvait-il la laisser seule quelques minutes avec cette Evie qu'il ne connaissait pas ? Comment allait réagir sa fille ? D'un autre côté, s'il voulait être capable de l'aider, il avait besoin d'un ou deux verres pour retrouver une contenance.

— Écoute, chérie, papa va revenir dans cinq minutes, Alors, tu vas m'attendre ici, tranquillement, avec cette jeune fille, d'accord ?

Il se tourna ensuite vers Evie.

— Il y a un bar au milieu du pont supérieur. Si tu as le moindre problème avec Layla, tu viens me chercher immédiatement, compris ?

Evie acquiesça de la tête.

Mark se leva et se dirigea d'abord vers les toilettes. La gorge sèche, le visage brûlant, il était à la fois déshydraté et ruisselant de sueur.

Il entra dans la petite cabine toute de chrome, de céramique et de miroir. Même dans cet endroit particulier, un large hublot offrait une ouverture sur le ciel ! Les toilettes étaient luxueuses et immaculées, à l'exception d'un tag élaboré : un pochoir à la bombe qui occupait une bonne partie du mur. Mark reconnut les « trois singes de la sagesse » qu'il avait eu l'occasion de voir dans les temples bouddhistes lors d'un séminaire au Japon. Avec ses mains, le premier primate se couvrait les yeux, le deuxième les oreilles et le troisième la bouche. Une phrase résumait la gravure : *Ne rien voir, ne rien entendre, ne rien dire*. Selon la croyance, à celui qui suivait ce précepte, il n'arriverait que du bien.

Tout en considérant cette étrange maxime, Mark retira sa montre, se lava les mains et s'aspergea le visage d'eau fraîche, en évitant de se regarder dans la glace posée au-dessus de la vasque.

Il passa ses mains sous le séchoir automatique et quitta la petite pièce. Il était à peine sorti qu'il se ravisa : il avait oublié sa montre sur la tablette. De retour dans les toilettes, il la récupéra et s'apprêtait à partir lorsqu'il s'arrêta net.

Ce n'est pas possible...

Sur le mur, le dessin des trois singes avait disparu pour être remplacé par une longue frise qui avait quelque chose d'effrayant et de morbide. Elle réunissait plusieurs symboles qu'il avait déjà rencontrés au cours de ses études de psychologie : d'abord, un *sablier*, une *faux*, et des *ossements* : autrement dit, le temps qui passe et que l'on gaspille, la mort inéluctable et soudaine, la poussière vers laquelle nous retournerons. Ensuite, une passerelle, longue et périlleuse : le *pont du jugement*, symbolisant la difficulté du passage dans l'au-delà. Pour finir, une échelle, l'*échelle du salut*, symbole universel de l'ascension de l'âme près de laquelle attendait un *homme à la tête de loup* : Anubis, le guide des morts, censé accompagner l'homme après son trépas pour le conduire dans les méandres de l'au-delà.

Surmontant cette peinture, une phrase posée comme un mantra :

> *RIEN N'EST À CRAINDRE,*
> *TOUT EST À COMPRENDRE*

Mark resta pétrifié. Il n'avait quand même pas rêvé ! Hypnotisé par la frise, il n'arrivait pas à quitter les toilettes. Ce qu'il voyait le faisait souffrir, bien qu'il n'en mesurât pas clairement le sens exact.

Il dut se faire violence pour sortir, mais à peine avait-il refermé la porte qu'il ne put s'empêcher de la rouvrir pour découvrir encore un nouveau tag à la place du précédent ! Cette fois, un oiseau flamboyant déployait ses ailes immenses sur toute l'étendue du mur : le Phénix, oiseau fabuleux qui renaît toujours de ses cendres.

Surmontant ce symbole de résurrection, une phrase :

> *UN HOMME, ÇA PEUT ÊTRE DÉTRUIT,*
> *MAIS PAS VAINCU*

Cette fois, Mark s'inquiéta vraiment.
Ça y est, je délire !
Les hallucinations qu'il redoutait à cause de son sevrage alcoolique se matérialisaient d'une façon angoissante. Tout son corps le brûlait. Il ne pouvait empêcher ses doigts de trembler, sa fréquence cardiaque d'exploser.

Il aurait eu besoin d'être réhydraté, de prendre des tranquillisants et des vitamines. Mais il n'avait rien de tout ça sous la main. Tout ce qui lui restait était sa volonté. Il ferma les yeux et jeta ses dernières forces dans un combat intérieur pour retrouver un peu de sérénité.

Tout ce que tu vois est faux. Tout se passe dans ta tête. Il n'y a pas de tags. Ces images de mort et de résurrection, ce sont tes angoisses et tes peurs : les séquelles de deux ans de vie dans la rue. Tu ne dois pas t'inquiéter. Layla est avec toi et tu vas bientôt retrouver Nicole. Tu vas parvenir à reconstruire ta famille et tout redeviendra comme avant.

Lorsqu'il ouvrit les yeux, toute trace du tag avait disparu. Le mur avait retrouvé son aspect immaculé.

— Bon, alors, vous la faites, votre commission ? cria un type qui s'impatientait de l'autre côté de la porte.

Un peu ragaillardi par sa petite victoire sur lui-même, Mark s'empressa de quitter la cabine, en se promettant toutefois de ne plus y mettre les pieds de tout le voyage.

★

Prenant au sérieux son rôle de « grande sœur », Evie veillait sur Layla sans jamais la quitter des yeux. Toujours muette, la petite fille s'était emparée d'un feutre et gribouillait sur son bloc-notes des formes abstraites comme le font les très jeunes enfants. Evie la regardait avec compassion, à la fois émue et fascinée par son mutisme.

Dix minutes s'étaient écoulées depuis le départ de Mark lorsque Layla leva les yeux de son dessin.

Elle ouvrit la bouche, et c'est alors que le miracle se produisit :

— Dis, de quoi elle est morte, ta maman ? demanda Layla à l'adolescente.

11

Evie
Premier flash-back

Las Vegas, Nevada
Un début de soirée du mois d'octobre
Deux ans plus tôt

Un terrain vague recouvert de mauvaises herbes et de détritus, quelque part dans la banlieue de Las Vegas, loin des paillettes et des néons du Strip[1].

Sur ce terrain, une quarantaine de caravanes, la plupart délabrées avec leurs vitres cassées, leurs cloisons défoncées et leurs toits qui s'affaissent. Le dernier palier avant la rue pour une population hétéroclite : des travailleurs aux revenus modestes, des malheureux ruinés au poker ou à la roulette qui pensaient n'être là que pour quelques jours, « juste le temps de se refaire », mais qui n'étaient jamais sortis de cet enfer du jeu.

---

1. L'artère la plus célèbre de la ville, où sont concentrés les grands hôtels et les attractions touristiques.

Au fond du terrain, une caravane un peu mieux entretenue, surmontée d'un auvent de tôle ondulée et entourée d'un début de clôture qui donne à la roulotte de faux airs de maisonnette.

Sous l'auvent, une table en formica sur laquelle reposent une pile impressionnante de livres, un vieux poste de radio branché sur une station country ainsi qu'un petit aquarium où tourne sans fin un poisson rachitique.

Assise à la table, Evie, treize ans, mordille un moment son stylo avant de rédiger d'un trait le dernier paragraphe de la fiche de lecture qu'elle doit rendre à son professeur le lendemain.

Soudain, une voix l'interpelle, en provenance d'une caravane mitoyenne :

— *Date prisa, Evie, vamos a llegar tarde al trabajo*[1] !
— *Ya voy, Carmina, dame dos minutos*[2].

L'adolescente fait un aller-retour express dans la caravane et, tout en se brossant les dents, se dépêche de relire son travail, corrigeant par-ci par-là quelques fautes qui traînent.

Allez, grouille-toi !

Miguel, le manager de l'équipe de nettoyage de l'hôtel Oasis, n'était pas commode. Evie avait dû le supplier pour qu'il accepte de l'embaucher quelques nuits par semaine malgré son âge. Un boulot ingrat, payé au noir cinq dollars de l'heure.

La jeune fille attrape la canette entamée qui traîne sur la table et se rince la bouche avec un mélange inédit de Coca light et de dentifrice qu'elle recrache dans une jardinière. Puis elle range ses affaires scolaires dans son

---

1. Dépêche-toi, Evie, on va être en retard au travail !
2. J'arrive, Carmina, donne-moi deux minutes.

sac à dos avant de retourner dans la caravane pour dire au revoir à sa mère.

— Bon, j'y vais, m'man.

Teresa Harper est allongée au niveau inférieur d'un lit superposé.

Elle a trente-quatre ans, mais en paraît vingt de plus à cause de l'hépatite chronique qu'elle traîne depuis des années et qui a évolué vers une cirrhose puis vers un cancer. Quelques mois plus tôt, une opération lui a retiré les trois quarts de son foie – bouffé par une tumeur – et elle supporte de moins en moins les effets secondaires de son traitement : fièvre, nausées, fatigue extrême, courbatures.

Teresa attrape sa fille par la main.

— Fais attention, chérie.

Ça fait près d'un an qu'elle a quitté son travail et que les deux femmes ne vivent plus que grâce à l'argent gagné par l'adolescente et à une aide sociale dérisoire.

— T'en fais pas, répond Evie en se levant.

Elle referme doucement la porte de la caravane et file chez sa voisine, Carmina, qui travaille avec elle dans l'équipe de ménage de l'hôtel Oasis.

Evie monte dans la voiture de Carmina, une vieille Pontiac aux sièges défoncés dont le pot d'échappement crache une fumée noire. Carmina est une Mexicaine volumineuse et austère. Elle a trois enfants et un bon à rien de mari qui est la plupart du temps au chômage. Comme elle n'aime pas parler pour ne rien dire, elle n'ouvre pas la bouche de tout le trajet, ce qui ne gêne pas Evie. La jeune fille a fermé les yeux. Elle est très angoissée par ce qu'elle a appris quelques jours plus tôt : le propriétaire du terrain sur lequel est parquée leur caravane a décidé de le vendre à un promoteur qui doit y monter un parc d'attractions. Elle n'en a rien dit à sa mère pour ne pas l'inquiéter, mais elle se demande ce qu'elles vont devenir si on les expulse. Depuis trois ans, malgré la maladie de Teresa et la précarité de leur quotidien, les deux femmes ont retrouvé un semblant de répit après une période misérable. Alcoolisme, drogue, prostitution… Teresa a traversé les années 1990 comme un long couloir sombre, partageant fréquemment son matériel de défonce – seringues, coton, pailles pour sniffer – avec d'autres paumés, héritant ainsi au passage d'une sale hépatite.

À l'époque, Teresa était traquée par les services sociaux qui voulaient lui retirer sa fille afin de la placer dans une famille d'accueil. Pour ne pas être séparée de sa mère, Evie avait développé très tôt des compétences étonnantes d'autonomie et de maturité. Aussi loin qu'elle s'en souvienne, elle avait toujours été le véritable adulte de la famille. C'est à elle que Teresa, dans ses moments de lucidité, remettait une partie de sa paye pour éviter de tout claquer en héroïne. C'est elle qui faisait les courses, payait les factures, réglait les problèmes de voisinage, elle qui, au bout du compte avait réussi à sortir sa mère de l'enfer de la drogue.

Elle qui, finalement, était devenue la mère de sa mère…

★

— On arrive, prévint Carmina en secouant Evie. Prends tes affaires.

Evie ouvre les yeux et attrape son sac sur le siège arrière.

La voiture roule sur Las Vegas Boulevard. À présent, il fait tout à fait nuit. Dans une profusion de néons, les hôtels aux façades rutilantes rivalisent de gigantisme. La silhouette immense de l'Oasis brille de mille feux et avale l'antique Pontiac qui va se garer dans le parking souterrain réservé aux employés.

Avec ses trois mille chambres, ses quatre piscines et sa galerie marchande, l'hôtel est pharaonique. Ici, tout est démesuré : le jardin intérieur, complanté de mille palmiers, traversé par une petite rivière, la plage de sable fin, le zoo où s'ébattent des lions et des tigres blancs, la banquise reconstituée où souffrent des pingouins obèses ainsi que l'aquarium de cent mille litres pouvant accueillir des dauphins.

Dans les chambres, du marbre du sol au plafond, un décor design conçu sur les principes feng-shui et des écrans plasma jusque dans les toilettes.

Pour fonctionner correctement, cette machine requiert des milliers d'« invisibles » : femmes de chambre, laveurs de carreaux, personnel d'entretien en tout genre…

Evie fait partie de ces invisibles. Chaque nuit, elle reçoit une affectation différente. Ce soir, elle accompagne l'équipe de Carmina, chargée du nettoyage des escaliers de service. Un boulot ingrat : trente étages, le dos courbé et la serpillière collée à la main pendant des heures…

*

Deux heures du matin

Evie prend une courte pause de dix minutes sur le toit de l'hôtel. D'ici, à près de cent mètres de hauteur, elle domine Las Vegas et son fleuve de lumières qui coule le long du Strip.

Elle est née dans cette ville qu'elle déteste, tout comme elle méprise cette faune de touristes venus faire un mariage minable ou claquer leurs dollars dans les casinos. Elle n'a jamais compris ce que les gens pouvaient bien trouver à ce parc d'attractions gigantesque où tout n'est que toc, verroteries et faux-semblants.

À Las Vegas, on ne peut pas faire trois pas sans tomber sur une machine à sous. Il y en a partout, dans les stations-service, dans les supermarchés, les restaurants, les bars, les laveries. Mais il est difficile de trouver un endroit où acheter des livres.

Les livres, c'est pourtant ce qu'Evie aime par-dessus tout, surtout les romans et la poésie. C'est une de ses profs à l'école qui lui a fait découvrir la littérature et, depuis, c'est devenu son jardin secret, son passeport vers l'ailleurs, un moyen inattendu pour sortir de la médiocrité dans laquelle la vie l'a engluée.

Dans l'une des nombreuses boutiques de prêteurs sur gages que compte la ville, elle a trouvé un lot de romans d'occasion soldé à deux dollars : *Cent ans de solitude*, *Le Bruit et la Fureur*, *Crime et Châtiment*, *Des souris et des hommes*, *L'Attrape-Cœurs*, *Les Hauts de Hurlevent*, *Le Bûcher des vanités*.

Garcia Marquez, Faulkner, Dostoïevski, Steinbeck, Salinger, Brontë, Wolfe, pour le prix d'un paquet de chips…

★

Quatre heures du matin

Frotter, frotter, frotter…

Il lui semble maintenant que ses habits empestent l'eau croupie. Elle a le dos cassé et tombe de sommeil. Pour tenir, elle pense à l'avenir et à sa mère. Teresa est inscrite sur la liste d'attente pour bénéficier d'un nouveau foie. Mais les organes sont rares et Evie n'a qu'une crainte : que sa mère ne vive pas jusque-là.

Il faut qu'elle tienne, s'angoisse-t-elle, il faut qu'elle tienne encore quelques mois.

Mais, dans le même temps, elle se sent coupable d'attendre avec espoir la mort d'un donneur d'organes.

★

Six heures du matin

Evie récupère sa paye en liquide auprès du contremaître et quitte l'hôtel Oasis. Plus bas, sur le boulevard, un petit *coffee-shop* sert ses premiers clients du matin. Evie aime s'installer au fond de la salle, un peu isolée, à l'une des tables donnant sur la rue. Là, elle dispose d'une heure avant de prendre le bus qui la conduira à son école. Une heure bien à elle, le seul moment de la journée où elle s'accorde du temps pour faire ce qu'elle aime vraiment : lire et écrire.

Ce matin-là, elle commande un chocolat chaud et sort de son sac à dos un ouvrage relié qui la passionne. Elle l'a récupéré l'autre nuit, sur la table de chevet de l'une des chambres de l'hôtel. Sans doute un client qui l'avait oublié. Pour une fois, ce n'est pas un roman ou un recueil de poésies, mais plutôt un essai écrit par un neuropsychiatre de New York.

Un certain Connor McCoy.

Son livre s'appelle *Survivre*.

Et c'est comme s'il avait été écrit pour elle.

Il lui parle exactement de ce qu'elle a vécu, de cette nécessité de s'endurcir pour rester vaillante face au pire, de cette armure inviolable qu'elle s'est patiemment construite au fil des années et qui lui permet de ne pas sombrer. Mais, au détour des chapitres, Evie a également trouvé une mise en garde, une chose dont elle avait déjà eu l'intuition sans pouvoir la formuler clairement : il ne faut pas trop se protéger, sinon on ne ressent plus rien. Notre cœur devient de glace, on n'est plus qu'un mort vivant et la vie perd à jamais toute saveur.

C'est pour cette raison qu'elle essaye de se ménager une sorte de jardin intérieur, une petite capsule d'espoir et de légèreté qu'elle garde enfouie, semée au fond d'elle-même, prête à éclore le jour où…

Son avenir ? Elle aime parfois à se rêver écrivain ou bien psychiatre pour aider à son tour les gens qui souffrent. Pourtant, elle sait pertinemment qu'elle ne fera jamais d'études. L'université, ce n'est pas pour une fille de junkie vivant dans une caravane et obligée de travailler la nuit pour pouvoir se payer juste de quoi bouffer.

Evie prend une gorgée de chocolat chaud et griffonne quelques mots dans un carnet à spirale.

Souvent, elle se sent seule.

Si seule.

Elle voudrait bien partager ses pensées avec quelqu'un qui la comprenne.

Mais comme elle n'a personne, c'est à son journal qu'elle confie ses doutes et ses secrets.

À la fin de son carnet, elle a dressé une liste. Celle des dix choses secrètes qu'elle aimerait voir se réaliser dans sa vie. Elle sait bien qu'il y a peu de chances que ses vœux soient un jour exaucés, mais il faut bien rêver parfois, parce que sinon…

N° 1 : que ma mère reçoive un nouveau foie et qu'elle guérisse.

N° 2 : qu'on trouve un nouveau logement pas trop cher.

N° 3 : que jamais plus ma mère ne touche à la drogue ou à l'alcool.

N° 4 : que jamais de la vie je ne sois tentée par la drogue ou l'alcool.

N° 5 : qu'on parte quelques jours en vacances loin de Las Vegas.

N° 6 : que j'aille faire des études à New York.

N° 7 : que je sache un jour qui est mon vrai père.

N° 8 : que je sois toujours consciente qu'il y a aussi des choses belles dans la vie.

N° 9 : que je rencontre un jour quelqu'un qui me comprenne.

Pour le n° 10, c'est plus compliqué. Elle avait marqué quelque chose, puis elle a eu honte et elle l'a effacé.

Mais si on y réfléchit bien, ça pourrait être :

N° 10 : qu'un jour, quelqu'un tombe amoureux de moi...

12

Mark & Alyson

Tout est cousu d'enfance.
Ce n'est pas nous qui disons les mots
Ce sont les mots qui nous disent.
Witold GOMBROWICZ

Aujourd'hui
Dans l'avion
Onze heures quarante-cinq

L'A380 continuait son vol à vitesse régulière, fendant les nuages qui planaient dans le ciel au-dessus des Rocheuses.

Mark emprunta l'escalier monumental qui reliait les deux étages. Il gagna le milieu du pont supérieur où était situé le Floridita, le *lounge-bar* qui faisait la fierté de la compagnie aérienne. Musique relaxante, éclairage sophistiqué, fauteuils clubs, canapés en cuir capitonné : tout concourait à créer une ambiance feutrée et tamisée.

Dans cet espace luxueusement aménagé, il était facile d'oublier qu'on se trouvait dans un avion.

Mark s'installa sur l'un des hauts tabourets disposés en cercle autour du bar. Derrière le comptoir, un Black moustachu arborait une coiffure afro à la Jackson Five qui faisait de lui un sosie presque parfait d'Isaac, le barman de *La croisière s'amuse*.

— Un double whisky sans glace, commanda le médecin.

Déjà, il se sentait mieux. La simple perspective de boire avait presque suffi à l'apaiser.

Aussi, lorsque Isaac posa devant lui sa consommation, Mark se paya le luxe d'en retarder la première gorgée.

Il regarda autour de lui. Les passagers étaient de plus en plus nombreux à affluer vers le bar. À côté de lui, une jeune femme un peu provocante venait de prendre place. En attendant de passer commande, Alyson ondulait la tête au rythme de la musique, un mélange d'électro et de bossa.

— Qu'est-ce que je vous sers, mademoiselle ? demanda le barman.

— Un daiquiri, s'il vous plaît. Sans sucre, mais avec un trait de jus de pamplemousse.

Alyson posa les yeux sur Mark et croisa son regard.

— Ça s'appelle un Hemingway's special, précisa le médecin.

— Pardon ?

— Le cocktail que vous venez de commander, le daiquiri amer : il a été inventé par Ernest Hemingway.

Comme Alyson restait sans réaction, Mark se crut dans l'obligation de préciser :

— Hemingway, l'écrivain.

— Je sais qui est Hemingway, merci !

— Désolé, s'excusa Mark. Je ne voulais pas vous mettre mal à l'aise.

— Non, c'est moi, c'est juste que…

Sous le coup d'une émotion mal maîtrisée, Alyson s'interrompit dans ses explications et détourna la tête.

Intrigué, Mark la regarda plus attentivement : cheveux couleur *suicide blonde*, silhouette élancée, allure de call-girl…

Lorsqu'elle se pencha pour ramasser son sac, il remarqua le début d'un tatouage au creux de ses reins et reconnut le symbole bouddhiste de la roue de la loi :

— Vous allez bien, mademoiselle ? s'enquit-il.

— Ça va, assura Alyson. C'est juste votre référence à Hemingway : c'était l'écrivain préféré de mon père.

Elle regarda Mark droit dans les yeux et se sentit étrangement bien. Il émanait de cet homme un drôle de magnétisme, fait de chaleur et d'humanité, qui la mit en confiance et la poussa à continuer :

— Mon père est mort il y a quelques jours, poursuivit-elle. Il s'est suicidé.

— Je suis navré.

— Un coup de fusil de chasse, comme…

— … comme Hemingway, termina Mark.

Alyson approuva silencieusement de la tête.

— Je m'appelle Mark Hathaway.

— Alyson Harrison.

Après plus d'une minute d'hésitation, Mark osa enfin poser la question qui le turlupinait :

— Pourquoi la moitié des personnes dans cet avion vous dévisagent-elles, Alyson ?

La jeune femme avoua, embarrassée :

— Ces dernières années, on m'a beaucoup vue dans les journaux. Enfin, les journaux, c'est un grand mot…

— Ah ?

— Je parie que vous êtes déjà tombé sur une photo de moi dans la presse. Sinon, vous seriez bien le seul.

— Je n'ai pas ouvert un journal depuis cinq ans, affirma le médecin.

— Vraiment ?

— Vraiment.

Alyson regarda Mark avec curiosité.

Le médecin la regarda à son tour et sentit que la jeune femme avait besoin de se confier.

— Alors, Alyson, dites-moi ce que j'ai manqué depuis cinq ans.

13

Alyson
Deuxième flash-back

Cinq ans plus tôt

Alyson Harrison arrêtée à Dubaï
pour possession de drogue
(AP – 11 sept. 2002)

La célèbre héritière a été arrêtée à l'aéroport de
Dubaï où elle venait de passer quelques jours de
vacances. Mlle Harrison sera jugée la semaine
prochaine. Elle a reconnu avoir sur elle de la
cocaïne qu'elle destinait à son usage personnel,
mais elle a assuré ne pas en avoir consommé
sur le territoire des Émirats arabes unis.
Ce n'est pas la première fois que la sulfureuse
héritière défraie ainsi la chronique et, jusqu'à
présent, chacun de ses écarts de conduite s'était
réglé par l'intervention de son père et le verse-
ment de quelques milliers de dollars. Mais
l'affaire actuelle, située en dehors du territoire
américain, pourrait bien ne pas avoir le même

dénouement. Rappelons que Dubaï, important centre d'affaires et région touristique en pleine expansion, a l'une des législations sur les stupéfiants les plus sévères du monde.

★

Alyson Harrison condamnée à 3 ans de prison à Dubaï pour 2 grammes de cocaïne !
(AP – 18 sept. 2002)

La fille du businessman Richard Harrison a été condamnée ce matin à trois ans de prison. Le tribunal l'a reconnue coupable d'avoir introduit et possédé de la cocaïne sur le territoire des Émirats arabes unis.

★

Bloomberg TV

… le puissant homme d'affaires Richard Harrison, fondateur des supermarchés Green Cross a pris l'avion ce matin pour Dubaï où il devrait…

★

Dernière minute : Alyson Harrison finalement graciée à Dubaï
(AP – 19 sept. 2002)

Rebondissement dans l'affaire Harrison : seulement quelques heures après avoir été condamnée à une lourde peine de prison, Alyson Harrison vient d'être graciée ce matin par le gouverneur de Dubaï.

À peine la grâce prononcée, la blonde héritière a quitté les Émirats arabes unis pour retourner aux États-Unis dans le jet affrété par son père.

★

— Alyson, tu m'écoutes ?

Richard Harrison est assis dans le jet en face de sa fille.

C'est un homme de corpulence moyenne. Il porte des lunettes de myope, un pull à col roulé, un pantalon de velours et de grosses chaussures. Depuis longtemps, il a pris l'habitude de se cacher derrière une allure de plouc, mais, dans le milieu des affaires, c'est un homme redoutable et redouté.

— Qu'est-ce qui ne va pas, ma chérie ?

La jeune femme, qui s'était recroquevillée sur son siège, le menton posé sur ses jambes repliées, se rebiffe à ces mots.

— Tu oses me demander ce qui ne va pas, après ce que tu as fait ?

— Ce que j'ai fait, je l'ai fait pour ton bien, répond son père d'un ton las, et, crois-moi, je m'en serais bien passé.

— J'aurais dû me débrouiller toute seule…

Silence.

— On ne pourra pas revenir en arrière, reprend Richard, mais tu dois te reprendre en main car je ne serai pas toujours là pour te tirer de tes mauvais pas.

— Je m'en fiche, j'aurai ton fric.

Bien que blessé, son père ne se laisse pas démonter :

— Il faut que tu arrêtes la drogue et que tu t'investisses dans quelque chose, plaide Richard : un projet qui aurait du sens pour toi. Tu pourrais diriger la fondation que ta mère a créée…

— Laisse maman où elle est !

— Je cherche seulement à t'aider.

— Alors, fous-moi la paix !

Richard encaisse le coup sans ciller.

— Cette agressivité envers toi-même et envers les autres, cette volonté de blesser et d'être méchante : je sais que tu n'es pas comme ça au fond de toi, Alyson. Je sais que tu es intelligente et sensible. Tu traverses seulement une période difficile. Si je t'ai fait du mal, je te demande pardon mais, je t'en conjure, ne t'enfonce pas davantage car sinon, tu ne pourras plus jamais t'en sortir.

Pas de réponse.

★

Ma souffrance est ma vengeance contre moi-même.
Albert Cohen.

★

Alyson en désintox
(Onl!ne – 04 janv. 2003)

L'héritière de l'empire Green Cross s'est rendue spontanément aujourd'hui à la clinique Coolidge de Malibu pour combattre son addiction à la drogue et à l'alcool. *« Mlle Harrison a décidé de prendre des mesures drastiques pour son bien-être et celui de sa famille »*, a déclaré Jeffrey Wexler, son avocat, dans un communiqué.

★

Alyson rechute !
(Onl!ne – 14 août 2003)

Alyson Harrison s'est vu interdire l'accès à un avion de United Airlines en raison de son état d'ébriété avancé.

Attendant son vol pour Los Angeles à l'aéroport de Miami, la jeune femme aurait bu plusieurs cocktails au bar de l'aéroport avant d'en ressortir en titubant.

Le personnel de la compagnie aérienne a refusé de la laisser embarquer.

« *Mlle Harrison n'a pas tenu de propos injurieux à notre encontre*, a précisé une employée de United Airlines. *Elle était juste ivre, ce qu'elle a elle-même reconnu.* »

★

Richard Harrison donne
les trois quarts de sa fortune
à des organisations caritatives
(Reuters – 28 oct. 2003)

Le milliardaire Richard Harrison vient d'annoncer son intention de verser dix milliards de dollars à plusieurs fondations caritatives et humanitaires. Ce montant qui porte sur près des trois quarts de sa fortune sera réparti entre diverses organisations, dont la Shania Foundation qu'il a lui-même créée il y a plus de vingt ans avec sa première femme (décédée en 1994) et qui est dirigée aujourd'hui par son actuelle épouse : Stephanie Harrison.

Février 2004

Une chambre à coucher aux couleurs pastel dans une nouvelle clinique de désintoxication. A travers la fenêtre, on aperçoit les montagnes enneigées du Montana. Alyson est en train de faire sa valise. Richard ouvre la porte et la regarde tristement.

— Je viens de parler au directeur. Il ne veut plus de toi. Il prétend que tu mets en danger les autres pensionnaires.

— C'est des conneries tout ça ! La seule personne que je mets en danger, c'est moi.

Richard tente maladroitement de l'aider à plier un pull, mais sa fille le lui arrache des mains brutalement. Sans se démonter, l'homme d'affaires attrape sa sacoche en vieux cuir pour en sortir une brochure plastifiée et un billet d'avion.

— Écoute, on m'a parlé d'une nouvelle institution en Suisse. Ce n'est pas exactement une clinique, plutôt un endroit où tu pourrais te reposer…

— J'en ai ma claque de tous ces endroits, papa.

— Reviens à la maison, alors.

Sans prendre la peine de répondre, Alyson passe dans la salle de bains et allume son sèche-cheveux.

Richard insiste, haussant la voix pour couvrir le bruit du séchoir :

— Écoute-moi, Alyson…

Il débranche la prise de l'appareil pour obtenir l'attention de sa fille.

— Il y a un nouveau médecin que j'aimerais que tu ailles consulter à New York : le Dr Connor McCoy, un franc-tireur dans le monde des psys. Il expérimente des méthodes innovantes et je crois qu'il pourrait t'aider.

— Tu sais quoi, papa ? Je vais rentrer toute seule en taxi.

— Lis au moins son livre, propose-t-il en lui tendant l'ouvrage du neuropsychiatre.

Comme Alyson ne réagit pas, Richard range le livre dans la valise de sa fille : *Survivre*, par Connor McCoy.

Il y joint une carte de visite avec les coordonnées du médecin, puis ramasse sa sacoche et s'apprête à quitter la pièce. Avant de partir, il se retourne une dernière fois vers Alyson.

— Il y a encore une chose que je voulais te dire. Je préfère que tu sois au courant avant que la presse ne l'annonce.

Soudain inquiète, Alyson est sortie de la salle de bains. Elle a senti d'instinct que c'était important.

— Quoi ?

— Je vais mourir bientôt.

★

Richard Harrison souffre de la maladie d'Alzheimer
(CNN.com – 15 mars 2004)

L'homme d'affaires Richard Harrison, soixante et onze ans, est atteint de la maladie d'Alzheimer, a annoncé hier matin son porte-parole, l'avocat Jeffrey Wexler.

« Richard est effectivement atteint de cette maladie, a confirmé Maître Wexler. Les premiers signes se sont déclarés il y a deux ans, mais Richard reste très actif. Malgré quelques absences, il est tout à fait conscient de ce qui lui arrive et continue de se lever tous les matins pour aller travailler. »

Rappelons que cette maladie neurodégénérative est aujourd'hui incurable. En l'absence de progrès importants de la recherche, 15 millions d'Américains pourraient être touchés d'ici quarante ans contre 4,5 millions aujourd'hui.

★

2005

Une nuit d'automne à Las Vegas.

Contrarié, Russel Malone, le manager de l'hôtel Oasis, traverse à vive allure l'immense hall de marbre et de verre pour atteindre les ascenseurs du lobby. Il s'engouffre dans une capsule transparente qui s'élève dans les airs, survolant à la verticale l'immense atrium central où, dans un mélange de folie des grandeurs et de débauche de luxe, on a reconstruit à taille réelle certains des plus célèbres monuments romains : la fontaine de Trevi, l'arc de Titus et même un morceau du Colisée. L'ascenseur conduit Russel jusqu'au trentième et dernier étage : celui des suites les plus luxueuses. Il s'arrête un moment devant l'appartement loué par Alyson Harrison. Plusieurs clients ont alerté la réception pour se plaindre du vacarme de la jeune héritière. Jusque dans le couloir, on entend en effet la musique poussée à fond. Russel reconnaît la voix de Kurt Cobain : *The Man who Sold the World*, la reprise de David Bowie par Nirvana lors du mythique *MTV Unplugged*. Pendant une fraction de seconde, il repense à ses années d'université et à Joana, son ancienne petite amie qui lui avait offert ce disque. À cette époque, il était heureux et encore insouciant. Mais ce retour vers le passé ne dure pas. Déjà, sa fonction et ses responsabilités le ramènent à la réalité.

— Mademoiselle Harrison ? crie-t-il en tambourinant à la porte. Est-ce que tout va bien ?

Tout à l'heure, il a plusieurs fois tenté de la joindre par téléphone, mais elle n'a pas décroché. Comme il n'obtient aucune réponse, il se décide à utiliser son passe et pénètre dans la suite.

— Mademoiselle Harrison ?

Russel parcourt toutes les pièces avant de se décider à pousser la porte de la salle de bains. La pièce est saturée de buée. Avec une certaine appréhension, il tire le rideau de douche et lâche un juron.

Dans la baignoire, le corps tremblant d'Alyson Harrison, les poignets et les chevilles profondément entaillés.

Dans sa chambre, posé sur la table de chevet, un livre qu'elle n'a pas pris le temps d'ouvrir.

Survivre, par Connor McCoy.

★

Juin 2006

Le Nautilus est un hôtel de luxe, au large des Caraïbes, immergé à quinze mètres de profondeur. C'est l'un des nouveaux endroits à la mode accueillant une petite élite : nouveaux riches, ultrariches, stars ou pseudo-stars du show-biz et de la mode. Cet « hôtel sous la mer » se distingue par sa coque transparente qui permet d'admirer les fonds marins à condition de n'être pas claustrophobe.

C'est le milieu de la nuit dans la chambre 33. Deux hommes bien éméchés quittent la pièce en échangeant quelques paroles graveleuses à propos de la jeune femme endormie sur le lit.

Alyson se réveille quelques heures plus tard. Elle a mal à la tête et se dépêche d'aller vomir dans les toilettes. Elle revient en se traînant et s'effondre sur le matelas.

Sur le sol, une bouteille vide de tequila, deux préservatifs, des traces de cocaïne…

Alyson pleure.

Elle est incapable de se rappeler ce qui s'est vraiment passé.

Souvent déjà, elle a cru toucher le fond, persuadée qu'elle ne pourrait pas tomber plus bas.

Mais, chaque fois, cela s'est révélé faux.

Car le fond est beaucoup plus profond qu'on ne se l'imagine.

★

Novembre 2006

Un pont sur l'autoroute, dans la nuit de Los Angeles. Une passerelle en béton qui surmonte un enchevêtrement de *freeways*, à quelques kilomètres d'un échangeur autoroutier.

Alyson a arrêté son 4x4 sur la bande d'arrêt d'urgence. Elle a enjambé la barrière de protection et regarde désespérément le flot de voitures qui s'écoule vingt mètres plus bas. Ses mains sont agrippées au grillage et ses talons hauts tremblent sur la fine rambarde de béton, dernier rempart avant le vide.

Elle n'a jamais été aussi près d'en finir. Cela fait trop longtemps qu'elle est prisonnière de sa vie, de ses actes, de son passé. Trop longtemps qu'elle vit dans l'angoisse de tous les instants, dans le dégoût d'elle-même.

Il paraît que l'enfer, c'est quand il n'y a plus d'espoir. Donc ce soir, c'est la fin.

Game over.

Il était temps.

Des sirènes de police hurlent dans la nuit. Une voiture puis deux motards s'arrêtent à sa hauteur. Quatre hommes forment rapidement un demi-cercle à cinq mètres d'elle. Comme ils se rapprochent, elle crie et tous les quatre se figent. Ils sont là, mais ils ne peuvent rien. Si elle le veut, elle saute. Dernier moment de liberté avant l'abîme. Ivresse d'avoir encore le choix.

— Faut pas faire ça, mademoiselle !

C'est le plus jeune des flics qui a parlé. Un Black d'à peine vingt ans : une allure fragile à la Otis Redding, même voix mélancolique, même moustache d'adolescent.

— On croit parfois que c'est la seule solution, mais ce n'est pas vrai...

Sa voix a des accents d'émotion et de vérité. On a l'impression qu'il s'y connaît, le petit gars. Il faut dire qu'il a perdu sa sœur jumelle, cinq ans plus tôt. Elle s'est enfermée dans la voiture familiale avec dans la bouche un tube en caoutchouc relié au pot d'échappement. C'est lui qui a découvert son corps en ouvrant la porte du garage. Personne n'avait rien vu venir.

— Y en a pas d'autre, mademoiselle ! assure-t-il en se rapprochant d'Alyson. De vie, y en a pas d'autre...

Il lui attrape le bras et elle se laisse entraîner.

*

**Aujourd'hui
Dans l'avion
Treize heures**

Alyson venait de terminer son récit. Elle baissa les yeux, à la fois stupéfaite et un peu gênée de s'être autant confiée à un parfait inconnu. Mark l'avait écoutée avec une attention rare. Lorsqu'elle lui parlait, elle se sentait protégée, comme à l'intérieur d'une bulle.

Il n'avait en effet suffi que de quelques minutes pour que Mark retrouve ses réflexes de psy, prenant mentalement des notes, essayant de rapprocher l'expérience d'Alyson de celle d'autres patients qu'il avait suivis.

Lui-même avait retrouvé un peu de sérénité. Entrer en connexion avec les gens, inverser le courant : voilà ce qu'il avait toujours aimé. Arrêter la descente aux enfers de ses patients et les aider à remonter lentement vers la vie.

Mark regarda la jeune femme avec intensité. À ce stade, il ne pouvait lui poser qu'une seule question :

— De quoi cherchez-vous à vous punir ?

Alyson détourna les yeux et quelque chose en elle se crispa, signe que Mark avait touché juste. Bien sûr que sa pulsion autodestructrice prenait racine quelque part. Elle ouvrit la bouche et, pendant une seconde, crut vraiment qu'elle allait lui avouer son secret et se délester de ce mal qui la rongeait depuis des années. Mais les mots restèrent bloqués dans sa gorge et les larmes lui montèrent aux yeux.

Mark voulait relancer le dialogue lorsque l'avion fut pris de secousses. Isaac renversa le cocktail qu'il était en train de servir. Quelqu'un cria et les lumières clignotèrent.

Madame, monsieur, nous traversons actuellement une zone de turbulences, veuillez regagner votre siège et attacher votre ceinture.

Il y eut quelques protestations parmi les clients du bar, mais chacun s'exécuta.

— Il faut que j'aille rejoindre ma fille sur le pont inférieur, expliqua Mark en se levant de son tabouret.

— Je comprends, répondit Alyson.

Ils se séparèrent ainsi sans rien ajouter, mais, au moment de se quitter, chacun lut dans le regard de l'autre la promesse de se retrouver bientôt.

14

La roue de la vie

La roue de la vie tournait si vite qu'aucun homme ne pouvait rester debout bien longtemps. Et en fin de compte, elle finissait toujours par revenir à son point de départ.

Stephen KING

Aujourd'hui
Dans l'avion
Treize heures quinze

Le vol 714 tanguait violemment au-dessus d'une mer de nuages.

En proie à l'inquiétude, Mark regagna son siège sans perdre de temps. Comment avait-il pu laisser sa fille sans surveillance pendant plus d'une demi-heure ? Un bref instant, il sentit la panique le gagner. Et s'il ne trouvait qu'un siège vide à la place de Layla ? Il joua des coudes, bouscula quelques personnes pour avancer plus vite. Et si son enfant disparaissait à nouveau par sa faute ? En remontant l'allée, il sentit le sol vaciller sous ses pieds. Et si…

Il s'arrêta net à quelques mètres de son siège. Layla n'avait pas bougé de sa place. Un feutre à la main, le visage tourné vers Evie, elle montrait avec fierté ses dessins à l'adolescente.

— Tout s'est bien passé ? s'enquit Mark en s'asseyant.

— Très bien, répondit Evie en accompagnant ses paroles d'un signe de tête.

Le médecin se pencha pour observer les dessins que Layla avait réalisés en son absence.

— Je peux voir ? demanda-t-il en caressant les cheveux de sa fille.

Toujours silencieuse, Layla retira son bras de la tablette pour permettre à son père de s'emparer des feuillets.

La petite fille avait colorié plusieurs pages du bloc-notes. Dans sa pratique de psychologue, Mark avait beaucoup utilisé les dessins pour aider ses jeunes patients à mieux communiquer. Autrefois, il avait même un véritable don pour les déchiffrer et les analyser.

En examinant ceux de sa fille avec attention, il ressentit un véritable soulagement : c'étaient des dessins aux couleurs vives, remplis de papillons, d'étoiles et de fleurs. Bien qu'il n'ait plus pratiqué depuis longtemps, il était persuadé que les coloriages de Layla n'étaient pas l'œuvre d'un enfant ayant subi un violent traumatisme.

— C'est très beau, ma chérie, la complimenta-t-il.

Il allait reposer les feuillets sur la tablette lorsque quelque chose attira son attention : une forme géomé-trique qui revenait sur toutes les feuilles et qu'il avait d'abord prise pour une fleur ou une étoile.

Ce symbole représentait la *roue de la loi*. La loi de la destinée des hommes dont aucune force ne peut changer le sens, la loi du perpétuel recommencement des choses : la naissance, la mort, la renaissance…

Cet emblème, il l'avait vu un moment plus tôt tatoué au creux des reins d'Alyson ! C'était aussi ce même cercle qui avait toujours fasciné Connor, avec ses huit rayons censés indiquer à l'homme le chemin pour se libérer de la souffrance.

— Pourquoi tu dessines ça, chérie ? s'inquiéta-t-il en regardant Layla dans les yeux.

— *Je ne sais pas*, répondit tranquillement la petite fille.

Mark fut frappé de stupeur. Layla venait de lui répondre ! ELLE PARLAIT ! Avait-il bien entendu ou est-ce que son esprit lui jouait encore des tours ?

— Ça va, chérie ? demanda-t-il, tout en redoutant de ne pas obtenir de réponse.

— J'ai un peu sommeil, mais ça va.

Mark se sentit libéré d'un poids mais hésita sur la démarche à adopter. Pressé de poser mille questions à sa fille, il devait aussi être attentif à ne pas la brusquer.

— Il est grand cet avion, hein ? remarqua Layla en souriant.

— Oui, approuva Mark en lui rendant son sourire, c'est le plus grand du monde.

— Il va vite ?

— Très vite.

— Pourtant, on ne dirait pas ! remarqua-t-elle en se penchant vers Evie pour apprécier la vitesse à travers le hublot.

— C'est vrai, admit Mark. On a l'impression d'être statique au-dessus des nuages, et pourtant, on va très vite, à près de mille kilomètres-heure : c'est une illusion d'optique.

— Une illusion d'optique ?

— Ça veut dire qu'on est parfois trompé par les apparences, expliqua-t-il.

— Ah bon ?

Elle sembla méditer un court instant sur cette affirmation avant de changer de sujet.

— Je pourrais avoir un esquimau ?

— D'accord. Les hôtesses vont sans doute en distribuer lorsque nous sortirons des turbulences.

— J'en prendrai un au chocolat avec des amandes, l'informa la petite fille le plus sérieusement du monde.

— Bon choix.

— C'est des Häagen Dazs, précisa-t-elle.

— Tu crois ?

— Je te jure : je les ai vus dans la vitrine quand nous sommes arrivés. Et, crois-moi, c'était pas une illusion d'optique.

Layla lui fit un sourire, très fière de sa repartie.

Mark se sentait revivre. Il retrouvait sa fille telle qu'il l'avait connue : pétillante, pleine de vie et de bon sens. À nouveau s'empara de lui l'espoir un peu fou que les choses redeviennent comme avant. Mais d'abord, il devait comprendre les raisons de la fuite subite de Nicole et surtout éclaircir les circonstances de la détention de Layla. Sa fille était soudain redevenue

130

loquace. Il fallait qu'il en profite pour l'interroger sans la bousculer.

— Tu veux me dire ce qu'il t'est arrivé, chérie ? demanda-t-il d'une voix apaisante en se penchant vers elle.

— Ce qui m'est arrivé quand j'étais petite ?

Il approuva de la tête.

— À présent, tu n'as plus rien à craindre. Tu vas retrouver maman, la maison, ta chambre, ton école. Tout va reprendre sa place mais, avant, il faut que tu me dises *où* tu étais pendant toutes ces années et surtout... *avec qui*.

Layla ouvrit la bouche comme pour répondre du tac au tac, puis elle se ravisa et prit le temps de la réflexion. Lorsque la petite fille se décida enfin, ce fut pour proposer :

— T'as qu'à demander à maman.

Mark sentit son sang se glacer.

— Maman sait ce qui t'est arrivé ?

Layla fit un signe affirmatif.

— Non, dit Mark, tu te trompes.

— C'est la vérité, affirma Layla, fâchée que sa parole soit mise en doute.

— Tu es sûre ?

— Certaine, trancha-t-elle sans hésiter.

Abasourdi, Mark s'entendit alors demander :

— Tu as revu maman depuis cinq ans ?

— Bien sûr, je l'ai vue souvent.

— Comment ça, tu l'as vue souvent ?

Layla regarda son père avec douceur. Ses yeux brillaient. D'un mot, elle mit fin à la conversation.

— Maintenant, je voudrais dormir, papa.

Encore sous le choc, Mark mit plusieurs secondes avant de renoncer :

— D'accord, chérie, repose-toi.

Il appuya sur le bouton qui commandait l'inclinaison du dossier. Layla se détendit, ferma les yeux et se laissa bercer par le ronronnement des moteurs.

Mark plongea dans un abîme de perplexité. Quel crédit accorder à ses paroles ? Malgré son apparente sérénité, Layla avait forcément été traumatisée par son enlèvement. Ses propos contenaient peut-être une part de vérité, mais Mark se refusait à croire que Nicole ait pu, de près ou de loin, être impliquée dans l'enlèvement de son propre enfant.

Layla dormait à poings fermés. Mark la regarda avec tendresse, jusqu'à finir par caler sa respiration sur la sienne. Très doucement, il lui caressa les cheveux, chassant une mèche derrière son oreille. Layla avait hérité des traits de Nicole et du regard de Mark. Du moins, c'est ce que tout le monde prétendait : « Elle a le sourire de sa maman et le regard de son papa. »

Et pourtant…

Pourtant, Mark savait que ce n'était pas vrai. Pour la bonne et simple raison que Layla n'était pas sa fille biologique.

*

Lorsqu'il avait connu Nicole, dix ans plus tôt, celle-ci était au début de sa grossesse. Elle sortait d'une liaison avec le chef d'orchestre français Daniel Grevin. La soixantaine, brillant, cultivé, connu et reconnu dans le monde entier, Grevin enchaînait les relations extra-conjugales avec les musiciennes qui jouaient sous sa direction. Son aventure avec Nicole n'avait duré que quelques semaines, et c'était la violoniste qui avait pris l'initiative de la rupture.

Lorsqu'elle avait appris sa grossesse, Nicole avait décidé, contre toute attente, de garder son bébé sans même en avertir Grevin. Sa rencontre avec Mark avait tout balayé sur son passage. Mark avait aimé et élevé Layla comme sa propre fille. C'est lui qui avait posé sa main sur le ventre de Nicole pour sentir les premiers mouvements, lui qui avait tenu la main de sa femme lors de l'accouchement. Il avait été là pour le premier souffle, les premiers pas, les premiers mots. Le bonheur d'être père lui avait très vite fait oublier la véritable filiation de Layla. Avec Nicole, c'était quelque chose qu'ils avaient choisi de garder pour eux.

C'était leur secret. C'était leur amour. C'était leur enfant.

Ils n'en avaient jamais parlé à personne. Ni à Connor ni même aux enquêteurs qui avaient décortiqué leur vie au moment de l'enlèvement de Layla. Grevin était mort d'une crise cardiaque à la fin des années 1990 et, avec le temps, le secret avait fini par se dissoudre jusqu'à disparaître complètement.

Car c'est l'amour qui tisse les liens familiaux, pas le sang.

*

Assise près du hublot, Evie n'avait pas perdu une miette de la conversation entre Mark et sa fille. Un peu malgré elle, l'adolescente ne pouvait s'empêcher de jeter des regards fréquents en direction du médecin. Sans connaître grand-chose de son histoire, elle percevait le désarroi de cet homme et le lien très fort qui l'unissait à sa fille. Elle le sentait déboussolé, brisé par une épreuve, tout en devinant qu'il avait dû être un type différent, quelques années auparavant.

— Merci de l'avoir surveillée, lui dit Mark en désignant Layla.

— De rien.

— Je crois que tu mérites quelques explications, constata-t-il.

Curieuse, Evie se tourna vers Mark et, en quelques mots, ce dernier lui raconta les grandes lignes de son histoire depuis l'enlèvement de Layla jusqu'à sa mystérieuse réapparition, cinq ans plus tard.

— Je voudrais savoir : est-ce que ma fille t'a raconté quelque chose pendant mon absence ? Est-ce qu'elle t'a parlé ?

— Un peu…

— C'est-à-dire ?

— En fait, elle ne m'a posé qu'une seule question.

— Laquelle ?

— Elle voulait savoir ce qui était arrivé à ma mère.

Intrigué, Mark l'engagea à poursuivre :

— Et qu'est-ce que tu lui as répondu ?

15

Evie
Deuxième flash-back

Las Vegas, Nevada
Quelques mois plus tôt

Il est presque minuit.

L'ancien terrain de camping a fait place à un début de chantier totalement plongé dans l'obscurité. Seules une dizaine de caravanes occupent encore de façon sauvage quelques emplacements.

La roulotte de la « famille » Harper est éclairée à la bougie. Ce soir, Evie ne travaille pas. Allongée sur le canapé, elle feuillette un vieux magazine en écoutant la radio en sourdine. Sa mère dort à ses côtés. Près d'elle, une table de nuit en contreplaqué déborde de médicaments. Evie écrase un bâillement et s'apprête à se coucher lorsqu'une sonnerie retentit dans la pièce, celle de son téléphone portable qui fonctionne avec une carte prépayée et qu'elle n'utilise qu'avec parcimonie.

— Allô ?

C'est un appel de l'hôpital. Le Dr Craig Davis, coordinateur des transplantations hépatiques, lui annonce une bonne nouvelle : il y a peut-être un greffon de disponible pour sa mère ! Il faut venir immédiatement !

D'un bond, Evie est au chevet de Teresa.

— Maman ! Réveille-toi, maman !

Teresa se met debout avec peine. Evie lui explique la situation en quelques mots et l'aide à se préparer. Moins de cinq minutes plus tard, les deux femmes sont devant la caravane de leur plus proche voisine.

— C'est nous, Carmina ! On a besoin de ta voiture, c'est urgent !

Après une attente interminable, la porte s'ouvre enfin, mais, au lieu de leur amie, c'est son mari, Rodrigo, qui les accueille avec une bordée d'injures.

— *¿ Pero qué coño pasa ? Esta gente siempre jodién-dome*[1]...

Evie ne se laisse pas impressionner et tient tête au Mexicain avec aplomb : des insultes en espagnol, elle en connaît autant que lui ! Après cet échange d'amabilités, Rodrigo – qui cherche à s'en sortir avec le beau rôle – accepte finalement de les accompagner. Les voici donc partis tous les quatre dans la vieille Pontiac Firebird de 1969, aux sièges défoncés et au pot d'échappement datant d'avant les normes antipollution. La voiture zigzague. Dix fois, elle manque de défoncer un trottoir ou une barrière. Dix : c'est aussi le nombre de Corona qu'a bues Rodrigo avant de prendre le volant...

Heureusement, tout le monde arrive à bon port dans le parking de l'hôpital. Il y a des soirs comme ça où la chance est de notre côté.

---

1. Qu'est-ce qui se passe encore ? Vous n'avez pas fini de nous emmerder ?

Pourvu que ça dure.

*

Lorsque Evie et Teresa pénètrent dans le hall, le Dr Craig Davis les attend en personne à l'accueil.

— Il faut faire vite ! annonce-t-il en les accompagnant dans l'ascenseur.

L'agence de biomédecine qui gère l'attribution des organes n'a contacté l'hôpital que tard dans la soirée. En fait, tout a commencé au milieu de l'après-midi lorsqu'un couple a eu un accident de moto sur la route d'Apple Valley. Ils portaient tous les deux un casque et ne roulaient pas très vite. L'homme s'en est sorti presque sans une égratignure. Sa femme ne s'est pas relevée : traumatisme crânien. Les secours l'ont transférée en réanimation à l'hôpital de San Bernardino où tout fut mis en œuvre pour la sauver. Mais il était trop tard. Bien que le diagnostic de mort encéphalique ait été rapidement établi, il fallut du temps pour convaincre la famille de faire un don d'organe. On veut toujours croire à un miracle. Un interne s'employa à expliquer au mari qu'en état de mort cérébrale toutes les fonctions neuronales étaient détruites. L'autre écoutait son discours, mais ne l'entendait pas. Il tenait la main de sa femme dans la sienne. Elle respirait encore, même si c'était de manière artificielle. Sa peau était chaude et on entendait les battements de son cœur. Pourtant, ce n'était plus la vie. Seulement l'illusion de la vie.

Le mari finit par céder un peu avant vingt et une heures, lorsqu'il comprit que la seule façon de prolonger la vie de sa femme était peut-être de faire en sorte qu'elle vive à travers les autres. Immédiatement, les équipes médicales prélevèrent le cœur, les poumons, le pancréas, l'intestin avant de les envoyer vers des destinations différentes : Los Angeles, San Diego, Santa Barbara…

Quant au foie, on le conserva dans une boîte en acier, plongée dans une glacière que des glaçons pilés maintenaient à bonne température. Le coffre réfrigéré fut transporté en hélicoptère jusqu'à Las Vegas. Teresa était la première sur la liste d'attente. Cette greffe, elle l'attendait depuis plus de vingt-quatre mois. La pénurie de greffons, mais également son groupe sanguin particulier avaient exagérément allongé le délai d'attente. Encore un ou deux mois et la maladie l'aurait emportée.

— Un bloc vient de se libérer, explique Craig Davis. Nous allons pouvoir vous opérer d'ici une heure. Juste le temps de faire un bilan biologique.

— Je voudrais que ma fille m'accompagne, demande Teresa.

— Elle peut rester avec vous jusqu'à ce qu'on vous descende au bloc, consent le médecin en guidant sa patiente vers une chambre individuelle.

Ensuite, tout s'enchaîne : la prise de sang réalisée par une infirmière, l'entretien avec l'anesthésiste – qui lui assure : « Vous allez vous sentir comme neuve » –, la douche préopératoire à la Bétadine et puis l'attente.

Pendant quelques minutes, Evie est sur un nuage. L'angoisse de perdre sa mère qui lui nouait le ventre depuis des années se dilue peu à peu. Elle ressent physiquement quelque chose qui se détend en elle. Ce soir, elle veut croire que tout va bien se passer.

Cette greffe, elle y a toujours cru. Depuis des mois, elle parcourt avec intérêt les forums et les sites web pour comprendre la nature exacte de la maladie de sa mère. Elle sait que cette opération représente le traitement de la dernière chance. Bien sûr, la greffe ne va pas faire

« disparaître » miraculeusement l'hépatite, bien sûr, il existe un risque que le virus infecte le greffon, mais les statistiques de survie à long terme sont très élevées.

Ces dernières semaines, Evie s'est rendue plusieurs fois à la petite chapelle de Riverside.

En secret.

Pour la première fois depuis longtemps, elle a prié.

Que faire d'autre lorsqu'il n'y a plus d'issue ?

Quand elle était petite, elle trouvait du réconfort en se persuadant qu'un ange gardien veillait sur elle. Puis, avec l'entrée dans l'adolescence, elle n'avait plus cru en rien. Ni aux anges, ni à Dieu, ni au karma.

Depuis quelque temps, elle se pose à nouveau beaucoup de questions.

Souvent, elle a l'impression qu'une fatalité étrange lui colle à la peau, comme si son passé et son avenir étaient déjà consignés quelque part dans un grand livre du destin...

★

Une heure s'est déjà écoulée depuis la visite de l'anesthésiste.

Puis une heure et quart.

Pourquoi est-ce si long ?

À nouveau, Evie sent son ventre se nouer. Le répit n'a été que de courte durée. Lorsque le Dr Davis, accompagné d'une infirmière, revient enfin dans la pièce, la jeune fille devine d'instinct que les nouvelles ne sont pas bonnes.

— Nous avons les résultats de vos analyses, Teresa, dit-il d'un air embêté.

Evie regarde avec consternation le médecin qui agite une feuille de papier devant les yeux de sa mère.

— Vous avez bu de l'alcool très récemment ! s'énerve Davis. Vous savez pourtant que cela invalide le protocole !

Pendant quelques secondes, la phrase semble flotter dans l'air. Irréelle.

Accablée, Evie se tourne vers sa mère.

— Je n'ai rien bu du tout, docteur ! jure Teresa, stupéfaite.

— Nous avons fait les tests sur deux échantillons différents. Et à chaque fois le résultat est positif. Vous n'avez pas respecté le contrat, Teresa : au moins six mois de sevrage strict avant toute greffe. Vous vous étiez engagée.

— Je n'ai rien bu, se défend à nouveau Teresa.

Mais le médecin ne l'écoute plus.

— Appelez la prochaine personne sur la liste, ordonne-t-il à l'infirmière. Il ne faut pas perdre le greffon !

— Je ne suis pas une menteuse, clame Teresa.

Cette fois, elle ne regarde plus Craig Davis, mais Evie. C'est sa fille qu'elle cherche à persuader. Elle sait que le combat avec le médecin est perdu d'avance. D'ailleurs, elle n'a jamais été convaincue par cette histoire de greffe. Elle sent qu'elle va mourir bientôt, mais elle veut garder la confiance d'Evie.

— Je te jure que je n'ai pas replongé, chérie, dit-elle en se levant de son lit.

Dépitée, Evie fait deux pas en arrière.

— Cette phrase, tu as dû me la répéter une centaine de fois depuis que j'ai trois ans, maman…

— Tu as raison, mais cette fois…

— Je ne te crois plus.

— Cette fois, c'est vrai.

— Pourquoi tu as tout gâché, maman ? demande-t-elle, en larmes.

— Chérie… commence Teresa en tendant la main. Mais Evie la repousse avec brutalité.

— JE TE DÉTESTE ! hurle la jeune fille en s'enfuyant.

★

Aujourd'hui
Dans l'avion
Treize heures quarante-cinq

— JE TE DÉTESTE ! termina Evie. Voilà les derniers mots que j'ai adressés à ma mère.

— Tu ne l'as plus revue ? demanda Mark.

— Non. Plus jamais.

Le médecin resta silencieux quelques secondes, profondément touché par le récit de la jeune fille. Après une brève accalmie, l'avion se heurtait maintenant à une nouvelle vague de turbulences. Agité par des forces invisibles, le colosse des airs donnait l'impression d'avoir pris froid et de claquer des dents.

— Et après ? reprit Mark au bout d'un moment.

— Après, elle est morte.

16

Evie
Troisième flash-back

Las Vegas, Nevada

Le cimetière de Mountain View est battu par la pluie et le vent.

On vient de mettre en terre le cercueil de Teresa Harper. Le prêtre a quitté les lieux depuis longtemps et l'endroit est presque désert. Autour de la fosse, seules Evie et Carmina se recueillent avec émotion.

Un éclair zèbre le ciel, bientôt suivi d'un coup de tonnerre.

— Je t'attends dans la voiture, propose Carmina tandis que la pluie redouble.

Restée seule, Evie s'agenouille devant la tombe et essuie les larmes de rage qui coulent sur ses joues amaigries. La jeune fille n'a pas revu sa mère depuis leur altercation à l'hôpital, deux mois plus tôt. Sans sa greffe, Teresa n'aura finalement survécu que quelques semaines. Bien sûr, c'est le cancer, l'alcool et la drogue qui l'ont tuée, ainsi qu'une façon de brûler sa vie plutôt que de la vivre. Mais, à cet instant précis, Evie ne peut s'empêcher de se laisser envahir par la culpabilité. Lorsqu'elle se décide enfin à regagner le parking, ses vêtements sont trempés ; elle grelotte et frissonne de la tête aux pieds.

Abritée sous un parapluie, une femme la regarde s'approcher. Elle a observé de loin la cérémonie sans oser y participer. Son imperméable gris, son tailleur-pantalon et sa récente coupe de cheveux lui donnent une certaine allure même si elle a un air maladif. Elle ouvre le coffre d'une berline anthracite pour en sortir une serviette-éponge qu'elle tend à l'adolescente lorsque Evie arrive à son niveau.

— Sèche-toi, sinon tu vas attraper la mort, conseille-t-elle d'une voix où traîne un léger accent italien.

Surprise, Evie accepte le linge propre et la protection offerte par les larges bords du parapluie. Tout en s'épongeant le visage, elle détaille son interlocutrice avec minutie et conclut qu'elle a trop de classe pour être une amie de sa mère.

— Je m'appelle Meredith DeLeon… explique la femme devant elle.

Elle semble hésiter quelques secondes, puis termine sa phrase :

— … c'est moi qui ai tué ta mère.

★

— Il y a un an, on m'a diagnostiqué un cancer du foie, commence Meredith.

Les deux femmes sont assises l'une en face de l'autre dans le Heaven Café qui borde la route menant au cimetière. Deux mugs de thé brûlant fument devant elles.

— La maladie était déjà à un stade avancé et il apparut très vite que seule une greffe pourrait me sauver. Je fais malheureusement partie du groupe sanguin O pour lequel le délai d'attente est le plus long.

— Le même que ma mère, constate Evie.

Meredith approuve de la tête avant de poursuivre :

— Il y a deux mois, en début de soirée, le Dr Craig Davis a téléphoné chez nous. Avec Paul, mon mari, nous l'avions déjà rencontré à plusieurs reprises lors de mes visites à l'hôpital. Il nous a expliqué qu'un greffon compatible était peut-être disponible, mais qu'il y avait un problème.

— Un problème ?

— Le problème, c'était ta mère : elle était devant moi dans la liste des receveurs...

Evie est soudain parcourue d'un frisson glacé, même si quelque chose dans son esprit fait encore barrage pour l'empêcher de voir en face l'horreur de la situation.

— Craig Davis nous a clairement fait comprendre que si nous étions prêts à faire un « effort financier », il se débrouillerait pour évincer ta mère du programme des receveurs.

Figée de stupeur, Evie vient enfin de comprendre : on a trafiqué les analyses de sang de Teresa pour faire croire qu'elle buvait toujours.

Dans sa tête, il lui semble entendre distinctement les supplications de sa mère lorsqu'elle s'est défendue :

JE NE SUIS PAS UNE MENTEUSE !

JE TE JURE QUE JE N'AI PAS REPLONGÉ, CHÉRIE.

Non, sa mère n'a pas menti et, pourtant, pas un instant, Evie n'a accordé de crédit à sa parole...

À son tour, le visage de Meredith s'est décomposé, mais elle a décidé d'aller au bout de son chemin de croix :

— Au début, j'ai refusé : je trouvais ce procédé odieux. Mais j'avais déjà attendu si longtemps et les greffons étaient si rares… Alors, j'ai fini par accepter. À ce stade de la maladie, j'étais constamment alitée et percluse de douleurs, déjà presque plus morte que vivante. Paul gagne bien sa vie. Après négociations, Davis et lui sont tombés d'accord sur la somme de deux cent mille dollars, mais jusqu'au bout, Paul m'a laissée libre de ma décision et c'est un choix que je ne souhaite à personne.

L'espace d'un instant, Meredith disparaît dans ses pensées, comme si elle revivait à son tour ces pénibles moments.

— J'aimerais te dire que je l'ai fait pour mes enfants, confie-t-elle, mais ce ne serait pas la vérité. Je l'ai fait parce que j'avais peur de mourir, c'est tout.

Meredith s'est exprimée avec franchise. Cette confession, elle l'a sur le cœur depuis son opération.

— La vie nous met parfois dans des situations dont nous ne pouvons nous extraire qu'en renonçant aux valeurs que nous défendons, constate-t-elle, comme pour elle-même.

Evie ferme les yeux. Une larme coule le long de sa joue, mais elle ne cherche pas à l'essuyer.

Meredith reprend la parole une dernière fois pour préciser :

— Si tu veux aller voir la police, je lui répéterai exactement ce que je t'ai dit et je ferai face à mes responsabilités. C'est à toi de choisir, maintenant.

Elle se lève et quitte la table.

— Fais ce qui te semble juste, conseille-t-elle avant de sortir du café.

★

L'antique Pontiac de Carmina se gare devant la gare des autobus. Evie claque la porte passager et récupère dans le coffre une petite valise et un sac à dos. Le Greyhound à destination de New York ne va plus tarder à partir. En revendant les maigres affaires appartenant à sa mère, Evie n'a guère retiré plus de deux cents dollars qu'elle a dépensés dans un aller simple pour Manhattan. C'est là que travaille désormais Craig Davis. Elle l'a d'abord cherché à Las Vegas, mais le médecin véreux a apparemment quitté la Californie pour la côte Est, juste après le décès de sa mère.

— Tu es sûre que tu veux partir ? demande Carmina en l'accompagnant jusqu'à l'arrêt de bus.

— Certaine.

Toute sa vie, la grosse Mexicaine s'est méfiée des sentiments. Elle élève ses enfants à la dure et s'est patiemment construit une carapace qui la fait passer pour impassible en toute circonstance.

— Fais attention à toi, dit-elle en donnant une légère claque sur la joue de la jeune fille, geste qui constitue pour elle une indéniable marque d'affection.

— OK, répond Evie en grimpant dans le bus.

Les deux femmes savent qu'elles ne se reverront sans doute jamais. Carmina lui tend ses bagages et lui adresse un dernier signe de la main. Evie ne découvrira que plus tard les trois cents dollars qu'a glissés la Mexicaine dans son sac à dos.

*

Enfin, l'autocar démarre.

Assise sur son siège, Evie pose la tête contre la fenêtre. C'est la première fois qu'elle quitte Vegas.

Dans quelques heures, elle sera à New York.

Alors, elle fera ce qui lui semble juste.

Elle tuera Craig Davis.

17

Losing my religion

Quelquefois l'avenir habite en
nous sans que nous le sachions,
et nos paroles qui croient mentir
dessinent une réalité prochaine.
Marcel PROUST

Aujourd'hui
Dans l'avion
Quatorze heures

— Et que s'est-il passé ensuite ?

Le signal sonore venait de retentir, annonçant la fin de
la zone de turbulences et délivrant du même coup Evie de
l'espèce de transe dans laquelle l'avait plongée son récit.

— Que s'est-il passé à New York ? insista Mark. Tu
as retrouvé l'assassin de ta mère ?

— Je…

L'adolescente marqua une pause. Surprise de s'être
laissée aller à tant de confession, elle hésitait à présent à
se livrer davantage. Elle ne connaissait cet homme que
depuis quelques heures. Comment avait-elle pu lui raconter

ses secrets les plus intimes, elle qui, d'habitude, ne faisait confiance à personne ? Par son regard, sa présence et son écoute, il semblait éprouver pour elle une empathie troublante qui la déstabilisait. Se sentant subitement en danger, elle trouva un moyen de fuir son emprise.

— Je dois aller aux toilettes, prétexta-t-elle.

Mark comprit alors qu'il avait « perdu le contact » avec Evie. Il se leva de son siège pour permettre à la jeune fille de quitter sa place, et c'est avec regret qu'il la regarda s'éloigner.

Son récit l'avait ému et secoué, le renvoyant brutalement à sa propre enfance et à celle de Connor.

Il jeta un nouveau coup d'œil vers sa fille. Bercée par le souffle des quatre moteurs, elle dormait à poings fermés, la tête penchée vers la lumière du hublot.

L'avion avait retrouvé sa stabilité. Un voyant vert s'alluma, indiquant aux passagers qu'ils pouvaient désormais utiliser leur mobile. Un relais GSM intégré dans la carlingue permettait en effet de recevoir et de passer des appels. Mark s'étonna de voir la moitié des passagers se précipiter sur leur téléphone pour composer frénétiquement le numéro de leur messagerie. Il poussa un long soupir. En trois ans, la société de communication avait manifestement franchi un nouveau palier. Bientôt, les gens se feraient greffer une oreillette permanente pour continuer à téléphoner dans leur sommeil, dans leurs rêves, dans leurs parties de jambes en l'air… On n'avait jamais autant communiqué, on ne s'était jamais aussi peu écouté. Tout en pestant contre son époque, Mark réalisa qu'il avait emporté avec lui le téléphone de Nicole. Il le récupéra dans sa veste et – l'être humain n'étant pas à un paradoxe près – fit exactement ce qu'il reprochait aux autres quelques secondes auparavant. Il n'avait pas de messages, mais plusieurs « appels en absence » provenant tous d'un même numéro qu'il ne connaissait pas. Depuis son départ, il avait tenté à plusieurs reprises de joindre sa femme à New York. Sans succès. Apparemment, Nicole n'avait pas réintégré leur appartement et il n'avait aucune idée de l'endroit où elle se trouvait.

Il essaya néanmoins de joindre le numéro affiché.

Une sonnerie, deux sonneries. Puis un répondeur qui s'enclenche :

Bonjour, vous êtes bien chez...

Le message s'interrompit sans laisser à Mark le temps d'identifier son correspondant.

— Mark ?

Il reconnut immédiatement la voix de sa femme.

— Nicole ? C'est moi.

— Tu vas bien ?

— Mais où es-tu ? Je suis fou d'inquiétude.

— Je... je ne vais pas pouvoir te parler longtemps, chéri.

Mark devina une forte tension et une profonde angoisse dans la voix de sa femme. Et, malgré sa propre colère, son premier réflexe fut de la rassurer sur la santé de leur fille.

— Je suis à côté de Layla. Elle est en forme ! Elle m'a parlé !

À l'énoncé de son prénom, la petite fille ouvrit un œil et se frotta les paupières en bâillant.

— Tu veux dire bonjour à maman ? proposa Mark en lui tendant le téléphone.

— Non, lui répondit Layla.

Surpris, Mark insista :

— Chérie, dis quelques mots à maman, ça va lui faire plaisir...

— NON ! répéta-t-elle d'un ton définitif, en repoussant le combiné.

Hébété, Mark resta plusieurs secondes à fixer sa fille jusqu'à ce que Nicole le prévienne :

— Écoute Mark, je vais devoir raccrocher.

Mais le médecin ne l'entendait pas ainsi.

— Attends ! Pourquoi ne veut-elle pas te parler ?

— Je sais ce qui est arrivé à Layla, avoua Nicole.

L'aveu claqua comme une détonation.

— Qu'est-ce que tu racontes ? s'étrangla Mark.

Un mélange de fureur et de désespoir lui fit brusquement serrer le poing.

— Tu savais qu'elle était vivante ?

— Je suis désolée, s'excusa-t-elle.

— Mais que se passe-t-il, bordel ? Tu vas enfin me dire la vérité ?

— Tu ne dois pas m'en vouloir.

— J'ai failli crever de chagrin ! explosa-t-il. Pendant toutes ces années, tu m'as vu sombrer ! Tu m'as regardé partir à la dérive et tu savais qu'elle était vivante ?

— Ce n'est pas ce que tu crois, Mark. Je…

« ÇA SUFFIT, MAINTENANT. »

En arrière-fond, une voix d'homme venait d'interrompre sa femme.

— C'est qui, ce type ? demanda le médecin.

— C'est compliqué. Je…

« RACCROCHE, NICOLE ! »
ORDONNA LA VOIX.

— Qui est avec toi ? hurla Mark.

— Ce n'est pas ce que tu crois, répéta-t-elle.

« RACCROCHE, OU TU VAS
TOUT GÂCHER ! »

— Je t'aime, ajouta-t-elle simplement.

Et ce fut tout.

★

Immobile, le regard perdu dans le vide, Mark avait du mal à reprendre pied. Dix minutes venaient de s'écouler depuis son bref échange avec Nicole. Il avait recomposé le numéro de téléphone, mais cette fois son appel n'avait même pas déclenché le répondeur. Sa femme lui avait menti à propos de leur fille : un mensonge effroyable ; pire qu'une tromperie ; pire que tout. Pour la première fois, un doute pernicieux s'immisça dans son esprit. Connaissait-il vraiment la femme qu'il avait épousée ? Depuis la veille, il accumulait les questions sans avoir aucune réponse.

Tour à tour, le journaliste qu'il avait éconduit à l'aéroport puis sa propre fille avaient semblé le mettre en garde contre Nicole, mais il n'avait tenu aucun compte de leurs remarques.

Il ne savait désormais que faire. Il ressentait dans sa tête, dans son cœur, dans son corps, un chamboulement à la fois affectif et physique. Quarante-huit heures plus tôt, il vivait encore dans la rue, déambulant hagard dans les souterrains de la ville et ne survivant qu'à force d'alcool.

Tout à la joie d'avoir retrouvé Layla, il avait eu la prétention de s'en sortir tout seul. Il avait momentanément réussi à reprendre le dessus et à contenir les effets du *delirium tremens*, mais son univers, encore une fois, venait de s'écrouler et sa fragile victoire ne résista pas à ce nouveau coup du sort.

Désemparé, il fixa ses mains qui s'étaient remises à trembler. Il était en sueur, il étouffait, il fallait qu'il bouge.

Comme il se levait brusquement, son regard tomba sur sa fille qui s'était rendormie. Sa respiration était lente et paisible, son visage baignait dans la lumière blanche du soleil. Cela suffit à le calmer. Il comprit alors qu'elle seule pourrait le sauver. Il avait besoin d'elle comme elle avait besoin de lui. Tant qu'il restait avec elle, il la protégeait et, d'une certaine manière, elle en faisait autant.

★

Evie était penchée sur la cuvette des toilettes, vomissant le maigre petit déjeuner qu'elle avait absorbé quelques heures auparavant. Depuis le matin, elle traînait une vilaine nausée qui n'avait fait que s'accentuer pendant le voyage. Ces derniers temps, d'ailleurs, les pépins de santé se multipliaient : vertiges, maux de tête, oreilles qui bourdonnent... Sans parler de cette sensibilité de plus en plus exacerbée qui finissait par la fragiliser.

Elle se releva, s'essuya la bouche et se passa un peu d'eau sur le visage. Dans le miroir, elle se trouva une mine affreuse. Une douleur lancinante lui barrait le front et elle sentait battre son sang au niveau des tempes. L'atmosphère confinée et étouffante de la petite pièce la rendait claustrophobe. Il fallait qu'elle sorte, vite, ou elle risquait de s'évanouir. Dans sa tête, des dizaines d'images s'entrechoquèrent en une fraction de seconde. Des souvenirs, des peurs, quelques moments de joie, aussitôt évanouis. Brièvement, il lui sembla même entendre comme des murmures.

Elle allait quitter cet endroit lorsqu'elle sentit sur son épaule une démangeaison qui la força à se gratter à travers son tee-shirt. Loin de la soulager, son geste intensifia le picotement qui, bientôt, se transforma en douleur. Presque malgré elle, elle se gratta jusqu'au sang, soudain affolée par cette sensation inconnue. Lorsqu'elle fit glisser sa manche, elle constata qu'une marque violette était apparue à l'arrière de son épaule gauche.

Alors, elle se contorsionna pour découvrir dans le miroir la forme étrange qui était tatouée sur sa peau :

18

Survivre

Il y a bien les souvenirs, mais quelqu'un les a électrifiés et connectés à nos cils, dès qu'on y pense on a les yeux qui brûlent.

Mathias MALZIEU

Aujourd'hui
Dans l'avion
Quatorze heures quinze

À plus de douze mille mètres d'altitude, le vol 714 poursuivait sa route vers New York, filant tel un oiseau géant au-dessus des grandes plaines.

Evie referma la porte des toilettes, terrorisée par ce qu'elle venait d'y vivre. Des gouttes de sueur perlaient sur son front ; sa poitrine haletait, son corps était parcouru de frissons. Qui lui avait tatoué, à son insu, cette putain de marque sur l'épaule qui ressemblait étrangement aux dessins faits par cette petite fille assise à côté d'elle ?

Elle remonta la travée en chancelant, se frayant difficilement un passage parmi les hôtesses qui distribuaient les plateaux-repas et les passagers qui se dégourdissaient les jambes pour éviter une phlébite ou une embolie pulmonaire, nouveaux « syndromes de la classe économique » dont les médias leur rebattaient les oreilles à longueur de reportages.

Arrivée devant sa travée, Evie réintégra son siège tout en prenant garde de ne pas réveiller Layla. Elle remercia Mark pour avoir eu l'amabilité de lui prendre son plateau-repas.

— Ça ne va pas ? demanda-t-il en voyant son visage décomposé.

— Non, c'est juste la fatigue, promit-elle tout en sachant très bien qu'elle ne ferait pas illusion.

— Si je peux faire quelque chose…

— Vous pouvez me passer mon sac à dos.

Mark attrapa le fourre-tout qui avait glissé sous sa chaise. La fermeture Éclair était mal fermée et, lorsqu'il souleva le sac, un livre s'en échappa et tomba sur le sol.

Mark se baissa pour le ramasser. C'était un ouvrage broché à la couverture fatiguée et aux pages cornées qui avaient dû être lues et relues. Curieux, il ne put s'empêcher de jeter un œil au titre :

Survivre
par Connor McCoy

Il marqua un mouvement de surprise. Quelques années plus tôt, Connor avait écrit ce livre pour exorciser les démons de son passé. C'était un ouvrage éclectique qui tenait aussi bien du registre de l'essai psychologique que de celui des souvenirs d'enfance. À partir de sa propre expérience ainsi que des séances de thérapie les plus spectaculaires qu'il ait dirigées, Connor donnait à ses lecteurs des pistes pour guérir de leurs peurs, comprendre leurs angoisses et résister à la souffrance. Publié chez un petit éditeur et sortant des standards formatés, le livre n'avait bénéficié ni d'un lancement important ni d'articles dans la presse. Grâce au bouche-à-oreille, il avait pourtant fini par rencontrer son public et comptait à présent des adeptes nombreux et fervents.

Mark retourna le livre. Sur la photo de la quatrième de couverture, Connor avait ce drôle de sourire mélancolique qu'il lui connaissait trop bien. Ce face-à-face impromptu avec l'image de son ami fit naître chez Mark une réelle émotion. Ils avaient été si proches tous les deux. Avant sa descente aux enfers, ils avaient tout partagé. Pourquoi ne l'avait-il pas appelé pour lui annoncer la nouvelle à propos de Layla ? Comment n'y avait-il pas pensé ?

— C'est mon livre préféré, expliqua Evie. Vous l'avez déjà lu ?

— Il a été écrit par mon meilleur ami, avoua le médecin en lui restituant l'ouvrage.

— Votre meilleur ami ? C'est vous, le Mark dont il parle si souvent ?

— Oui, on a été élevés ensemble, dans le même quartier à Chicago.

— Je sais.

— Pourquoi dis-tu que c'est ton livre préféré ? voulut savoir Mark.

— Parce qu'il m'a aidée. C'est bête à dire, mais parfois j'ai l'impression qu'il a été écrit pour moi.

— C'est sans doute le plus beau des compliments, jugea Mark.

— Mais je me suis toujours demandé… commença Evie.

— Quoi ?

— Ce qu'il raconte dans ce livre, c'est la vérité ?

— Tout est vrai, certifia Mark.

Après un silence, il nuança :

— Mais il n'y a pas *toute* la vérité.

Evie fronça les sourcils.

— C'est-à-dire ?

— Il y a des choses importantes que Connor n'a pas pu raconter.

— Pourquoi ?

Mark plongea son regard dans celui d'Evie. Parfois, il se sentait capable de juger une personne en une fraction de seconde. Du moins était-il en mesure de savoir s'il pouvait lui faire confiance.

Elle est des nôtres, le rassura sa voix intérieure.

— Pourquoi n'a-t-il pas tout raconté ? insista Evie.

— Pour ne pas aller en prison, répondit Mark.

19

Mark & Connor
Premier flash-back

Novembre 1982
Banlieue de Chicago
Mark et Connor ont dix ans

Le quartier de Greenwood dans le South Side de Chicago est une concentration de misère et de violence. Sur des kilomètres s'étend un paysage dévasté : trottoirs défoncés, bâtiments abandonnés, carcasses de voitures carbonisées, terrains vagues jonchés d'ordures. Les commerces sont rares : quelques épiceries retranchées derrière des rideaux de fer, un seul supermarché, une seule banque, pas d'hôpital. Seuls les débits d'alcool sont prospères.

C'est Bagdad sous les bombes en plein cœur de l'Amérique.

Presque tout le monde est noir à Greenwood. Et presque tout le monde est pauvre. Depuis longtemps déjà, tous ceux qui le pouvaient ont fui cet endroit sans espoir qui semble pourrir sur place.

Le petit Mark Hathaway habite avec son père qui est gardien dans une école publique du ghetto. Sa mère est partie lorsqu'il avait trois ans. Lorsqu'il demande : « Pourquoi maman nous a quittés ? » son père lui répond immanquablement : « Parce qu'elle n'était pas heureuse. »

Non, elle n'était pas heureuse dans cette école équipée comme une forteresse. C'est vrai que l'endroit ressemble à une enceinte militaire : les fenêtres sont murées, les portes blindées et les portiques détecteurs de métaux sonnent tous les matins sur les flingues et les crans d'arrêt. La violence des gangs est partout. Des milices de parents ou de policiers en retraite ont été mises en place pour maintenir l'ordre, mais sans succès. Beaucoup d'enfants viennent à l'école tenaillés par la peur. La plupart ont déjà été témoins de fusillades ou de meurtres et souffrent de troubles nerveux post-traumatiques.

★

Sept heures du soir. C'est l'hiver. L'école est déserte. Dans l'une des salles de classe, au dernier étage, la lumière vient de s'allumer.

Mark, dix ans, se dirige vers la petite bibliothèque posée contre le mur au fond de la pièce. À vrai dire, « bibliothèque » est un grand mot pour qualifier l'étagère de contreplaqué sur laquelle reposent quelques dizaines de romans bon marché. Chaque soir, après que son père a commencé à vider quelques canettes de bière, Mark vient terminer ses devoirs dans cet endroit où il aime être au calme. Son père est alcoolique, mais il n'est pas violent. Après trois ou quatre Budweiser, il a juste pris l'habitude d'insulter Reagan, le Congrès, la municipalité, les Noirs, les Asiatiques, les Latinos, son ex-femme et, finalement, la société tout entière, responsable de sa misère et de son malheur.

Mark parcourt du doigt les romans alignés sur l'étagère jusqu'à ce qu'il tombe sur l'objet de sa recherche : *To Kill a Mockingbird* [1].

Il en a déjà lu deux cents pages, mais le livre lui plaît tellement qu'il se force à ne lire qu'un chapitre par soirée pour faire durer le plaisir. C'est l'histoire formidable d'un avocat qui élève seul ses deux enfants dans une petite ville d'Alabama, au moment de la Grande Dépression des années 1930. La vie s'écoule, paisible, jusqu'au jour où il est commis d'office pour défendre un Noir injustement accusé d'avoir violé une Blanche. Malgré l'intolérance et les préjugés de ses concitoyens, l'avocat tentera de faire éclater la vérité.

Mark s'assoit à un pupitre, sort un sandwich au beurre de cacahouète d'un sac en papier et se plonge dans la lecture. Ce livre lui met du baume au cœur et lui donne l'espoir que, parfois, l'intelligence et l'intégrité peuvent triompher de la violence et de la bêtise. *L'intelligence…* Depuis quelque temps, il a compris qu'il n'en manquait pas, même si ses notes scolaires sont tout juste moyennes. Il faut dire que, dans sa classe, on n'aime pas trop les bons élèves à qui on casse régulièrement la gueule à la récréation. Alors, il a décidé de cacher ses capacités, de faire semblant de suivre le troupeau et de se cultiver par lui-même.

Soudain, dans le silence de la salle de classe, il entend un bruit sourd qui se répète. Inquiet, il lève la tête. Les canalisations ? Un rat ? Le bruit provient du débarras dans

1. *Ne tirez pas sur l'oiseau moqueur*, par Harper Lee.

lequel le prof range le matériel de peinture et de dessin. Tiraillé entre la peur et la curiosité, Mark hésite quelques secondes avant de se décider à faire coulisser la porte pour découvrir un garçon de son âge prostré au fond du placard.

Méfiant, celui-ci sort de son trou et se précipite vers la sortie. Ici, la peur est partout et l'on cogne souvent avant de parler. Pourtant, arrivé près de la porte, il se retourne et, un instant, les deux enfants se regardent avec étonnement.

— Qu'est-ce que tu fais là ? demande Mark.

Même s'il ne lui a jamais parlé, il connaît de vue l'autre garçon : un élève étrange et solitaire, aux allures d'extraterrestre. Il croit même savoir qu'il s'appelle Connor.

— Je dormais, répond ce dernier.

C'est une sorte de Huckleberry Finn, version fin de siècle. Il a les cheveux en pétard, il est maigre, porte des habits sales et trop petits pour sa taille.

Alors que Connor s'apprête à quitter la pièce, Mark lui demande :

— Tu as faim ?

Déjà, cette sorte d'intuition qui lui fait deviner d'instinct la préoccupation de l'autre.

— Un peu, avoue Connor en marquant un temps d'arrêt.

En fait, il n'a rien avalé depuis le matin. Sa dernière famille d'accueil lui mène la vie dure : humiliations et privations sont la règle, prétendument pour lui « apprendre la vie ».

Sauf que la vie, il la connaît déjà. Abandonné par ses parents à sa naissance, ballotté de famille en famille, il a tout vécu, tout subi. Mais les mortifications glissent sur lui sans l'atteindre. Pour se protéger, il a pris l'habitude de se réfugier dans un monde intérieur dont il est le seul à avoir la clé.

— Tiens, propose Mark en lui tendant la moitié de son sandwich.

Déstabilisé, Connor hésite un moment. Il n'a jamais pu compter que sur lui-même. À force d'être privé d'amour et de gentillesse, il a appris à se méfier de tout.

Alors, il plonge son regard dans celui de Mark et quelque chose se passe : une reconnaissance muette, la promesse d'une amitié. Connor se saisit de la moitié du sandwich et s'assied à côté de Mark contre le mur.

L'espace d'un instant, ils sont redevenus des enfants comme les autres.

★

1982, 1983, 1984…
À la vie, à la mort…

Mark et Connor se retrouvent désormais chaque soir, dans cette même salle de classe. Dehors, c'est le chaos, la drogue, les voitures qui brûlent, les gangs qui s'entretuent et les flingues qui passent de main en main. Eux se sont créé un petit havre de paix où ils n'ont pas la peur au ventre. Au fil des semaines, au fil des mois, ils apprennent à se connaître et à se faire confiance.

Mark est intuitif, persévérant et empathique, mais c'est aussi le plus fragile et le plus influençable.

Connor est calme et réfléchi, mais aussi très secret et déjà tourmenté par une quête d'absolu.

Tous deux ont décidé de s'unir dans l'adversité.

Ensemble, ils font leurs devoirs, lisent des livres, écoutent de la musique et se surprennent souvent à rire.

Pour la première fois de leur existence, ils découvrent que la vie n'est pas que souffrance ou solitude.

Pour la première fois de leur existence, ils constatent que les relations humaines ne sont pas faites que de rapports de force.

Chacun va trouver en l'autre une sécurité affective, une conviction et une force.

La conviction, quoi qu'il arrive, de pouvoir toujours compter sur quelqu'un.

La force de ne jamais se laisser détruire.

*

Février 1984

Il est six heures du matin à Chicago et, déjà, le ciel commence à virer au bleu. Comme souvent, c'est le froid qui réveille Connor. Il dort dans la salle à manger, sur un matelas posé à même le sol, sans draps. Il se lève, va dans la cuisine, se débarbouille dans l'évier et quitte l'appartement avant que les autres ne se réveillent. La ville est froide comme du cristal. Pour aller à l'école, la logique voudrait qu'il prenne le métro aérien en bas de chez lui, mais on a fermé la station avec l'espoir de limiter la criminalité. C'est une des spécificités de Greenwood où les bus ne circulent plus à moins d'être escortés par les flics. Alors, Connor parcourt les rues à pied, ramassant au passage des canettes vides en aluminium qu'il revendra plus tard pour quelques *dîmes*. Le soir, avec d'autres garçons de son âge, il lui arrive parfois d'aller traîner autour des stations-service du South Side, proposant aux clients de leur verser l'essence, de briquer leur voiture ou d'essuyer leur pare-brise en échange de quelques dollars.

Au fil du temps, il a appris à connaître le fonctionnement du quartier, sa violence, son injustice et ses règles secrètes. Mais on peut connaître quelque chose sans jamais s'y habituer.

Lorsqu'il arrive sur la 61e Rue, le soleil vient de se lever et déverse ses rayons sur Hyde Park. C'est un endroit étrange. On est toujours dans le ghetto, mais la prestigieuse université de Chicago est là, toute proche, avec ses années scolaires à trente mille dollars et ses élèves issus des plus grandes familles. Le ghetto et l'université : le tiers-monde et le « temple du savoir », seulement séparés par quelques encablures…

Chaque fois qu'il traverse cette rue, Connor regarde vers l'ouest, en direction du campus. Pourquoi la vie est-elle si différente d'un côté ou de l'autre de la barrière ? Si balisée pour les uns, si difficile pour les autres ? Y a-t-il un sens à tout ça ? Une logique quelconque ou un Dieu qui chercherait à nous mettre à l'épreuve ?

Connor n'en sait fichtrement rien. Sa seule certitude, c'est qu'il a en lui la force de passer de l'« autre côté ». Un jour, avec Mark, il quittera ce quartier.

Mais pour aller où ?

Et pour faire quoi ?

C'est encore confus mais, dans sa tête, affleure déjà un début de réponse : aider les gens comme lui.

*

Août 1986
Mark et Connor ont quatorze ans

— Vingt points partout !

Sur un terrain de basket écrasé de chaleur, Mark et Connor, torse nu, luisants de transpiration, disputent un duel acharné. Posé sur le sol, un *soundblaster* aux baffles écorchés joue *Living in America*, le dernier James Brown.

165

Connor a la balle et tente un panier difficile. Le ballon rebondit sur le cercle métallique, hésite un instant, mais ne rentre pas. Mark récupère la balle et d'un smash acrobatique remporte la partie avant d'entreprendre une danse de Sioux pour narguer son copain.

— J't'ai laissé gagner ! prétend Connor.

— C'est ça ! T'as vu ce smash à la Magic Johnson ?

Épuisés, les deux garçons s'assoient côte à côte contre le grillage. Une bouteille de Coca qui a tiédi au soleil passe de main en main.

Ils restent un moment silencieux puis la conversation s'engage sur leur sujet de prédilection : comment réussir à quitter le ghetto ?

Depuis quelque temps, c'est devenu une obsession. Dans le South Side, il n'y a pas d'avenir, pas de perspectives. La seule ambition réaliste est de survivre ou de partir.

Mark et Connor rêvent d'obtenir une bourse pour intégrer l'un des *colleges* du *downtown*. Ils ont de bonnes notes, mais elles ne suffiront pas à faire oublier la piètre réputation de leur école.

Rapidement, ils ont compris que la solution ne pourrait venir que d'eux-mêmes et qu'il ne fallait rien attendre des institutions. Mais pour partir, il faut de l'argent, beaucoup d'argent. Et la seule activité qui permette d'en gagner, c'est la drogue.

Dans le quartier, la came est partout. Le pouvoir, le business, les relations sociales dépendent du commerce de la drogue. Elle n'épargne personne. Tout le monde a au moins un parent, un ami ou un conjoint consommateur ou dealer. La drogue draine avec elle ses quatre cavaliers de l'Apocalypse : la violence, la peur, la maladie et la mort. Certains flics participent même activement à son commerce en gardant une partie des doses saisies pour leur propre consommation ou pour les revendre.

Mark et Connor savent qu'un dealer performant gagne plusieurs milliers de dollars par semaine. Autour d'eux déjà, certains de leurs camarades ont renoncé à venir à l'école, préférant intégrer un gang et participer à ce commerce lucratif. Alors, forcément, un jour, l'idée germe dans leur esprit :

— Pourquoi on ne ferait pas pareil ? lance Mark.

— Pareil que quoi ? demande Connor en fronçant les sourcils.

— Tu sais très bien ce que je veux dire. On est intelligents et débrouillards. On pourrait profiter du système. Jargo nous a déjà proposé de travailler pour lui. Tu sais combien il se fait par semaine ?

Connor s'énerve :

— Je n'ai pas envie de me retrouver le nez dans la came.

— Je te parle de dealer, pas de consommer. Si on se démerde bien, en deux ans, on peut mettre de côté de quoi se payer des études. C'est pour la bonne cause.

— Je ne crois pas que ce soit une bonne idée.

— On ne serait pas les premiers ! Tu sais ce qu'il faisait, le père Kennedy, pendant la prohibition ? Il importait de l'alcool illégalement. C'est comme ça qu'il a fait fortune. C'est grâce à ça que son fils est devenu président et c'est grâce à ça qu'on a eu les droits civiques !

— Tu mélanges tout !

C'est au tour de Mark de s'emporter :

— Trouve-moi un autre moyen de s'en sortir, alors ! Quel autre choix on a de pouvoir faire des études ? Si on ne part pas d'ici, dans dix ans on sera au cimetière ou en taule !

— Je n'ai pas de solution miracle, admet Connor, mais si on renonce à…

D'un coup, sa voix chancelle, parce qu'il est envahi par la pudeur. Il avale sa salive puis termine sa phrase en regardant son ami dans les yeux.

— … si on renonce à nos valeurs, on renonce à tout.

Mark veut répondre quelque chose mais, à la place, il serre les poings, se retourne vers le grillage et le frappe de toutes ses forces.

Plein de rage et de honte, il s'en veut d'avoir eu cette idée.

Comprenant sa détresse, Connor lui pose la main sur l'épaule.

— T'en fais pas, rassure-t-il avec toute la conviction dont il est capable, tu verras qu'un jour, on aura notre chance. Je ne sais pas comment, mais je te jure qu'on s'en sortira.

*

13 octobre 1987
Dix-neuf heures trente-six

Assis en tailleur, un livre posé sur les genoux, les mains appuyées sur les oreilles, Connor tente de faire abstraction du chaos qui l'entoure. Mais rien à faire, impossible de se concentrer ! Il y a trop de bruit : la télé à fond dans le salon que personne n'écoute mais que personne n'éteint, la musique dans les chambres, les cris des gosses qui se battent et s'insultent. Pas une pièce où faire ses devoirs. Pas un coin de calme. La salle de classe qu'il utilisait avec Mark après les cours leur est désormais inaccessible depuis qu'un veilleur de nuit trop zélé s'est mis en tête de les en chasser.

Contrarié, Connor quitte l'appartement en claquant la porte. Il arrive dans la cage d'escalier, mais ne s'y attarde pas. Il sait que l'endroit est une zone fréquentée par les dealers. Finalement, il échoue dans le local des poubelles où s'alignent plusieurs conteneurs métalliques. L'endroit est sombre et froid. Connor inspecte chacun des récipients à ordures et, de guerre lasse, finit par trouver refuge contre l'un d'entre eux, vide et ne sentant pas trop mauvais. En soupirant, il ouvre son livre et sort ses stylos de sa poche. Il y a quelque chose de désespérant d'en être réduit à faire ses devoirs au milieu des poubelles, mais il s'est juré de se battre sans jamais baisser les bras pour pouvoir continuer ses études. Qui sait, peut-être qu'un jour la chance finira par tourner…

Très vite, il se laisse emporter par le livre qu'un prof lui a conseillé : *Une histoire populaire des États-Unis*, par Howard Zinn. Un panorama passionnant de l'histoire des USA à partir des témoignages des populations opprimées : les Indiens, les esclaves, les déserteurs de la guerre de Sécession, les ouvrières du textile. Une façon de montrer que l'histoire telle qu'elle est vécue par le peuple diffère souvent de la version officielle donnée par les manuels scolaires.

Absorbé par sa lecture, Connor n'a pas entendu les pas qui se rapprochaient. Lorsqu'il lève la tête, il se retrouve cerné par deux types qu'il connaît vaguement, deux petits caïds du quartier qui le regardent en se moquant :

— ALORS, LA LOPETTE, ON SE VAUTRE DANS LES ORDURES ?

Connor se lève d'un bond et tente de s'échapper, mais il est déjà trop tard. Les voyous le soulèvent et le font basculer dans le conteneur.

— TU SAIS CE QU'ON EN FAIT, NOUS, DES ORDURES ? demande une voix au-dessus de lui.

Le jeune garçon essaie de se mettre debout et porte la main à son nez. Il a du sang partout.

— ON LES FAIT CRAMER ! hurle le dealer.

Connor lève la tête vers ses agresseurs pour constater que l'un d'eux tient à la main un bidon d'essence. Il n'a même pas le temps de crier que, déjà, il est aspergé sur le torse et les jambes.

— TU VEUX DU FEU ? propose l'un des caïds en craquant une allumette.

Horrifié, Connor veut encore croire qu'ils ne cherchent qu'à lui faire peur, même s'il n'ignore pas que pour ce genre de voyous, la vie humaine n'a guère de valeur.

Effectivement, l'allumette lui arrive droit dessus et l'essence s'enflamme aussitôt. Connor voit son corps flamber comme une torche tandis que le couvercle du conteneur se referme lourdement.

Il suffoque, se débat, tente de s'extraire de cette cage métallique. Finalement, le conteneur se renverse et le libère, mais son corps est toujours dévoré par les flammes. Submergé de douleur, il court dans tous les sens, arrive dans la cour de l'immeuble et se roule par terre pour mettre fin à cet embrasement.

Peu à peu, sa vue se brouille.

La chance a tourné, mais pas dans le sens qu'il espérait.

En une fraction de seconde, il comprend que sa vie a basculé et que rien ne sera plus jamais comme avant.

Puis il glisse dans le coma.

Il a quinze ans.

Il voulait juste faire ses devoirs.

20

Mark & Connor
Deuxième flash-back

13 octobre 1987
Vingt et une heures dix-huit

Tous feux hurlants, l'ambulance déboule dans le parking des urgences du Chicago Presbyterian Hospital. Inanimé, couché sur une civière, Connor est immédiatement lavé à l'eau tiède pour refroidir les zones brûlées. Des bouts de vêtements calcinés collent à sa peau et nécessitent une anesthésie locale pour être retirés. Après l'avoir intubé, les urgentistes lui posent une perfusion et l'orientent vers le service des grands brûlés où il est pris en charge par le Dr Loreena McCormick.

C'est elle qui procède à la première évaluation : cinquante pour cent de la surface corporelle est atteinte ; les deux bras, les deux jambes, la face avant du thorax ne sont plus que des plaies insoutenables. Le bas du cou et la main droite sont aussi touchés. Certaines de ces brûlures sont profondes et engagent le pronostic vital. Son visage a miraculeusement été épargné.

Loreena et son équipe placent Connor sous assistance respiratoire et en coma artificiel avant de commencer les traitements locaux à base de bains antiseptiques et de crème antibactérienne. Puis les brûlures sont recouvertes de compresses stériles que l'on va constamment renouveler tout au long de la nuit pour maintenir une humidification et une désinfection maximales.

★

Transformé en momie, bardé de perfusions et d'attelles, Connor repose les yeux clos dans la torpeur de l'hôpital. À son chevet, Loreena McCormick le regarde en silence. Ce garçon a l'âge d'être son fils.

Bien que son service soit depuis longtemps terminé, elle ne peut se résoudre à quitter la chambre. Le monde tel qu'il va lui paraît de plus en plus hostile, déshumanisé et barbare. Elle vient d'avoir quarante-quatre ans et sait qu'elle ne sera sans doute jamais mère. La faute à sa carrière, aux rencontres amoureuses qu'elle n'a pas faites, mais aussi à cette peur qu'elle n'est jamais parvenue à surmonter : celle d'être incapable de protéger un enfant dans un monde devenu fou.

Elle est perdue dans ses pensées lorsque les deux battants de la porte s'ouvrent brusquement pour laisser place à un adolescent poursuivi par un employé de la sécurité.

— Laissez-moi le voir, c'est mon ami ! hurle Mark tandis que le vigile – un colosse black qui fait trois fois son poids – le saisit par le cou.

Loreena s'interpose et convainc le garde de relâcher le jeune garçon.

— C'est mon ami ! répète Mark en s'avançant vers le lit de Connor.

— Où sont ses parents ? demande Loreena. Tu les connais ?

— Il n'a pas de parents.

Loreena s'approche de Mark.

— Je suis le docteur McCormick, explique-t-elle. C'est moi qui ai soigné ton copain.

— Il va mourir ? demande Mark, les larmes aux yeux.

Loreena s'approche encore et perçoit une prière dans le regard de l'adolescent.

— Il va mourir ? répète Mark. Dites-moi la vérité, s'il vous plaît.

— Son état est critique… admet Loreena.

Elle laisse passer quelques secondes puis nuance :

— … mais il a peut-être une chance.

D'un geste de la main, elle invite Mark à s'asseoir sur une chaise.

— Tu veux la vérité, alors la voici : ton ami est brûlé sur plus de la moitié du corps. Pendant deux jours, nous allons le maintenir dans un coma artificiel. Ça veut dire qu'il est endormi et qu'il ne souffre pas. Il est jeune et en bonne santé, il n'a pas de brûlures respiratoires et il n'a pas inhalé de gaz toxiques. Ça, ce sont les bonnes nouvelles.

— Et les mauvaises ?

— Le problème, c'est que ses blessures risquent de s'infecter. Lorsqu'on a la peau brûlée, elle ne nous protège plus des bactéries. Notre organisme n'a alors plus les moyens de se défendre contre les attaques massives des germes. C'est ce qui risque d'arriver à ton ami : une aggravation de ses blessures ou une septicémie. C'est…

— … une infection du sang, je sais, complète Mark.

— Donc, il va falloir être patient et prier très fort pour que tout se passe bien.

— Je crois pas en Dieu, annonce Mark. Vous y croyez, vous ?

Loreena le regarde, déconcertée.

— Moi… je ne sais plus.

— C'est en vous que je veux croire, décide Mark. Sauvez-le, je vous en prie.

★

Dans la tête de Connor
Entre la vie…
… et la mort

Je vole.
Non, je tombe.
Une chute libre vers le ciel qui dure une éternité.
Je suis léger. Je m'élève. Je glisse sur un tapis ouaté.
Je nage dans un bain de lumière.
Je suis bien.
Je vois tout. Je comprends tout.
Que tout est déjà écrit.
Que tout a un sens : le Bien, le Mal, la Douleur…
Je suis bien.
Mais je sais ça ne durera pas.
Et je sais que je vais tout oublier.

★

15 octobre 1987

À présent que la période critique des premières heures est passée, Loreena McCormick s'emploie à exciser au

174

plus vite tous les tissus nécrosés. La peau de Connor est comme détergée. Un tissu granuleux et cartonné a remplacé les zones sanguinolentes. Il est encore difficile d'évaluer de manière plus fiable la profondeur des blessures. Pour l'instant, son état clinique est stable, mais les risques infectieux et respiratoires sont encore importants.

Avec son bistouri, Loreena s'applique ensuite à pratiquer des incisions de décharge sur le thorax et le cou de l'adolescent pour décomprimer la circulation locale et éviter l'approfondissement des brûlures. Puis elle prélève l'équivalent de deux centimètres carrés de peau dans le bas d'une des fesses de Connor. Elle enverra cet échantillon à un laboratoire de Boston qui, depuis deux ans, a trouvé une méthode permettant de cultiver des cellules à partir d'une petite portion de peau. La technique est encore expérimentale, mais elle veut tenter le coup. Même si elle sait que les soins demanderont des années et que les séquelles resteront importantes.

Enfin, elle décide de diminuer les doses de sédatifs pour que Connor reprenne progressivement conscience.

*

Dans la tête de Connor
Entre la mort...
... et la vie

Je vole toujours, mais moins vite, moins fort.
Peu à peu, mon corps devient lourd comme du plomb.
Je quitte les hauteurs pour retrouver mes sensations d'humain.
De nouveau, j'ai peur. De souffrir. De mourir.

Autour de moi, les nuages perdent de leur blancheur pour se transformer en vapeur pourpre, brûlante, asphyxiante.

J'ai mal partout. Je m'embrase.

À présent tout est rouge, tout est lave, tout est fusion. Tout est triste.

Fin du voyage. J'ouvre les yeux et...

★

16 octobre 1987

Lorsque Connor ouvre les yeux, il est dans la serre immense et lumineuse du service des grands brûlés. Un bruit sourd et confus bourdonne dans sa tête. Il tente d'abord un mouvement, mais comprend tout de suite que ce n'est pas raisonnable. Il baisse alors la tête pour découvrir son corps enveloppé de pansements. Brusquement, le souvenir du drame refait surface et le plonge dans la terreur.

— Salut, mon vieux, lui dit Mark avec émotion.

— Bienvenue, Connor, l'accueille Loreena. Comment te sens-tu ?

Le jeune garçon la regarde, ouvre la bouche, sans être capable de répondre.

— Ne t'inquiète pas, le rassure Mark, on va prendre bien soin de toi.

★

17 octobre 1987

Aidée d'une infirmière, Loreena retire un des bandages qui recouvrent le thorax de son jeune malade. C'est Connor lui-même qui a demandé « à

176

voir ». Et maintenant, ce qu'il voit le révulse. S'il avait au départ des velléités de jouer à l'homme, elles ont disparu dès qu'il a posé son regard sur ses blessures. Elles lui font l'effet d'être devenu un monstre, une sorte d'*Elephant Man* putréfié. Il a envie de pleurer. Il ne voit pas d'issue. Comment pourrait-il guérir de *ça* ?

— C'est normal que tu aies peur, lui dit Loreena en le regardant dans les yeux.

Connor ne sait pas trop quoi penser de cette femme médecin. Elle a parfois un côté abrupt et ne prend pas toujours de gants pour dire les choses. Mais Mark semble avoir confiance en elle. *Elle est des nôtres*, lui a même assuré son ami.

— Je vais t'expliquer, commence Loreena en s'asseyant à ses côtés. On a greffé de la peau d'origine animale sur tes blessures les plus profondes.

— De la peau animale ?

— Oui : de la peau de porc, c'est une procédure courante. Tes défenses immunitaires vont la rejeter, mais, pendant quelque temps, elle te servira de pansement biologique pour éviter les infections.

— Et après ?

— Après, on tentera des greffes de peau humaine.

— Cette peau, vous la prendrez où ?

— Sur toi. Ça s'appelle une autogreffe. Avec un rasoir, je vais prélever une certaine surface de peau sur les endroits de ton corps qui n'ont pas brûlé. Puis je vais la greffer sur tes blessures.

— Ça ne suffira pas ! s'écrie Connor. Je suis cramé de partout !

— Tu dois me faire confiance, réclame Loreena.

— Comment vous faire confiance, si vous ne me dites pas la vérité ?

— Tu as raison, admet le médecin, ça ne suffira pas. C'est pourquoi on a envoyé un échantillon de tes cellules à un laboratoire de Boston qui va les cultiver pour obtenir une surface plus grande de ta propre peau. Tu comprends ?

— Je comprends que je vais crever.

★

Novembre 1987

Première greffe.

Douleur indicible qui résiste aux calmants.

Le bras droit de Connor est pris dans une attelle ; son cou emprisonné dans une minerve.

Mark vient le voir tous les jours. Il lui lit *Le Comte de Monte Cristo* d'Alexandre Dumas. La vengeance implacable d'un homme, victime d'une injustice et emprisonné pendant quinze ans.

La vengeance implacable...

★

Noël 1987

Connor est maigre à faire peur.

Peut-on perdre quinze kilos en deux mois ?

Loreena lui explique que, malgré un apport calorique important, les grands brûlés subissent un catabolisme intense qui épuise leur organisme et les rend vulnérables aux infections.

Sa main droite est profondément atteinte.

Le 25 décembre, on est obligé de l'amputer d'une phalange.

Joyeux Noël !

Janvier 1988

Depuis son agression, les flics ne sont venus l'interroger qu'une seule fois. Il leur a tout raconté. Il a même donné des noms et des adresses, mais il n'y a pas eu de suites.

Mark a pourtant fait son enquête : les deux dealers traînent toujours dans le quartier, sans se cacher ni même se faire discrets.

★

Dans l'esprit de Connor, une idée commence à germer.

Celle d'une vengeance implacable.

★

Février 1988

Par endroits, les greffes ne prennent pas.

Les chairs restent à vif.

Il faut tout reprendre de zéro.

★

Son bras droit étant inutilisable, il est obligé de se servir de sa main gauche pour écrire.

Pour s'exercer, il dessine des heures durant des esquisses et des portraits, qu'il trace sur un bloc-notes.

Toujours le même visage. Un visage qui l'apaise.

Un visage féminin surgi d'on ne sait où.

Une femme qu'il ne connaît pas encore…

Printemps - Été 1988

Les greffes succèdent aux greffes et, peu à peu, la peau se reconstruit pour faire place à un enchevêtrement de cicatrices qu'il faut comprimer à l'aide de tissu élastique.

Depuis quelque temps, il a repris ses cours, un enseignement par correspondance dispensé aux jeunes en milieu hospitalier. Il n'a pas renoncé à s'instruire. C'est la seule chose qui le réconforte hormis la présence fidèle de Mark.

★

Automne 1988

Ses brûlures aux jambes le contraignent encore à rester allongé.

Un an déjà qu'il macère dans un état de rage terrifiant.

Pas un jour sans douleur.

Pas une nuit sans cauchemars.

Une seule certitude : on ne sort pas indemne d'un tel voyage.

On n'en sort pas meilleur.

On n'en sort pas plus fort.

★

Décembre 1988

C'est le matin de Noël.

Loreena McCormick ouvre la porte de la chambre de Connor. Depuis quatorze mois, c'est le premier jour que le lit est inoccupé. La veille, le jeune garçon a été transféré dans un centre de rééducation à l'autre bout de la ville, mais ce n'est pas elle qui a supervisé sa sortie.

Loreena reste là plusieurs minutes, immobile dans la lumière froide et bleue qui envahit la pièce. Parfois, lorsqu'un de ses patients quitte son service, elle ressent comme un grand vide. Et c'est particulièrement le cas aujourd'hui. Sur l'oreiller, Connor a laissé une enveloppe à son intention. Sur la pochette, il avait d'abord écrit « Dr McCormick », puis il a barré cette formule trop solennelle pour inscrire simplement :

Loreena

Elle met l'enveloppe dans la poche de sa blouse. Elle l'ouvrira plus tard, chez elle.

Le tiroir de la table de nuit déborde de feuilles. Loreena les examine : des dizaines de dessins représentant le même visage obsédant, celui d'une jeune femme qu'elle ne connaît pas.

Ses yeux restent longtemps fixés sur les esquisses.

Puis elle décide de les ranger dans le dossier médical de Connor.

Un jour, peut-être, elle en saura davantage.

★

Juin 1989

Connor obtient son diplôme de fin d'études secondaires.

Il quitte le centre de rééducation et intègre un foyer de jeunes.

Pendant six mois, il a enchaîné les séances de kinésithérapie et les massages pour récupérer la mobilité de ses membres. Son cou et son thorax sont rouges et violacés. La cicatrisation en rétraction qui l'empêchait de faire quantité de mouvements l'a obligé à réapprendre les gestes les plus simples : marcher, se nourrir, s'asseoir, écrire…

Mais d'autres cicatrices, bien qu'invisibles, balafrent son âme et le font autrement souffrir.

★

Pour la première fois depuis un an et demi, il sort dans la rue et il a peur de tout : des voitures, des gens, de la vie… Le moindre bruit le fait tressaillir. Tout va trop vite. Tout n'est qu'agression.

Pour faire taire la douleur, il se persuade qu'il n'y a qu'un moyen : une vengeance implacable.

★

Octobre 1989

Il n'a pas mis longtemps pour les retrouver : les deux dealers ont installé leur planque dans un immeuble désaffecté, derrière la voie de chemin de fer. Plusieurs jours d'affilée, Connor les a suivis pour noter leurs habitudes et collecter des renseignements. En deux ans, les deux types ont gagné du galon. Ils ne sont plus des revendeurs de seconde zone, mais de véritables caïds qui contrôlent une bonne part du commerce de l'héroïne dans le quartier sud. Comme il est rare qu'ils se déplacent seuls, Connor a attendu le bon moment pour agir.

Et le bon moment, c'est ce soir.

Il a vu les deux hommes sortir du bar et a pu constater leur état d'ébriété. Sur le parking, ils se sont engouffrés dans une vieille Mustang couleur rouille.

Connor leur a laissé prendre de l'avance, préférant parcourir le chemin à pied pour éprouver ses blessures.

Lorsqu'il arrive enfin devant l'immeuble en ruine, il est deux heures du matin. Il pénètre dans le hall obscur où toutes les boîtes aux lettres ont été arrachées. Dans le noir, il monte les escaliers. Il n'a plus peur. Il arrive devant la porte qui semble vibrer tant la musique est forte de l'autre côté. D'un coup de pied, il fracasse la porte – un geste qu'il a répété des centaines de fois dans son programme de rééducation.

Assis sur un canapé défoncé, les deux types le regardent avec stupeur. Ils sont ivres et camés jusqu'à la moelle. Connor s'avance dans la pièce. C'est un appartement miteux baigné d'une lumière jaunâtre et glauque. Sur une caisse de livraison faisant office de table basse traînent des seringues, un sachet de poudre et un pistolet à crosse argentée posé sur une mallette ouverte, pleine de dollars.

L'un des dealers tend la main pour se saisir de l'arme, mais trop tard. Connor vient de faire basculer la caisse et c'est lui qui s'empare du revolver.

Il pointe le canon sur les deux hommes, prêt à faire feu.

Ceux-ci le regardent en secouant la tête.

— Putain, mais t'es qui, toi ? demande l'un d'eux.

— Qui je suis ?…

Connor se fige. Cette scène, il se l'est rejouée des dizaines de fois dans sa tête, mais jamais il n'a envisagé que ses agresseurs ne le reconnaîtraient même pas.

Il met une main dans la poche de son blouson et en sort deux paires de menottes, achetées cinquante dollars à un flic ripou.

— Attachez-vous au radiateur ! ordonne-t-il.

— Attends, on va discu…

183

La déflagration interrompt la phrase du dealer. Il porte la main à sa cuisse et constate qu'elle est en sang.

— Attachez-vous, répète Connor.

Les malfrats s'exécutent, se menottant à un radiateur en fonte qui ne produit plus de chaleur depuis long-temps.

Qui je suis ?

Connor éteint la chaîne hi-fi qui crache un rap agressif.

Qui je suis ?

Il enlève son blouson et déboutonne sa chemise.

À présent, il est torse nu devant ceux qui l'ont agressé et il leur exhibe ses brûlures, comme dans un rituel primitif.

Qui je suis ?

Dans les yeux des deux hommes, nulle compréhension. Leurs regards brillent de peur et de stupéfaction.

Connor sort dans le couloir, s'empare du bidon d'essence qu'il a transporté avec lui et revient dans la pièce.

Qui je suis ?

Maintenant, les rôles sont inversés.

La victime devient le bourreau et le bourreau la victime.

Le bien devient le mal ; le mal devient le bien.

Qui je suis ? se demande-t-il en répandant l'essence sur ses anciens agresseurs.

Ils hurlent, mais il ne les entend pas. Ce sont d'autres cris qui, dans sa tête, explosent comme en écho :

ALORS, LA LOPETTE, ON SE VAUTRE DANS LES ORDURES ? TU SAIS CE QU'ON EN FAIT, NOUS, DES ORDURES ? ON LES FAIT CRAMER !

Qui je suis ? se demande-t-il en craquant une allu-mette.

Au moment où le feu commence à prendre, il repense à ce qu'il disait autrefois à Mark : si on renonce à nos valeurs, on renonce à tout.

★

La même nuit
Cinq heures du matin

Une Mustang couleur rouille se gare le long du trottoir, à proximité d'une école publique.

Connor descend de la voiture, ramasse une poignée de graviers et la lance contre l'une des fenêtres de l'appartement du gardien.

Il ne faut que quelques secondes pour que la tête de Mark apparaisse.

— Qu'est-ce que tu fous, Connor ? T'as vu l'heure ?

— Habille-toi, Mark. Prends ton portefeuille, ton argent et tes papiers.

— Pour quoi faire ?

— Ne discute pas.

Mark rejoint son ami cinq minutes plus tard.

— Que s'est-il passé ? demande-t-il. T'as une sale tête.

— Monte, ordonne Connor en désignant la Mustang.

— Mais elle est à qui cette caisse ?

— Grouille-toi. Je t'expliquerai en chemin.

Connor se met au volant et commence à rouler vers le Loop. Au bout de cinq minutes, il se tourne vers Mark pour lui demander :

— Tu te souviens de ce que je te disais : qu'un jour tu aurais une chance de te tirer d'ici pour faire des études ?

— C'est sûr que je m'en souviens.

— Eh bien, ta chance, c'est ce soir, affirme-t-il en tendant la valise métallique qu'il a récupérée chez les dealers.

Mark ouvre la mallette et pousse un sifflement.

— C'est quoi tout ce fric ! ?

— C'est ce qui va payer tes études.

— Mais…

— Écoute, on n'a pas beaucoup de temps, alors ne complique pas les choses.

Connor fouille dans sa poche et lui tend un billet de train.

— Je te conduis à Grand Central. Il y a un train pour New York à six heures quinze. Tu emportes l'argent avec toi et tu ne remets plus jamais les pieds ici. Compris ?

— Et toi, tu me rejoins quand ?

— Jamais, répondit Connor en pénétrant dans le parking souterrain de la gare.

★

Six heures du matin

Les deux garçons sont assis côte à côte dans l'habitacle de la voiture garée sur un emplacement payant. Connor vient de terminer son récit et Mark est sous le choc.

— Il faut que tu y ailles, dit Connor en regardant sa montre. Le train va partir.

— Mais toi, qu'est-ce que tu vas faire ? demande Mark affolé.

— Je vais me livrer au commissariat, répond-il en sortant de la Mustang.

Mark descend à son tour et emboîte le pas à son ami.

186

— Je ne pars pas sans toi !

— Arrête tes jérémiades! s'énerve Connor. Moi, je ne m'en sortirai jamais, c'est fini ! J'ai laissé des traces partout. Les flics ne vont pas mettre deux heures avant de remonter jusqu'à moi.

— C'est pas sûr, dit Mark, le feu, ça détruit tout. Et puis, ces deux types, qui va les regretter ? Personne ! La police croira à un règlement de comptes entre gangs, c'est tout.

Les deux garçons arrivent sur le quai de la gare. Malgré l'heure matinale, les voyageurs sont déjà nombreux à se presser le long des voies.

— Allez, fait Connor, bonne chance, mon vieux.

— Viens avec moi ! s'écrie Mark en grimpant dans le wagon. On avait toujours dit qu'on partirait ensemble.

Il veut ajouter quelque chose, mais sa voix est couverte par un coup de sifflet strident annonçant le départ imminent du train.

Resté sur le quai, Connor ne laisse pas son ami reprendre la parole.

— Écoute, Mark, il faut que tu sois fort. Tu peux commencer une nouvelle vie, mais pour moi, c'est trop tard : je n'ai plus la force de rien, je ne suis plus rien.

— Ça va passer, je vais t'aider ! On a toujours fait face tous les deux. C'est comme ça qu'on s'en est sortis !

Le chef de gare vérifie la fermeture des portes.

Connor fait quelques pas sur le quai. Soudain, toute la peur accumulée remonte à la surface. Il se sent tremblant, fiévreux. Dans son esprit, tout se brouille. Les sons se déforment avant de n'être plus audibles. Soudain, c'est le silence total. Il chancelle puis s'écroule.

Déjà, Mark a sauté sur le quai. Il se penche vers son ami, l'attrape sous les bras et, de toutes ses forces, le tire à l'intérieur du wagon.

Après un dernier sifflement, le train s'ébranle avec soupirs et soubresauts.

★

Lorsque la locomotive quitta la gare, elle fut frappée par les premiers rayons du soleil. Mark regarda à travers la vitre. Une lumière pourpre et orangée perçait à travers les nuages.

Toute sa vie, il se souviendrait de la couleur du ciel, ce matin-là.

Le matin où, ensemble, ils étaient partis.

21

Au-delà des nuages

Nous sommes comme les noix,
Nous devons être brisés pour
être découverts.

Khalil GIBRAN

Aujourd'hui
Dans l'avion
Quinze heures

Loin.

Très loin en dessous de l'appareil, une épaisse couche de nuages camouflait tout le paysage, isolant encore un peu plus le Super Jumbo de la terre des hommes.

Mark n'en revenait pas de s'être autant confié. Ce voyage dans son enfance lui avait permis d'oublier momentanément la trahison de Nicole et lui avait fait du bien. Quelque part, se livrer l'avait délivré.

Avec du recul, il mesurait mieux le chemin parcouru. À quinze ans d'intervalle, deux bombes avaient explosé, d'abord dans la vie de son ami puis dans la sienne. L'une avait failli détruire Connor à jamais et l'avait transformé en criminel. L'autre – l'enlèvement de Layla – avait plongé Mark dans un processus d'autodestruction qui l'avait conduit aux portes de la mort. Dans les deux cas, leur survie n'avait pas tenu à grand-chose : la lutte et une part de chance.

Evie avait écouté le récit de Mark avec fascination. La jeune fille trouvait dans l'enfance de Connor un écho à sa propre histoire. Plus jeune, Connor avait dû affronter les mêmes questions qu'elle se posait aujourd'hui : comment survivre à la douleur ? La vengeance est-elle la meilleure réponse à un outrage ?

Elle se pencha vers le hublot et éprouva un sentiment d'infini en regardant l'océan de nuages.

Alors, elle ferma les yeux et plongea à son tour dans les souvenirs…

22

Evie
Quatrième flash-back

New York
Nuit de Noël 2006
Deux heures et demie du matin

L'air était glacé et piquant.

Le corps engourdi par le froid, Evie se traînait au milieu de Greenwich Village. N'ayant rien avalé depuis le matin, elle sentait son ventre gargouiller. Ses muscles et ses articulations étaient douloureux et chacune de ses respirations se transformait immédiatement en buée. Depuis trois semaines qu'elle était à New York, ses maigres économies avaient fondu comme neige au soleil et elle n'avait, à présent, plus un seul dollar en poche. Au début, elle avait trouvé refuge dans un hôtel minable de Harlem puis dans un foyer d'Amsterdam Avenue, mais ce soir, elle ne savait pas où dormir. Il fallait pourtant qu'elle tienne encore une dizaine de jours : le temps qu'il lui faudrait pour tuer Craig Davis. Elle s'était rendue à l'hôpital où travaillait désormais l'assassin de sa mère, mais on lui avait appris que le médecin passait les fêtes de fin d'année dans sa famille

191

en Europe. Son retour n'était prévu que pour la première semaine de janvier. Qu'importe, Evie attendrait jusque-là. *Revenge is a dish best savored cold...*

Dans les immeubles bourgeois qui l'entouraient, le réveillon touchait à sa fin. Des fenêtres lui parvenaient des bribes d'ambiance festive : musique, éclats de rire. Sur la 6e Avenue, elle tomba sur une affiche lumineuse qui proclamait : *Laissez souffler l'esprit de Noël !* Puis, plus loin : *Ce soir, tout est possible !* Elle leva les yeux au ciel. La famille, les traditions, le rêve n'avaient jamais eu de place dans sa vie quotidienne. Quant au prétendu « esprit de Noël », c'était une connerie que l'on voyait dans les vieux films et qui n'avait jamais vraiment existé. Ou alors, il était mort depuis longtemps pour laisser place à une frénésie insatiable de consommation.

Une Aston Martin argentée flambant neuve passa devant elle à toute allure pour s'arrêter à un feu rouge quelques mètres plus loin. Lorsque Evie arriva à son niveau, elle remarqua le sac en cuir posé nonchalamment sur le siège passager ainsi que l'absence de voyant censé indiquer l'activation du système de verrouillage. La jeune fille s'arrêta puis fit trois pas en arrière pour ne pas se faire repérer. Courbé sur le volant, un homme mal en point se frottait les paupières. Evie hésita. Elle n'avait jamais rien volé, mais ça paraissait si facile : ouvrir la porte, s'emparer du sac et se tirer en courant. Une bagnole comme ça valait une fortune, le sac en cuir – gainé de la célèbre toile Monogram aux initiales LV – n'était sûrement pas une imitation. Elle était prête à mettre sa main à couper qu'elle trouverait à l'intérieur plusieurs centaines de dollars en liquide. Sans compter le paquet de fric qu'elle en tirerait à la revente, si elle se débrouillait bien. De quoi lui permettre de survivre au moins deux semaines. De quoi lui permettre d'accomplir sa vengeance.

Dans la voiture, le type venait de prendre son téléphone portable pour répondre à un appel. En moins d'une seconde, Evie ouvrit la portière et s'empara de son butin avant de partir en courant. Au bout de cinquante mètres, elle se retourna en grimaçant : elle avait pensé que son poursuivant renoncerait rapidement. Malheureusement pour elle, il était encore jeune et il courait vite.

Espèce de con !

La neige tombait toujours à gros flocons et le sol était glissant. Lorsque Evie comprit qu'elle allait se faire rejoindre, elle tenta le tout pour le tout et traversa brusquement la rue au milieu des voitures, au risque de se faire renverser. Mais rien n'y fit. L'homme lui emboîta le pas et, quelques secondes plus tard, se jeta sur elle, la plaquant violemment sur le sol givré. Sa tête heurta le trottoir mais le choc fut amorti par la neige.

— Rends-moi ça ! ordonna l'homme en lui tordant le bras derrière le dos.

★

2 h 37

— Lâchez-moi ! hurla Evie, en se débattant.

L'homme avait récupéré son sac, mais il lui serrait toujours fermement le bras. Il l'entraîna sous la lumière d'un lampadaire, ce qui permit à Evie de le détailler. C'était un grand type brun, sapé classe, à la silhouette effilée et au visage fatigué. N'étaient-ce son regard sombre et ses sourcils froncés – qui trahissaient sa préoccupation – on aurait pu le croire échappé du dernier catalogue Hugo Boss.

Cet homme, elle l'avait déjà rencontré quelque part. Mais où ?

— Comment tu t'appelles ? demanda-t-il.

— FUCK OFF ! l'insulta-t-elle.

★

2 h 40

— Écoute, je suis médecin, je peux te trouver un foyer pour la nuit.

— Tu veux me sauver, c'est ça ?

— Je veux t'aider.

— J'en veux pas de ton aide !

*

2 h 42

— Je te paye un repas chaud ? proposa-t-il.

*

2 h 43

— Je me tire, j'en veux pas de ton repas.

*

3 h 01

Assise sur une banquette en moleskine, Evie terminait son hamburger en regardant, à travers la vitre, l'homme qui fumait une cigarette. Il se prétendait médecin, mais était-ce la vérité ? Il disait vouloir l'aider, mais était-il sincère ? Elle avait tellement appris à se méfier des gens que tout dans son comportement la déconcertait. Elle aurait bien aimé lui faire confiance, mais redoutait trop d'être déçue.

— Alors, ce hamburger ? demanda-t-il en la rejoignant.

*

3 h 14

— Attends ! cria-t-il pour la retenir. Tu ne peux pas partir comme ça. Il fait froid, c'est dangereux. Je vais te trouver un abri pour la nuit.

194

Elle le regarda tandis qu'il se rapprochait, mais elle secoua la tête sans prendre la peine de lui répondre.

— Prends au moins ça, conseilla-t-il en lui fourrant dans la poche sa carte de visite. Si jamais tu changes d'avis…

Mais Evie savait que ça ne serait pas le cas.

*

3 h 45

Elle l'a quitté depuis une demi-heure et commence à le regretter. Elle a tellement froid que ses os s'entrechoquent dans sa frêle carcasse. La migraine – son ennemi juré depuis qu'elle est toute petite – vient de se rappeler à son bon souvenir avec une violence qui lui donne des nausées et la force à s'arrêter au milieu du trottoir, trop faible pour continuer à avancer.

Elle a examiné les quelques immeubles alentour. Certains ont un veilleur de nuit qui monte la garde dans le lobby. D'autres – comme celui devant lequel elle se trouve – n'en ont pas, mais sont néanmoins protégés par un code d'accès. Dans beaucoup d'appartements, les derniers invités se décident à prendre congé. En tout cas, c'est ce qui se passe au 37, Fenweet Street où trois couples bien éméchés quittent ensemble le Paradisio Building.

Evie leur tient la porte et, dans la confusion, réussit à leur faire croire qu'elle habite ici. Elle fait mine d'appeler l'ascenseur et, lorsqu'ils se sont suffisamment éloignés, se met en quête d'un recoin où dormir quelques heures. Elle trouve un espace, un peu en retrait, près de la porte qui mène aux caves. Il ne fait pas bien chaud, mais c'est mieux que rien. Elle s'assoit contre le mur, s'entortille dans son manteau et ferme les yeux, laissant ses pensées la ramener à cet homme que sa route vient de croiser. Dès qu'il lui a parlé, elle a éprouvé à son égard une étrange familiarité, comme si elle le connaissait de longue date. Jamais, dans ses paroles il n'a mentionné son nom, mais

Evie se souvient d'un coup qu'il lui a laissé sa carte de visite. Elle fouille alors dans sa poche pour en tirer le petit bristol qu'elle soulève au-dessus de ses yeux. Malgré le faible éclairage, elle parvint à déchiffrer le nom du médecin et, soudain, c'est le choc.

Ce type, c'est Connor McCoy !

Déjà, Evie s'est relevée. Elle allume la minuterie et sort de son sac le livre qu'elle a récupéré une nuit dans une chambre de l'hôtel Oasis à Las Vegas. Depuis, elle le transporte toujours avec elle, comme un talisman capable de la protéger des mauvais sorts.

Survivre
par Connor McCoy

Elle regarde sa photo, au dos de la couverture, qui lui confirme l'identité de son mystérieux interlocuteur. Elle comprend maintenant pourquoi son visage lui avait paru familier. Quelle idiote ! Elle avait laissé filer la seule personne sur cette terre qu'elle rêvait de rencontrer. Vite ! Elle remballe ses affaires, bien décidée à aller le retrouver.

Alors qu'elle s'apprête à sortir de l'immeuble, elle aperçoit une voiture de police qui, tout gyrophare hurlant, se gare devant l'entrée. Evie comprend immédiatement que les flics sont venus pour elle. Les occupants de l'immeuble ont dû entendre du bruit et prévenir le commissariat. Privilège des quartiers cossus, le NYPD n'a pas traîné pour leur envoyer une patrouille.

Effectivement, deux policiers à la stature imposante et armés jusqu'aux dents s'extirpent de leur bagnole comme s'ils venaient pour arrêter Ben Laden.

— Elle est là ! crie l'un d'eux en pointant sa torche en direction de l'entrée.

Ils composent le code et pénètrent dans le lobby, la main sur leur flingue.

— Allez, mademoiselle, suivez-nous sans faire d'histoire.

23

Le mot de passe

La connaissance des secrets
d'autrui est un pouvoir enivrant.
Michael CONNELLY

Aujourd'hui
Dans l'avion
Seize heures

Une bonne partie des passagers du vol 714 somno-
laient gentiment en digérant le risotto aux morilles et
les crêpes aux pommes confites de leur plateau-repas.
Les écouteurs sur la tête, d'autres s'étaient plongés
dans un film ou dans les programmes musicaux
proposés par la compagnie.

Les yeux clos, le souffle régulier, Evie avait rejoint
Layla au pays des rêves. Pressé d'atterrir, Mark se
tortillait sur son fauteuil, jetant des coups d'œil
inquiets à sa montre. Un sentiment d'urgence s'était
emparé de lui. Il ne pouvait pas attendre d'être à New

York pour percer le mystère du comportement stupéfiant de Nicole. Il fallait qu'il trouve quelque chose.

Maintenant.

Il se pencha vers la travée centrale. Deux rangées devant lui, stressé et cravaté, un cadre d'entreprise consultait fiévreusement les cours de la Bourse sur Internet. Mû par une inspiration soudaine, Mark quitta son siège et remonta l'allée, tenant dans sa main gauche le verre de jus d'orange qu'Evie avait à peine entamé. Arrivé devant sa victime, le médecin fit semblant de trébucher et renversa consciencieusement le jus de fruits sur la chemise et le pantalon de l'homme d'affaires.

— VOUS POUVIEZ PAS FAIRE ATTENTION ! cria celui-ci en constatant l'étendue des dégâts.

— Je suis vraiment désolé, s'excusa Mark platement.

Il avait tiré un Kleenex de sa poche et, au lieu d'éponger le liquide, s'activait à l'étaler davantage, élargissant une tache qui ne tarderait pas à devenir bien collante.

— Laissez tomber ! ordonna sa victime, pressée de se défaire d'un tel empoté. Je vais me passer un peu d'eau.

Il se leva de son siège, essuya avec précaution les quelques gouttes tombées sur le clavier de son ordinateur et le rangea dans le compartiment à bagages avant de se diriger vers les toilettes en maugréant :

— … costume Kenzo à mille dollars… réunion avec les Japonais… possibilité d'avoir des stocks-options…

Mark fit mine de continuer son chemin puis revint sur ses pas. Pour se protéger des rayons d'un soleil orangé, on avait tiré la plupart des stores, plongeant l'avion dans une pénombre propice à la sieste ou au visionnage de films.

Le plus naturellement possible, le médecin ouvrit le compartiment à bagages pour s'emparer de l'ordinateur qu'il ramena avec lui à sa place. Il jeta un coup d'œil vers le fond de l'avion. Il y avait la queue aux toilettes : avec un peu de chance, il disposait d'une dizaine de minutes devant lui avant que l'autre ne s'aperçoive de la disparition de son portable.

Il sortit l'ordinateur de sa housse et l'ouvrit avec précaution. Il avait lu, sur la brochure distribuée aux passagers, qu'une récente avancée technologique permettait désormais d'accéder à l'Internet haut débit *via* une liaison sans fil. Il lança donc le logiciel de navigation.

La page web s'ouvrit sur Google. Mark tapa « annuaire inversé » et se rendit sur l'un des sites proposés par le moteur de recherche. Dans le formulaire, il inscrivit le numéro de téléphone sur lequel il avait réussi à joindre Nicole un peu plus tôt dans l'après-midi. L'analyse ne prit que quelques secondes et livra son étrange résultat :

Connor McCoy, Psy.D. [1]
Time Warner Center
10, Colombus Circle
New York 100119

C'était le numéro du nouveau cabinet de Connor ! La voix qui ordonnait à Nicole de raccrocher, c'était celle de son meilleur ami. Il en était certain à présent. Pourquoi donc ne l'avait-il pas reconnue sur le coup ? Et que pouvait bien faire sa femme chez lui ?

Perplexe, il resta quelques secondes sans savoir comment orienter ses recherches. S'il se souvenait bien, Nicole utilisait autrefois un compte Hotmail pour

1. Psy.D. : docteur en psychologie.

consulter son courrier lorsqu'elle était en déplacement. Il se rendit sur le site de l'opérateur, tapa « nicole.hathaway » dans l'espace réservé à l'identifiant.

Le curseur clignotait maintenant pour l'inviter à rentrer le mot de passe de sa femme. Il ne le connaissait pas.

Durant toutes les années qu'il avait vécues auprès d'elle, il n'avait jamais été du genre jaloux. Leur couple était basé sur la confiance et Mark ne s'était jamais amusé à fouiller dans son sac ou à décrypter les rendez-vous inscrits dans son agenda.

Peut-être aurait-il dû…

Il ne connaissait pas grand-chose à l'informatique, mais sans doute un logiciel de « crackage » aurait-il été capable d'accéder au compte de sa femme. Malheureusement, Mark n'en avait pas sous la main. Il n'avait que son cerveau à sa disposition et ce n'était pas suffisant. Même le plus fin des thérapeutes serait incapable de deviner un mot de passe en se basant sur une simple analyse psychologique. En tout cas, pas en cinq minutes. Pour autant, Mark se refusait à abandonner la partie sans faire quelques tentatives.

Comment les gens choisissaient-ils leur mot de passe ? Le bon sens lui fit d'abord répondre : leur nom, leur prénom, celui de leur conjoint, de leurs enfants, de leur animal familier…

Il essaya donc successivement :

nicole
hathaway
layla
mark
pyewacket (le nom de leur chat siamois)

Sans succès.

Il se tourna ensuite vers les chiffres :
06.06.74 (date de naissance de Nicole)
19.08.72 (sa propre date de naissance)
15.05.96 (leur date de rencontre)
10.09.96 (leur date de mariage)
11.01.97 (date de naissance de Layla)

Il réessaya sans les « . » puis en mettant des « / » à la place des points. Pour plus de sûreté, il essaya même de rentrer des données à quatre chiffres pour les années.

Sans succès.

Ensuite ?

Il entra encore d'autres données, comme elles lui venaient : des numéros de téléphone, de plaques minéralogiques, de Sécurité sociale... Il essaya aussi la taille de sa femme, sa pointure et son poids. Et aussi :

Sa couleur préférée ?

vermillon

Son roman préféré ?

le-prince-des-marées
le.prince.des.marées
leprincedesmarées

Son film préféré ?

le-tombeau-des-lucioles
le.tombeau.des.lucioles
letombeaudeslucioles

Mais il ne fallait pas rêver.

Alors, il ferma les yeux. L'image de Nicole lui apparut, rayonnante, sur une scène, recevant des applaudissements après un concert.

violon

Dans la foulée, il rentra le nom des compositeurs préférés de sa femme ou de ceux qu'elle avait enregistrés ou joués en concert :

MOZART

BACH

BEETHOVEN

MENDELSSOHN

CHOSTAKOVITCH

BRAHMS

BARBER

STRAVINSKY

Non, il faisait fausse route. *Oriente ta réflexion sur d'autres pistes.* À présent, son cerveau lui donnait l'impression de fonctionner à cent à l'heure. En partant du principe qu'un mot de passe révélait forcément une part de la personnalité intime de son créateur, la Nicole qu'il connaissait aurait choisi une formule ayant une valeur émotive : un code valorisant ses liens familiaux ou son histoire d'amour avec Mark.

Mais Nicole était aussi quelqu'un de prudent. Quelques années plus tôt, on avait tenté de pirater leur compte bancaire sur Internet, ce que Nicole avait mal vécu. Pour accroître la sécurité de son mot de passe, il y avait fort à parier qu'elle avait choisi un mélange de lettres, de chiffres ou de symboles. Quelque chose d'assez long aussi, comme le leur avait recommandé le banquier à l'époque.

En même temps, elle consultait son courrier quotidiennement, le code ne devait pas être trop abstrait non plus.

Voilà ce qu'il devait chercher : un mot de passe *difficile à trouver* tout en étant *facile à retenir*.

Pour construire un tel code, la façon la plus simple est de passer par une phrase clé : un proverbe, les paroles d'un poème ou d'une chanson…

Non, Mark était prêt à parier que sa femme avait opté pour quelque chose de plus personnel. Mais quoi ? Existait-il une phrase qui condenserait l'essence de leur amour ?

Soudain, Mark sentit qu'il perdait le fil de son raisonnement. Un mal de crâne épouvantable lui labourait les tempes. Dans sa tête, tout se mélangea : les chiffres, les lettres, les codes, les messages, les souvenirs… Il ferma les yeux pour retrouver sa concentration. Le visage de sa femme se fraya alors un chemin dans son esprit embrouillé.

Puis une succession d'images l'assaillirent en même temps, comme si une force inconnue avait choisi de mitrailler son cerveau de centaines de flashes aussi puissants que fugaces : première rencontre, premier baiser, première fois qu'ils avaient fait l'amour, première dispute, premières vacances en amoureux…

Paris, France.
Un soir d'été.
Une petite place dans l'île de la Cité.
Un restaurant en terrasse.
Un dîner en amoureux.
Une demande en mariage.
Sur la place, des platanes.
Sur l'un d'entre eux, une inscription gravée
au canif. Suivie d'une date.
Un couple d'amoureux qui les a précédés de
quelques années.
Mark et Nicole restent un moment silencieux
devant cette épigraphe.
Puis se promettent de se faire graver la
même à l'intérieur de leurs alliances.

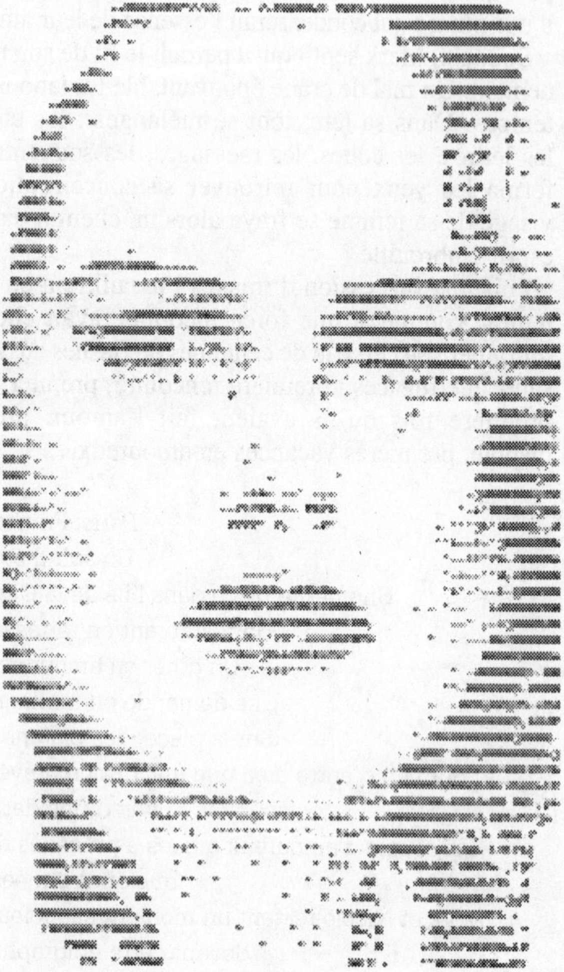

Mark posa sa main droite sur l'index de sa main gauche. Son alliance était toujours là. Elle avait résisté à tout : à la séparation, à la vie dans la rue... Il la retira avec peine et lut l'inscription gravée à l'intérieur :

Là où on s'aime,
il ne fait jamais nuit

Une larme coula sur son visage pour venir s'écraser sur le clavier. Mark comprit alors qu'il avait trouvé.

Comme la phrase était trop longue et ne rentrait pas dans l'espace dévolu au mot de passe, il se contenta d'inscrire la première lettre de chacun des mots :

loosainfjn

Mot de passe incorrect.

C'est normal : il fallait ajouter une date. Il hésita un moment, puis décida que la plus probable était celle de leur rencontre. De plus en plus fébrile, il essaya à nouveau :

loosainfjn150596

Puis il appuya sur la touche ENTER.

Cette fois, le site accepta le mot de passe. La page web se rechargea et s'ouvrit sur la boîte aux lettres de Nicole Hathaway.

★

Il y avait pléthore de messages. La plupart provenaient de Sonja, l'agent de Nicole qui organisait ses déplacements et gérait son emploi du temps. Un bon tiers étaient des spams : « *free viagra* », « *enlarge your penis* », « *give money for the tsunami* » et autres placements financiers bidon. Quelques messages de félicitations de la part d'admirateurs qui complimentaient la musicienne après l'avoir entendue en concert. Quelques rares critiques : *Vous ne faites pas le poids face à Anne-Sophie Mutter* [1] ou : *Les maisons de disques ne vous ont pas choisie pour votre talent, mais pour votre cul*, ou encore : *À votre place, j'aurais honte de faire du fric sur la disparition de ma fille.*

Sympathique, mais rien de nouveau sous le soleil. Nicole recevait déjà ce type de message deux ans auparavant. Mark chercha un courrier de Connor, mais il n'y en avait aucun. Un message néanmoins attira son attention, car il contenait une vidéo en fichier attaché. D'expéditeur inconnu, le message ne comportait pas de texte. Juste un fichier QuickTime qui se lança automatiquement.

Mark se rapprocha de l'ordinateur. La fenêtre de visualisation était de petite taille et l'image en noir et blanc de mauvaise qualité. Assez vite, il comprit que c'était le film d'une caméra de surveillance.

Lorsque le visage de Layla apparut sur l'écran, son sang se glaça et le monde s'arrêta autour de lui.

1. Célèbre violoniste allemande connue notamment pour ses interprétations de Mozart et de Beethoven.

24

The Good Life

*Le meilleur de la vie se passe
à dire « Il est trop tôt », puis « Il
est trop tard ».*

Gustave FLAUBERT

Aujourd'hui
Dans l'avion
Seize heures vingt

Les yeux brillants, Mark ne détachait pas son regard de l'écran. Devant lui, le film se déroulait comme au ralenti. Le médecin n'avait pas mis longtemps à comprendre que la scène avait été filmée le jour de l'enlèvement de sa fille. Il identifia sans peine le sweet-shirt à capuche que portait Layla ce jour-là ainsi que la petite peluche Shrek qu'il lui avait achetée la semaine ayant précédé le drame.

Mark tombait des nues car la police lui avait toujours assuré qu'aucune image de sa fille n'avait été prise par les caméras de surveillance. Il prenait maintenant conscience que les zones d'ombre concernant l'enquête devaient cacher autre chose que le seul enlèvement d'un enfant. Et cette vidéo était bien la preuve que, malgré leurs dénégations, les flics savaient des choses qu'ils ne lui avaient jamais dites.

Plus le film défilait, plus le grain devenait épais et l'image saccadée. Mark n'était même pas capable d'identifier l'endroit où se trouvait Layla. À l'extérieur du magasin sûrement car il faisait sombre et les parasites brouillaient en partie le visage de sa fille.

Quelques secondes, la peur l'arracha de l'écran et il ne put s'empêcher de se tourner vers Layla qui dormait toujours du sommeil du juste, sur le siège à côté de lui. Il se pencha même vers son visage pour être certain d'entendre sa respiration tant il craignait de la perdre à nouveau.

Rassuré, il revint à « son » ordinateur pour constater que la séquence vidéo – censée durer deux minutes et dix secondes – s'était arrêtée au bout d'une minute trente. Mark crut d'abord à une mauvaise manipulation. Il appuya plusieurs fois sur le bouton PLAY, relança l'intégralité du film mais rien n'y fit : l'image se bloqua à nouveau quarante secondes avant la fin. Partagé entre la colère et le dépit, il poussa un long soupir de découragement

Qui s'amusait ainsi avec ses nerfs ? Que s'était-il passé durant ces quarante secondes ?

— HÉ, NE VOUS GÊNEZ PAS ! C'EST MON PORTABLE !

Mark leva la tête comme s'il se réveillait en sursaut. D'un geste brusque, M. Jus d'Orange lui arracha l'ordinateur des mains.

— C'était juste un emprunt, tenta de se justifier le médecin.

— Emprunt ? Mon cul, oui !

— Je voulais simplement m'assurer que tout fonctionnait correctement, expliqua Mark en reprenant son rôle du benêt. Je craignais de l'avoir abîmé par ma maladresse et croyez bien que si c'était le cas, je…

Mais l'homme d'affaires n'était pas dupe :

— Je veux porter plainte, cria-t-il en essayant de prendre d'autres voyageurs à témoin.

Déjà, une hôtesse les avait rejoints pour calmer le jeu. D'instinct, Mark comprit qu'il avait tout intérêt à rester calme et à faire profil bas. Tout excité, l'autre s'empêtra dans ses explications.

— Je veux signaler cet incident au commandant ! martela-t-il plusieurs fois.

— Très bien, monsieur, nous ne manquerons pas de l'en informer, lui promit l'hôtesse.

Sur ce, elle raccompagna M. Jus d'Orange jusqu'à sa place et lui adressa un sourire forcé qui disait en sous-titre : *Rassieds-toi, mon gros, et arrête de gueuler. L'incident est clos.*

★

— Papa, il est où mon esquimau ?

Cette petite altercation avait tiré Evie et Layla de leur sommeil.

Mark se tourna vers elles et, presque instantanément, refoula ses problèmes pour faire bonne figure.

— Bon alors, les filles, lança-t-il en tapant dans ses mains, on va la manger, cette glace ?

— Oh ouais ! cria Layla avec entrain.

Mark prit sa fille par la main et fit signe à Evie de les accompagner. La petite équipe ainsi constituée migra vers le milieu du pont supérieur pour essayer de trouver une table libre au Floridita. Le *lounge-bar* qu'avait fréquenté Mark un peu plus tôt ressemblait à présent davantage à un salon de thé. Pour faire face à l'affluence, Isaac le barman avait été rejoint par deux acolytes. Dans une ambiance bon enfant, les trois compères confectionnaient avec une rapidité surprenante des cocktails et des coupes glacées aussi impressionnants les uns que les autres.

Lorsqu'une table se libéra, Layla fut la première à s'asseoir. Elle s'empara de la carte des desserts comme s'il s'agissait du saint Graal et regarda avec gourmandise les photos des chocolats liégeois et autres banana split. Mark et Evie la rejoignirent en s'amusant de son comportement. Le médecin balaya du regard la foule des clients à la recherche d'Alyson Harrison, mais la riche héritière avait quitté le bar.

Ils commandèrent un *Frozen Hot Chocolate* que leur apporta Isaac en personne avec trois cuillères et trois pailles. Posé au milieu de la table, l'énorme bol de verre, de la taille d'un aquarium, contenait une dizaine de boules de glace – toutes au chocolat, mais chacune de variété différente –, baignant dans une sauce au cacao et surmontées d'une montagne de crème fouettée.

— Mange doucement, conseilla Mark, alors que Layla se jetait avec avidité sur la crème glacée. Personne ne va te la voler !

Paille à la bouche, le nez dans la chantilly, la petite fille aspirait avec un plaisir évident le chocolat fondu. Gentiment, Evie se moqua d'elle avant de l'accompagner dans sa dégustation. Pour la première fois, Mark voyait l'adolescente avec un sourire aux lèvres et cela lui fit plaisir. Le récit qu'Evie lui avait fait de sa vie et de son désir de vengeance l'avait beaucoup marqué. Il regrettait qu'elle ne lui ait pas raconté la fin de son histoire, mais quelque chose lui disait qu'il en saurait davantage avant d'atterrir à New York. Décidément, ce voyage avait été intense, riche en rencontres et plein de surprises. Des bonnes comme des mauvaises...

*

Tout en savourant son dessert, Evie regardait Mark et Layla avec un certain attendrissement. Quelque chose la touchait dans la relation du médecin avec sa fille. Elle qui n'avait jamais eu de vraie famille était émue de voir cet homme – qu'elle sentait à la fois solide et fragile – retrouver la complicité qui l'avait uni à son enfant avant que le drame ne les frappe.

Au bar, Isaac venait de monter d'un cran le volume de la musique. L'ambiance était à la douceur. Evie reprit une cuillère de cette divine sauce au chocolat puis ferma les yeux pour mieux l'apprécier. Les yeux clos, elle hocha la tête au rythme du saxo de John Coltrane, consciente de vivre un moment de sérénité comme elle n'en avait pas connu depuis longtemps.

À nouveau, elle constata que toutes ses pensées revenaient vers Connor que le récit de Mark lui avait rendu encore plus proche. À son âge, Connor ne s'était pas dégonflé. Il avait eu le courage de passer à l'acte. Il avait lavé l'affront, rendu œil pour œil, dent pour dent, puis avait trouvé la force de devenir l'un des médecins les plus novateurs du pays. Belle victoire sur la vie.

Mais la vengeance avait-elle apaisé sa douleur ?

C'est ce qu'elle demanda à Mark lorsqu'elle ouvrit les yeux.

25

Mark & Connor
Troisième flash-back

1989-1995 : THE FRESMAN YEARS [1]

Mark et Connor débarquent à Manhattan un après-midi pluvieux d'octobre.

Ils ont tout juste dix-sept ans.

New York, ils en ont rêvé si souvent, se répétant, du fond de leur cité, des mots magiques et radieux tels que Central Park, Washington Square, World Trade Center et Lady Liberty.

Ce qui s'offre à eux est totalement différent de ce que l'on voit dans les films.

Dès leur descente du train, ils sont frappés par la couleur grisâtre du ciel qui donne à la ville un aspect triste et glacial.

Mais le froid, il est dans leur cœur.

Ils ne sont que deux gosses en fuite, ignorant complètement de quoi demain sera fait. Peut-être que les flics retrouveront leur trace. Peut-être que leur escapade

1. Les années de formation.

prendra fin plus tôt que prévu et se terminera dans la cellule sordide d'une prison.

En attendant, il leur faut survivre.

★

C'est Mark qui prend la direction des opérations. Le moment est venu de prouver, comme il s'en était vanté, qu'il est intelligent et débrouillard. Bien décidé à se battre, face à un Connor désemparé et de plus en plus dépressif, il commence par dénicher un petit appartement non loin du campus de la NYU. Ensuite, il met toute son énergie pour venir à bout des obstacles administratifs jalonnant leur demande d'inscription à la fac. Ils n'ont heureusement pas de contraintes matérielles. Grâce à l'argent providentiel récupéré par Connor chez les dealers – l'argent de la drogue –, ils vont pouvoir régler leur loyer et payer une partie de leurs études. Au bout d'un mois, ils obtiennent enfin l'objet tant convoité, une carte d'étudiant à leur nom, et se plongent à corps perdu dans le travail.

Ils savent exactement ce qu'ils veulent faire : réussir leur doctorat en psychologie pour ouvrir un jour leur propre cabinet.

★

Trois heures du matin.

Connor pousse la porte de la salle de bains et allume la lumière. Il prend soin de refermer derrière lui pour ne pas réveiller Mark qui dort dans la pièce à côté. Il fouille dans le tiroir du meuble qui sert d'armoire à pharmacie, met la main sur un tube de médicaments et en extrait deux comprimés qu'il avale avec un peu d'eau. Ce sont les cinq et sixième de la journée. La notice recommande de ne pas dépasser quatre, mais il a vraiment trop mal. Il reste quelques instants, groggy, hébété, devant son image qui se reflète dans le miroir, comme s'il faisait face à un étranger. Sous la lumière blafarde, il déboutonne sa veste de pyjama pour mettre à nu son torse balafré qu'il regarde avec un mélange de fascination et de dégoût. Depuis peu, il a pris conscience qu'il gardera toute sa vie ce corps meurtri. Alors qu'une bonne partie de ses mains et de son thorax ont perdu leur sensibilité, ses jambes le font toujours horriblement souffrir et le rendent dépendant aux antalgiques. À la douleur physique s'ajoutent des troubles du sommeil qui ne le quittent plus. Il croyait s'être débarrassé des dealers mais, presque tous les soirs, ils reviennent le hanter dans ses cauchemars. Il croyait avoir mis fin à la souffrance, mais elle a fait place à une souffrance encore plus grande : celle de vivre dans la peau d'un assassin.

En retournant se coucher, cette nuit-là, il comprend avec terreur qu'il va passer le reste de sa vie à porter le poids douloureux de sa vengeance.

*

Un soir de déprime, Connor voit Mark qui débarque dans sa chambre, le combiné de téléphone à la main.

— Allô ?

Au bout du fil, la voix rassurante de Loreena McCormick que Mark a pris l'initiative d'appeler à Chicago. La doctoresse est émue d'entendre Connor et l'oriente vers l'un de ses collègues de New York pour lui permettre de poursuivre sa rééducation.

On s'en sort rarement tout seul…

*

Connor reprend pied progressivement. Lorsque c'est possible, il évite les comprimés antidouleur et les remplace par des bains, des massages et des applications de chaleur.

Grâce à Mark et aux conseils de Loreena, il regagne une certaine confiance en lui, mais appréhende toujours les réactions des autres. Son visage a été épargné par les brûlures, ce qui est une arme à double tranchant, car il est aussi engageant que son corps est repoussant. Avec les filles, c'est toujours la même crainte : au premier abord, elles sont séduites, mais il a toujours l'impression qu'il les « trompe sur la marchandise ». Persuadé qu'elles finiront par le rejeter, il ne va pas souvent au-delà des premières étreintes et, lorsque c'est le cas, se dépêche d'être « celui qui quitte » plutôt que « celui qui est quitté ».

*

Les années passent.

Connor souffre toujours d'insomnie, mais cherche à en faire un atout. Pour échapper aux dealers qui le traquent dans son sommeil, il passe ses nuits à étudier et dévore tous les manuels de psychologie. Son acharnement au travail et son côté autodidacte impressionnent ses professeurs. L'un d'entre eux – un ponte de la psychiatrie – le prend comme assistant et lui donne l'occasion de l'accompagner partout. En quelques années, Connor va ainsi faire des stages dans des prisons, des hôpitaux, des écoles pour handicapés… Où qu'il passe, il ne laisse personne indifférent. Son agression l'a rendu très sensible à la souffrance des autres et il n'hésite pas à se maintenir lui-même dans un état de fragilité émotive extrême. C'est le moyen qu'il a trouvé pour ressentir au plus près la souffrance de ses patients et, ainsi, mieux les comprendre pour mieux les aider. Il a conscience des risques d'un tel comportement, mais c'est un prix qu'il accepte de payer.

Très vite, toutefois, il se rend compte que si le secret de l'âme humaine se trouve dans le cerveau, il doit compléter sa formation par des études en neurologie. C'est ce qu'il fait, toujours animé par la même ambition : comprendre ce qui se passe dans le cerveau, sonder le tréfonds de la pensée, voyager au cœur des rêves et de l'inconscient.

★

1996-2001 : THE GOLDEN YEARS [1]

La femme de ma vie
15 mai 1996

Un matin de printemps, Mark entre dans une pharmacie près de Washington Square. Il lance un vague « bonjour » et prend sa place dans la file des clients. Il est venu se procurer un tube d'aspirine dans l'espoir de vaincre sa gueule de bois. La veille, les New York Knicks ont enfin remporté un match face aux Bulls de Michael Jordan, relançant le suspense pour la fin de la saison. Mark y était ! Une place payée une fortune au marché noir, mais ça valait le coup ! Pour célébrer la victoire de son équipe, il est sorti faire la fête toute la nuit. Il a vingt-quatre ans et tout lui sourit : fraîchement diplômé, il vient de trouver une place de psychologue dans un centre de rééducation. Les années de galère à Chicago sont loin derrière. Il adore son boulot, sa vie, Manhattan...

Les yeux plongés dans le *New York Times*, Mark n'a pas fait attention à la jeune femme qui attend devant lui. Son étui de violon à la main, Nicole est absorbée par la scène qui se déroule devant ses yeux. À la caisse, la vendeuse est en train de servir une femme qui porte un

---

1. L'âge d'or.

217

bébé dans ses bras. Celle-ci a demandé une boîte de lait maternisé et un paquet de couches. Elle a les traits fatigués et serre un billet de dix dollars dans sa main crispée.

— 14,95 dollars, réclame la vendeuse.

La femme marque une hésitation. À l'évidence, elle n'avait pas prévu de débourser une telle somme. Inquiète, elle fouille dans son porte-monnaie, espérant sans trop y croire trouver de quoi faire le compte.

— Alors, ça vient ? se plaint la vendeuse en poussant un soupir.

— Oui, oui… s'excuse la femme en étalant sur le comptoir sa petite monnaie.

Dans la queue, tout le monde devine qu'elle n'aura pas de quoi réunir la somme. Certains s'impatientent, d'autres compatissent peut-être en silence.

C'est alors que Nicole s'avance.

— Je crois que vous avez laissé tomber ça, dit-elle en s'agenouillant puis en tendant à la femme un billet de vingt dollars.

L'autre la regarde interloquée et met plusieurs secondes avant de se saisir du billet qui lui permet de sauver la face.

— Merci, dit-elle en baissant les yeux.

*

— Mademoiselle !

Sur le trottoir, Mark court après Nicole pour la rattraper. À quoi tiennent les choses ? Il a suffi qu'il lève les yeux de son journal et qu'il croise le regard de l'inconnue pour que son ventre se contracte et que son cœur s'emballe. Une évidence s'impose immédiatement à lui : il ne faut pas qu'il laisse partir cette femme sans connaître son nom.

— Mademoiselle !

— Oui ? demande Nicole en se retournant.

— Bonjour, bredouille-t-il en reprenant son souffle.

Il ne sent plus ses jambes. Il a les mains moites.

Dis quelque chose, Mark ! Ne reste pas planté comme un con !

— Je… je m'appelle Mark Hathaway. J'étais derrière vous, à la pharmacie. J'ai vu comment vous avez aidé cette femme…

— Inutile d'en faire tout un plat, répond-elle en haussant les épaules.

— Vous êtes du quartier ?

— En quoi ça vous regarde ? demande-t-elle, méfiante.

— En fait, j'aimerais bien vous offrir un café…

— Ça ne va pas ! dit-elle en continuant sa route.

— S'il vous plaît ! insiste-t-il en lui emboîtant le pas.

— Je ne vous connais même pas !

— Raison de plus pour accepter : on pourra faire connaissance.

— Vous perdez votre temps avec moi.

— Un petit café, ça n'engage à rien !

— Non merci ! Et puis, je suis suffisamment énervée comme ça sans avoir besoin de caféine.

— Alors, prenez un chocolat, c'est aphrodisiaque.

— Vous dites vraiment n'importe quoi… soupire-t-elle en levant la main pour héler un taxi.

— Non, c'est vrai : chez les Aztèques, le roi Moctezuma en buvait cinquante tasses par jour avant d'aller honorer les femmes de son harem.

— Et vous vous croyez drôle ?

Un *yellow cab* s'arrête devant eux le long du trottoir. Nicole s'y engouffre sans tarder.

— Donnez-moi au moins votre numéro de téléphone ! la supplie Mark.

— Il est dans l'annuaire, répond-elle perfidement.

— Mais je ne connais même pas votre nom.

— Il est dans l'annuaire aussi, lance-t-elle en claquant la porte.

Le taxi démarre. Mark court quelques mètres derrière la voiture avant de se faire klaxonner par les automobilistes qui arrivent en sens inverse.

Dépité, il reste un instant immobile sur le trottoir, sonné comme un boxeur que l'on a mis KO. Curieusement, il a la certitude d'avoir laissé échapper la femme de sa vie et il se maudit de s'être comporté comme s'il avait quinze ans.

Pas étonnant qu'elle m'ait snobé : elle n'a vu en moi qu'un gugusse pitoyable, un ado attardé avec ses blagues à deux sous...

Lui qui croit aux signes du destin, lui qui croit en sa chance, peste de n'avoir pas eu le temps de lui montrer qui il était vraiment. Pire : il n'a même pas été capable d'apprendre son nom, perdant ainsi tout espoir de la retrouver un jour.

Il n'a jamais osé le dire à quelqu'un, même pas à Connor, mais depuis qu'il est tout petit, il a toujours cru qu'une sorte d'ange gardien veillait sur lui, le prévenant lorsqu'un événement important était sur le point de se produire. Mais aujourd'hui rien ne l'avait aidé à saisir sa chance.

Salopard d'ange gardien, rage-t-il intérieurement, *pourquoi m'as-tu laissé tomber ?*

— Hé ! Regarde où tu mets les pieds ! lui crie un type en roller fonçant dans sa direction. Mark s'écarte, mais trop tard pour éviter la collision. Il est projeté en arrière assez violemment et s'étale sur le trottoir.

— Ça va ? s'inquiète le sportif en lui tendant la main pour l'aider à se relever.

Alors que Mark se met debout, ses yeux rencontrent un poteau qui borde l'avenue.

Sur le poteau, une affiche.
Sur l'affiche, un visage.
Sous le visage, l'annonce d'un prochain spectacle :

Nicole Copland
At the Carnegie Hall
Violin Concertos – Prokofiev – Stravinsky
Boston Symphony Orchestra
Thursday, May, 13th

Merci, l'ange gardien...

*

— Alors, comment tu la trouves ?

Du haut du dernier balcon de l'auditorium, Mark et Connor observent avec attention l'orchestre et sa soliste exécuter le concerto de Prokofiev. La prestigieuse salle de concert vibre au rythme des changements de lignes mélodiques de cette pièce musicale réservée aux plus grands virtuoses.

— Alors, comment tu la trouves ? répète Mark.

Une vague de CHUUUUUT ! réprobateurs monte vers les deux amis.

— Y a pas à dire : elle joue bien, chuchote Connor.

— Qu'est-ce que tu y connais, toi, en musique classique ?

— Rien, concède Connor. En tout cas, elle est jolie.

— Tu crois qu'elle est avec quelqu'un ?

— Une fille comme ça, forcément...

— Tu crois que j'ai ma chance ?

— Honnêtement ?

— Ouais.

— Ça va être très dur, mon vieux ! avoue Connor.

CHUUUUUT !

22 h 57

Nicole *(cassante)* : Inutile de vous faire des films, je n'ai accepté votre invitation que parce qu'elle m'évitait d'aller dîner avec mes collègues.

Mark *(amusé)* : J'ai bien compris.

Ils se font face, assis à une petite table, sous le dôme étoilé du bar du Mansfield Hotel. L'endroit est tapissé d'acajou et brille de milliers d'ampoules semblables à des étoiles qui créent une atmosphère à la fois intime et accueillante. Le barman apporte leur commande d'un air solennel : un cocktail couleur de violette pour Nicole et une Corona pour Mark.

Nicole *(un peu moins cassante)* : Alors, comme ça, vous êtes psychologue ?

23 h 08

Nicole *(moqueuse)* : Vous parlez beaucoup d'amour pour un psychologue…

Mark *(convaincu)* : Parce que l'amour, c'est la seule chose intéressante dans la vie.

Nicole *(dubitative)* : Ça, c'est très contestable.

Mark : Imaginez la vie sans amour, ça doit être ennuyeux à mourir. Au moins, l'amour fait passer le temps…

Nicole *(résignée)* : Et le temps fait passer l'amour…

Il la regarde. Son visage est fin, ses joues légèrement creusées. Elle a quelque chose de triste et d'irrésistible dans le regard.

23 h 12

Mark *(sans avoir l'air d'y toucher)* : Et sinon, vous avez quelqu'un dans votre vie ?

Nicole : Pas exactement.

Mark *(intrigué)* : Pas exactement ?

Nicole *(avec un sourire)* : Disons qu'en ce moment, je dors avec mon violon.

Mark : J'espère qu'il est affectueux.

Nicole *(en sirotant son cocktail)* : C'est un *Guarneri* [1].

Mark : Un Italien…

Nicole : Il est un peu voyou, mais très attachant. Je lui fais constamment la cour et c'est réciproque.

Elle le regarde, sourit et repousse une mèche de cheveux de son visage. Elle ne le sait pas encore, mais elle est en train de tomber amoureuse.

23 h 24

Mark *(charmeur)* : On se revoit ?

Nicole *(soudain plus lointaine)* : Je ne pense pas.

Mark plisse les yeux et la regarde intensément. Une ombre passe sur le visage de la jeune femme. Sa bouche vient de dire « je ne pense pas », ses yeux disent « j'espère ».

Mark : Il y a quelque chose qui vous préoccupe ?

Nicole *(hésitante)* : Tout à l'heure, lorsque vous m'avez demandé si j'avais quelqu'un dans ma vie… Eh bien, je vous ai menti.

Mark : Il y a quelqu'un ?

Nicole : Oui.

Mark : Une femme comme vous, forcément…

Silence.

Nicole *(en prenant quelque chose dans son sac)* : C'est lui.

1. Nom d'une célèbre famille de luthiers de Crémone qui, aux XVIIe et XVIIIe siècles, fabriqua des violons prestigieux comparables aux Stradivarius.

Mark croit d'abord qu'elle va lui montrer la photo d'un homme. Mais au lieu de ça, elle lui tend un test de grossesse sous sa capsule plastique. Il se sent autorisé à en regarder le résultat. Il est positif.

Mark *(avec un sourire doux et tranquille)* : Lui ou elle.

Silence.

Nicole : Alors, vous êtes sûr d'avoir toujours envie de sortir avec moi ?

Mark : Plus que jamais.

★

C'est une fille !

Layla

est arrivée le 11 janvier 1997
à 15 heures.
Elle pèse 2,990 kg et mesure 48,5 cm.

Notre joie est infinie !

Marc et Nicole Hattaway
10 Greene Street
Brooklyn, NY, 11238-6050

★

The Family Man

10 septembre 2001

Mark et Nicole fêtent leurs cinq ans de mariage. Pour l'occasion, ils ont convié quelques amis autour d'un barbecue dans le jardin. C'est une belle soirée de fin d'été qui s'étire dans une ambiance très *american life* avec Marvin Gaye, Leonard Cohen et Johnny Cash en fond sonore.

Une spatule à la main derrière son brasier, Mark apprend à Layla la science et les dangers de la cuisson au barbecue.

— Voilà pour toi ! dit-il en posant une cuisse de poulet cuite à point sur l'assiette en carton de la petite fille.

— Je vais mettre du ketchup ! répond-elle en fonçant à travers la pelouse.

Alors que la fête bat son plein, Mark aperçoit Connor qui se tient en retrait, le regard dans le vague, perdu dans ses pensées. Mark abandonne le barbecue pour s'approcher de son ami.

— Goûte-moi ce nectar, dit-il en lui tendant un verre de vin.

— Qu'est-ce que c'est ?

— Château cheval-blanc 1995, un saint-émilion grand cru.

Depuis quelques mois, Mark s'est pris de passion pour l'œnologie et s'extasie :

— Regarde la robe au reflet rubis. Et les tanins, doux et élégants. Et les arômes, tu sens les arômes ? Cassis, réglisse, framboise, cerise juteuse...

— Cerise juteuse, tu es sûr ? Laisse-moi goûter ! demande Connor avant de partir avec Mark dans un grand éclat de rire qui se moque de leur prétention à singer les véritables connaisseurs.

— À ta santé, mon vieux !

— À la tienne, répond Mark en trinquant.

Deux ans plus tôt, ils se sont mis à leur compte et leur cabinet marche du tonnerre. Connor est un praticien hors pair, mais aussi un chercheur innovant, perpétuellement en quête de nouveaux traitements. Sa méthode pour arrêter de fumer grâce à l'hypnose fait fureur à Manhattan et assure au cabinet une confortable rente de situation. Fort de ce succès, Connor a adapté sa pratique pour soigner d'autres troubles : la dépendance alcoolique, les dépressions, l'anxiété chronique et les phobies. Mark, à l'inverse, s'occupe davantage du côté « relations publiques ». Très vite, les médias se sont entichés de ce jeune psy au physique avantageux et aux propos rassurants.

— Tu te souviens, quand on était gosses, de ces bouteilles de Coca qu'on allongeait avec de l'eau pour les faire durer plus longtemps ?

— Ouais, répond Mark, c'était dégueu.

— Pas plus dégueu que ton château-machin-chose.

— Tu te rends compte du chemin parcouru ? On a quand même fini par réussir.

— Je ne sais pas, répond Connor pensivement.

— Comment ça, tu ne sais pas ?

— Parfois, j'ai l'impression de ne jamais avoir quitté Chicago.

— C'est à cause de tes cauchemars ?

— C'est plus profond que ça. Si tu savais à quel point je regrette d'avoir tué ces mecs.

— Ces mecs étaient des criminels, des salopards de la pire espèce…

— Peut-être, mais je suis devenu comme eux. Et le plus atroce, c'est que j'ai profité de leur fric. Je suis sûr qu'on aurait pu s'en sortir autrement.

— Non, tranche Mark. Tu sais très bien que sans ce fric on serait sans doute toujours là-bas. C'était le prix à payer, même si je suis désolé que ce soit toi qui aies eu à porter le fardeau. Écoute, Connor, tout ça, c'est du passé. Regarde en direction de l'avenir…

— Pour moi, c'est comme si c'était hier.

— On a fait le plus dur. Rien ne pourra plus nous arriver maintenant.

Layla interrompt leur conversation en se jetant dans les bras de son père.

— Tiens, papa, j't'apporte un gâteau. Tu me fais faire l'avion ?

Mark serre sa fille dans ses bras, mais ses yeux ne quittent pas ceux de Connor.

— Rien ne pourra nous arriver, répète-t-il comme pour s'en convaincre.

— *Tout* peut nous arriver, corrige Connor.

— Non, nous sommes plus forts aujourd'hui, plus solides.

— Au contraire, nous avons tout à perdre.

Mark réfléchit une seconde puis :

— Tu devrais faire comme moi : te marier, avoir des gosses…

— Je ne crois pas. Lorsqu'on aime, on devient vulnérable.

— Non, assure Mark, on devient plus fort.

Mais Connor n'est pas convaincu :

— Lorsque tu as peur de perdre ceux que tu aimes, tu deviens vulnérable. Tu es fragile : on peut te blesser facilement, rien qu'en s'en prenant à tes proches. Et je ne peux pas me permettre de devenir vulnérable.

— Pourquoi ?

— Parce que sinon, le passé me rattrapera, dit-il en terminant son verre.

Mark veut répliquer quelque chose, mais déjà Layla l'entraîne dans ses jeux :

— Alors, papa, tu me le fais faire cet avion ?

★

2001-2006 : THE DARKNESS YEARS [1]

Où étiez-vous, ce matin-là ?
Le lendemain, 11 septembre 2001

— Layla, attrape ton cartable ! Tu vas être en retard à ton école et moi, à mon travail.

— Mais j'ai encore sommeil !

— Eh oui, ma puce, il fallait te coucher plus tôt hier soir, comme papa te l'avait dit.

— Mais je voulais participer à la fête, moi…

— Je sais. Allez, enfile ton blouson et va dire au revoir à maman.

Pendant que sa fille monte à l'étage, Mark éteint son ordinateur portable et le range dans sa mallette tout en avalant un reste de jus d'orange.

— Au revoir, chérie ! crie-t-il en direction de la chambre.

— À ce soir, lui répond la voix de Nicole tandis que Layla descend les escaliers à la vitesse de l'éclair.

Les voilà donc partis, tous les deux, par cette matinée ensoleillée de Brooklyn.

— Elle est où, la voiture ? demande Layla en marchant sur le trottoir.

— Plus loin, bébé. Allez viens, je te porte.

— J'suis trop lourde maintenant ! dit-elle en rigolant.

— Tu vas voir si tu es trop lourde !

Mark soulève sa fille d'un seul bras et prend son cartable de l'autre.

1. Les années sombres.

— Tu ne savais pas que j'étais Musclor, hein ?

— C'est qui, Musclor ?

— L'homme le plus puissant de l'Univers.

— Et c'est toi ?

— Eh oui ! Je combats les forces du mal grâce à ma formule magique : « Par le pouvoir du crâne ancestral, je détiens la force toute-puissante… »

— C'est vrai ? demande-t-elle incrédule.

— Presque chérie, presque.

Tandis qu'il court le long du trottoir, les bras chargés, Mark repense à ce que lui a dit Connor la veille. En ce moment, son ami ne va pas bien. Au contraire de Mark, le succès qu'il rencontre dans son travail ne lui apporte aucune sérénité. Connor est toujours tourmenté par son passé, rongé par le remords et persuadé qu'un jour le danger refera surface.

— Je vois la voiture ! crie Layla. Je peux l'ouvrir avec le bip ?

Alors qu'il regarde sa fille commander l'ouverture automatique des portes, Mark se demande d'où pourrait bien venir le danger.

L'air est doux et jamais le ciel ne lui a paru plus bleu.

Avant de s'installer au volant, il jette un coup d'œil à sa montre : il est 8 h 46.

Dans moins d'une minute, le premier avion heurtera la tour nord.

Dans moins d'une minute, New York va perdre ses repères et toutes ses certitudes.

★

26 mars 2002
Flash info - CNN/US
« Après trois jours de recherche, nous sommes toujours sans nouvelles de la petite Layla Hathaway,

cinq ans, disparue mercredi dans un centre commercial d'Orange County.

« Layla est la fille de la violoniste Nicole Copland et du psychologue new-yorkais, Mark Hathaway. C'est d'ailleurs lui qui, contrairement aux recommandations du FBI, a tenu à s'exprimer devant nos caméras pour s'adresser aux ravisseurs potentiels de sa fille. »

Mark apparaît devant l'écran, livide, les yeux cernés, le visage décomposé.

« Je voudrais dire à ceux qui ont enlevé ma fille qu'il ne faut pas qu'ils lui fassent du mal... Demandez-moi une rançon, je la payerai. Demandez-moi n'importe quoi, je le ferai. Mais ne faites pas de mal à ma fille. Je vous en supplie... »

★

Il y a un moment pour tout et un temps pour toute chose sous le ciel
Un temps pour enfanter, et un temps pour mourir
[...]
Un temps pour tuer, et un temps pour guérir
Un temps pour détruire, et un temps pour bâtir
Un temps pour pleurer, et un temps pour rire
[...]
Un temps pour déchirer, et un temps pour coudre
Un temps pour se taire, et un temps pour parler
Un temps pour aimer, et un temps pour haïr.
[...]
L'ECCLÉSIASTE, chapitre 3

★

10 janvier 2005

— Je m'en vais, Connor.

Mark vient de pénétrer dans le bureau de son ami. Depuis quelques mois, leur cabinet a emménagé dans l'immeuble flambant neuf du Time Warner Center. Une installation prévue de longue date, mais à laquelle Mark n'a pas participé. Depuis trois ans que Layla a disparu, il n'est pas venu travailler, consacrant tout son temps à la recherche de sa fille.

— Tu t'en vas où ?

— Je ne sais pas. En tout cas, tu peux enlever mon nom de la plaque du cabinet. Si tu veux racheter mes parts, vois avec Nicole, elle ne fera pas d'histoires.

—Ressaisis-toi, mon vieux ! répond Connor en étreignant son ami. Ce que tu endures est terrible, mais tu n'es pas tout seul. Tu as une femme qui t'aime, et je suis là, moi aussi. Aujourd'hui plus que jamais, nous avons besoin d'être ensemble.

— Je sais, dit Mark en se dégageant, mais je n'en peux plus de faire semblant, c'est au-dessus de mes forces.

Connor ne s'avoue pas vaincu pour autant :

— On a toujours tout surmonté, toi et moi ! Tu te souviens ? A la vie, à la mort ! Laisse-moi t'aider à mon tour comme tu m'as aidé autrefois.

Mais Mark reste sourd à ses paroles. Alors, Connor lui lance, comme s'il essayait de s'en convaincre lui-même :

—On finit par survivre, on n'oublie jamais, la douleur est toujours tapie au fond de notre cœur, mais on finit par survivre. C'est ce que je fais depuis toutes ces années et je t'apprendrai à le faire.

Mais Mark ne l'écoute plus. Désespéré, Connor tente une dernière mise en garde :

— Ne fais pas de bêtises : si tu t'enfonces trop loin, tu ne reviendras pas.

Mark hausse les épaules et se dirige vers la porte. Il est déjà ailleurs.

— Si je ne reviens pas avec elle, je préfère ne pas revenir.

26

Notre vengeance sera le pardon[1]

*Vivez bien. C'est la meilleure
des vengeances.*

LE TALMUD

**Aujourd'hui
Dans l'avion
Dix-sept heures dix**

— J'en veux plus ! souffla Layla en reposant sa cuillère.

Mark, Evie et Layla étaient toujours attablés au Floridita. Le ventre plein, la petite fille regardait avec dépit le reste de l'énorme crème glacée dont elle n'avait pu venir à bout. Son père lui ébouriffa tendrement les cheveux puis se pencha contre le hublot. Au-dessous de lui s'étendait un tapis de nuages qui se prolongeait à l'infini. Les confidences qu'il

1. Tomas Borge.

venait de faire à Evie avaient plongé Mark dans les racines de son passé, faisant remonter en lui beaucoup de souvenirs enfouis dont il ne voulait retenir qu'une chose :

— Tu ne dois pas faire comme Connor, affirma-t-il en se tournant vers Evie. Tu ne dois pas gâcher ta vie en voulant te venger.

L'adolescente le regarda avec scepticisme.

— Je crois que vous ne pouvez pas comprendre...

— Mais si, la coupa Mark. Je peux comprendre ta souffrance car elle ressemble à la mienne! Tu as mal et c'est inévitable. Ce qu'a subi ta mère est criminel et il est normal que tu sois pleine de colère...

— ... et de haine, compléta Evie, les yeux brillants.

Mark posa la main sur son épaule.

— La colère peut être un atout, à condition de la transformer en une force positive.

— Ça, c'est des conneries de psy ! s'écria l'adolescente.

Mark considéra l'argument quelques secondes avant de reprendre :

— La vengeance n'éteindra pas ta douleur, tu peux me croire, et ce n'est pas le psy qui parle.

— Si Connor était là...

— Si Connor était là, il te dirait que le mal subi ne se répare jamais ainsi. Il en a fait l'expérience.

— Mais cet homme... bredouilla Evie d'une voix empreinte de douleur, ce Craig Davis, je voudrais lui rendre dix fois, cent fois, le mal qu'il m'a fait.

— Si tu le tues, ça ne te rendra pas ta mère et ça te poursuivra toute ta vie. Rien ne sera plus jamais comme avant...

Mark servit un verre d'eau à la jeune fille. Evie y trempa ses lèvres avant de confier, d'une voix émue :

— Du plus loin que je m'en souvienne, ma mère et moi avons toujours été méprisées et humiliées par des types comme lui…

— J'imagine, répondit le médecin.

— Je ne veux plus me laisser écraser.

— Tu as raison, approuva Mark, mais il y a d'autres moyens que la vengeance pour y parvenir.

Evie leva vers lui des yeux sceptiques.

— Que devrais-je faire selon vous ?

Mark hésita quelques instants, conscient de la réaction hostile qu'il allait provoquer chez l'adolescente.

— Pardonner.

— Non ! Je ne veux pas pardonner ! se révolta la jeune fille. Je ne veux pas oublier !

— Pardonner ne veut pas dire oublier, expliqua-t-il posément, ni excuser ni absoudre. À l'inverse de la vengeance qui alimente la haine, le pardon nous délivre d'elle.

À son tour, elle hésita un moment avant de demander d'une voix tremblante :

— Et si c'était votre fille qu'on avait tuée, vous pardonneriez ?

— Je ne sais pas si j'en serais capable, avoua Mark sans chercher à éluder la question, mais je suis sûr que j'essaierais.

Il regarda Layla : elle s'amusait avec les ombrelles en papier qui décoraient sa glace.

— Je crois que pardonner est la chose la plus difficile au monde, reprit-il, celle en tout cas qui requiert le plus de force.

Mark continua d'une voix calme :

— Mais c'est pour toi que tu dois pardonner, Evie. Pour te libérer du passé et avoir enfin la possibilité de mener une vie normale.

Evie haussa les épaules.

— Pour moi, c'est déjà fini. Je n'ai rien : pas de famille, pas d'argent, pas de perspectives…

— Bon sang ! réagit Mark, tu as la vie devant toi ! Ne te cherche pas de mauvaises excuses pour ne pas avancer.

— Mais cet homme est un assassin ! cria-t-elle à la limite de l'étranglement.

Mark en arriva alors à ce qu'il voulait dire à la jeune fille depuis le début :

— Tu sais, Evie, je pense que derrière ce Craig David, la vraie personne que tu cherches à punir…

L'adolescente attendit. Mark continua :

— … la vraie personne que tu cherches à tuer, c'est toi-même.

— Non ! s'emporta Evie, maintenant au bord des larmes.

Sans lui laisser le temps d'absorber le choc, Mark revint à la charge :

— Bien sûr que si ! Tu t'en veux d'avoir mis en doute la parole de ta mère. D'une certaine façon, tu te sens responsable de ce qui lui est arrivé et c'est cela que tu ne peux pas supporter.

— C'est pas vrai ! se défendit Evie, mais les larmes qui coulaient sur son visage valaient tous les aveux.

— Ne t'imagine pas que les choses auraient été différentes, la raisonna Mark. Rien n'est de ta faute, Evie, rien.

L'adolescente était à présent secouée de sanglots.

— Pourquoi j'ai fait ça ? Pourquoi je ne l'ai pas crue ?

— Ça va aller, affirma le médecin en l'entourant de ses bras.

— Elle m'avait toujours menti, mais pas cette fois, pas cette fois.

— Ça va aller.

Sans retenue, Evie se laissa aller, la tête enfouie contre l'épaule de Mark. Sans qu'elle s'y attende, il avait libéré en elle quelque chose de profondément enfoui.

Pendant une minute, personne ne parla, jusqu'à ce que Layla demande à voix basse :

— Papa, pourquoi elle pleure, Evie ?

— Parce qu'elle a du chagrin.

— À cause de sa maman ?

Mark approuva d'un signe de tête silencieux et, à son tour, Layla serra Evie dans ses bras.

— Ne sois pas triste, dit la petite fille en caressant les cheveux de son aînée.

Un peu apaisée, celle-ci leva les yeux vers Mark. Le médecin lui tendit un mouchoir en papier et, quelques secondes, un parfum de reconnaissance flotta dans l'air.

— Papa, j'ai envie de faire pipi, annonça soudainement Layla d'une voix de bébé.

— Je t'accompagne, proposa Evie.

Mark lui donna son accord et ils convinrent de se retrouver à leurs places dès que possible. Tandis qu'il réglait l'addition, il regarda avec gratitude Evie et Layla qui s'éloignaient. Elles se tenaient par la main, comme deux sœurs veillant l'une sur l'autre.

★

Mark s'apprêtait à quitter le Floridita après avoir laissé à Isaac un pourboire proportionnel à la taille du pot de crème glacée.

C'est alors qu'il la revit.

Seule, assise à l'arrière de la salle, Alyson Harrison terminait sa deuxième coupe de dom perignon.

— *Pink Champagne...* constata Mark en s'approchant de la table de l'héritière.

Alyson enleva ses lunettes de soleil et leva les yeux pour le regarder.

— Vous allez encore me dire que c'était la boisson préférée d'Hemingway ? J'aurais plutôt pensé au whisky…

— En tout cas, c'était la boisson préférée de Cary Grant et de Deborah Kerr[1].

D'un geste, elle l'invita à s'asseoir. Depuis l'intensité de leur précédente conversation, elle espérait qu'il reviendrait. Cet homme – dont le visage ne lui était pas inconnu – avait un magnétisme étrange qui n'avait rien à voir avec le charme ou la séduction. La parenthèse n'avait pas duré, mais lorsqu'elle s'était confiée à lui, quelques heures plus tôt, elle s'était sentie libérée du sentiment de terreur qui l'habitait depuis longtemps.

— Pourquoi ai-je l'impression de vous connaître ? demanda-t-elle.

— Ça marche encore, ces trucs-là, pour la drague ? s'étonna-t-il sur le ton de la plaisanterie.

— Non, je suis sérieuse.

Mark joua franc jeu :

— Disons que j'ai eu mon petit quart d'heure de gloire médiatique, il y a quelques années.

— Dans quel domaine ?

— La psychologie. On m'a beaucoup vu à une époque sur CNN et MSNBC. J'étais le psychologue de service, celui qui rassure les spectateurs après chaque événement tragique : la tuerie de Columbine, les attentats du 11 Septembre, les attaques à l'anthrax…

— Et vous n'exercez plus ?

— Non, c'est fini.

---

1. Allusion à une scène mémorable du film *Elle & Lui* de Leo McCarey.

— Pourquoi ?

— Un événement tragique, justement. Sauf que cette fois, j'étais le premier concerné. Dans ces cas-là, on prend conscience que tous les conseils qu'on donnait aux autres de façon péremptoire ne peuvent finalement pas grand-chose contre sa propre douleur.

Une ombre passa sur le visage du médecin. Alyson brûlait d'en savoir davantage, mais un silence s'installa qui la renvoya à ses propres angoisses. L'alcool qu'elle avait absorbé pendant tout le voyage lui donnait à présent mal à la tête. Malgré ça, elle se resservit une coupe de champagne qu'elle avala d'un trait, de manière compulsive. Elle allait renouveler son geste lorsque Mark posa la main sur la sienne pour l'en dissuader.

— Si l'on est obligé de vous porter pour descendre de l'avion, je crains que vos amis paparazzi ne s'en donnent à cœur joie. Ne leur faites pas ce cadeau.

Elle haussa les épaules.

— Je ne suis plus à une humiliation près.

— Pourquoi vous acharner ainsi contre vous-même ?

— Parce que c'est la seule liberté qui me reste, répondit-elle, les yeux brillants. Parce que ma vie ne vaut plus rien.

— Je sais que les hommes ne sont pas censés demander ça, mais quel âge avez-vous, Alyson ? Vingt-quatre ? Vingt-cinq ?

— Vingt-six ans.

— Comment peut-on dire qu'une vie ne vaut plus rien à vingt-six ans ?

— Ça, c'est mon problème.

Volontairement, Mark la provoqua :

— Ne comptez pas sur moi pour pleurer sur vous. Vous avez tout ce qu'on peut désirer : l'argent, la jeunesse, sans doute la santé… Vous prétendez que votre vie ne vaut rien, eh bien changez-la. Faites autre chose, avec d'autres gens. Vous pouvez même repartir de zéro : vous payer un nouveau visage, un nouveau nom, une nouvelle vie.

— On ne refait pas sa vie, on la continue seulement. Tout le monde sait ça, monsieur le psychologue.

— Je vous ai posé une question ce matin, mais vous ne m'avez pas répondu.

— Je ne m'en souviens plus, prétendit-elle, gênée.

— Je voulais savoir de quoi vous cherchiez à vous punir.

Au début, Alyson resta silencieuse. Puis elle se sentit gagnée par un besoin irrépressible de tout déballer à cet homme qu'elle ne connaissait que depuis quelques heures. L'urgence de se défaire du secret qui la minait était trop forte. Bien entendu, les conséquences pouvaient être terribles : la prison, le déshonneur… Mais, à bien y réfléchir, ça faisait des années que sa vie était devenue une prison. Quant au déshonneur…

Lorsqu'il croisa le regard de la jeune femme, Mark comprit que c'était la dernière fois qu'il lui posait sa question :

— De quoi cherchez-vous à vous punir ?

— D'avoir tué un petit garçon, répondit Alyson.

27

Alyson
Troisième flash-back

Beverly Hills, Californie
Printemps 2002

Il est deux heures de l'après-midi.

Dans la chambre d'une somptueuse villa méditerranéenne, Alyson ouvre un œil pour le refermer aussitôt.

Aïe, ma tête !

La veille au soir, elle a organisé une grande soirée pour fêter l'anniversaire de son petit ami du moment. Une réunion de la jeunesse branchée de Beverly Hills qui s'est prolongée tard dans la nuit. Alyson ne s'est couchée qu'au petit matin, nauséeuse et bien imbibée.

Lorsqu'elle se décide enfin à regarder l'heure, elle pousse un juron de dépit et bondit hors du lit.

Et merde !

Elle a promis d'assister à l'inauguration d'une nouvelle salle de sport pour VIP à Huntington Beach et elle est en retard. Elle fait quelques pas vers les toilettes, mais son réveil est difficile : un étau lui enserre les tempes, elle a des brûlures d'estomac, sa bouche est sèche, ses paupières collées. À ce moment, elle regrette chacun des verres de vodka, chacune des tequilas qu'elle s'est envoyés la veille avec le sourire. En quelques années, elle est devenue une habituée des réveils gueule de bois. Chaque fois, pourtant, elle se jure que jamais plus on ne l'y reprendra, mais ses bonnes résolutions ne durent jamais très longtemps.

Après s'être passé un peu d'eau sur le visage, elle se traîne jusqu'à la cuisine où Graziella, la vieille gouvernante portoricaine, s'active depuis le matin à remettre de l'ordre après les débordements de la veille.

— Pourquoi ne m'as-tu pas réveillée ? lui reproche Alyson.

— Tu ne me l'avais pas demandé.

— Mais tu attendais quoi ? Il est deux heures de l'après-midi !

La domestique hispanique sort une assiette du four et la pose sur la table.

— Tiens, je t'ai préparé des pancakes, comme tu les aimes.

Mais Alyson repousse l'assiette méchamment.

— Du gras et du sucre ! T'es folle ou quoi ! Je n'ai pas envie de finir aussi grosse que toi !

Graziella encaisse le reproche sans broncher. Ça fait plus de vingt ans qu'elle est au service de Richard Harrison et elle connaît Alyson depuis sa naissance. Autrefois, elles s'entendaient bien. Alyson lui racontait ses journées, ses préoccupations, ses secrets. Mais depuis quelque temps, leurs relations se sont faites plus distantes.

De mauvaise humeur, la jeune femme se sert quelques pétales d'avoine qu'elle arrose de jus d'orange.

— J'ai mal au ventre, se plaint-elle en ouvrant la baie vitrée.

La cuisine donne sur un magnifique *pool-house* organisé autour d'une vaste piscine à débordement en forme de guitare. Alyson s'assoit quelques instants sur une chaise en teck, mais elle en est chassée par les gouttes de pluie qui commencent à tomber.

Si le temps s'y met, lui aussi ! râle intérieurement l'héritière.

De retour dans la cuisine, elle cherche deux comprimés effervescents qu'elle fait fondre dans un verre d'eau.

— Tu devrais plutôt prendre du paracétamol, lui fait remarquer Graziella. L'aspirine risque d'aggraver tes brûlures d'estomac.

— Qu'est-ce que t'en sais ? s'emporte Alyson, vexée. T'es pas médecin, t'es femme de ménage !

Elle quitte la pièce sur cette injure et part s'enfermer dans la salle de bains où elle s'inflige une douche froide qui la meurtrit plus qu'elle ne l'apaise. De retour dans sa chambre, elle enfile un jean moulant Blue Cult, des sandales romaines Ferragamo puis, énervée, chamboule tous ses placards à la recherche d'un haut.

— Où tu l'as mis ! hurle-t-elle en débarquant dans la cuisine.

— Quoi donc ? demande Graziella.

— Mon tee-shirt !

— Tu en as des centaines.

— Mon tee-shirt rose Stella McCartney !

— Si tu ne le trouves pas, il doit être au pressing.

— Mais je t'avais dit de le laver !

— Tu ne m'as rien dit du tout. Et arrête tes caprices, Aly. Tu as vingt-deux ans, pas douze.

— Tu n'as pas à me parler comme ça !

— Je te parle comme le ferait ta mère si elle était là.

— Mais tu n'es pas ma mère, tu es mon employée.

— Je suis peut-être ton employée, mais je vais quand même te dire tes quatre vérités : tu deviens insupportable, Alyson. Tu te comportes comme une enfant gâtée, superficielle et égoïste. Tu n'as plus ni cœur ni humanité. Tu t'es laissée contaminer par tout ce que l'argent apporte de mauvais : le mépris et la perte des valeurs. Tu n'as toujours pas compris que la richesse ne donnait pas seulement des droits, mais aussi des devoirs. Or, toi, les devoirs, tu t'en fous ! Tu n'as aucun projet pour ta vie. Alors oui, je suis peut-être ton employée, ma petite, mais il n'empêche que depuis quelque temps, tu me fais honte…

Blessée par la dure vérité que lui assène Graziella, Alyson s'empare du bol de céréales qui traîne sur la table et, sans mesurer la portée de son geste, le balance au visage de sa gouvernante.

Graziella est une vieille femme, mais elle a gardé des réflexes qui lui permettent de justesse d'éviter le projectile qui finit par se briser contre le mur.

Pendant quelques secondes, les deux femmes restent interdites, l'une devant l'autre, paralysées par la violence et la soudaineté de leur affrontement.

C'est Alyson qui cède la première en s'enfuyant de la maison pour se réfugier dans sa voiture : un 4x4 rouge flamme à l'empattement vertical. Tremblante, les yeux embués, elle tourne la clé de contact et accélère pour quitter la propriété.

*

Pourquoi ai-je fait ça ?

Une pluie violente, entremêlée d'éclairs et de coups de tonnerre, s'abat à présent sur les maisons parfaitement alignées et leurs jardins fleuris impeccablement entretenus. La Jeep Wrangler roule à pleine vitesse le long des rues bordées de palmiers et de sycomores.

Pourquoi ai-je été si odieuse ? se demande Alyson, des larmes plein les yeux.

Tout ce que vient de lui dire Graziella est juste. Depuis quelque temps, elle se conduit comme une petite conne. L'abus d'alcool et de drogue l'empêche de se maîtriser et son impulsivité lui fait parfois frôler des précipices.

Alors que la pluie redouble, la jeune femme quitte les collines huppées de Beverly Hills pour s'engager dans l'entrelacs des *railways* californiennes. Machinalement, elle prend la direction de Huntington Beach, mais elle sait déjà qu'elle n'ira pas à son inauguration.

Écrasée par la honte, elle tente de remettre de l'ordre dans ses idées. Il faut qu'elle change sa façon de vivre, c'est urgent. Autrement, elle finira par déraper et commettre l'irréparable.

Alyson ralentit et essuie ses larmes. La pluie battante s'intensifie au point que les essuie-glaces peinent à évacuer l'eau du pare-brise.

La jeune femme essaye de se rassurer : elle est jeune, elle n'a perdu que quelques années. Il est encore temps de redresser la barre, de reprendre ses études, d'arrêter de fréquenter des amis qui n'en sont pas et de sortir avec des petits frimeurs qui n'ont qu'un pois chiche dans la tête.

Les rafales de vent font vibrer la Jeep. Sur l'autoroute, des panneaux de signalisation incitent à la prudence.

Alyson a presque repris espoir. Voilà, elle va rentrer à la maison, s'excuser devant Graziella et la remercier de lui avoir ouvert les yeux. Elle passera l'après-midi avec elle, lui fera part de ses bonnes résolutions et, comme lorsqu'elle était petite, l'aidera à préparer le repas. Ce soir, elle annoncera la bonne nouvelle à son père. Ça tombait bien, cette semaine, Richard était à Los Angeles. Il avait toujours eu de grands projets pour elle, mais elle s'était éloignée de lui par défi et par bêtise. Qu'importe, il allait à nouveau être fier de sa fille !

Pressée de mettre son plan à exécution, Alyson se faufile entre les voitures pour attraper la première sortie qui se présente. L'autoroute donne sur l'un de ces endroits typiques de LA où les parkings succèdent aux zones commerciales. Alyson plisse les yeux pour distinguer les panneaux à travers le rideau de pluie. À vrai dire, le sens de l'orientation n'est pas précisément son fort. Elle loupe l'embranchement qu'elle voulait prendre et se retrouve finalement sur la rampe d'accès d'un parking en plein air. Combinée à un vent violent, la pluie qui tombe à torrents est réellement impressionnante. Alyson pense au film *Magnolia*, qui se termine par une mystérieuse et effrayante pluie de crapauds. Plusieurs voitures se sont arrêtées sur le bas-côté en attendant que l'orage se calme, mais Alyson poursuit sa route.

La mélodie du téléphone retentit soudain. L'appareil est dans son sac à main ; son sac est au pied du siège passager.

On sait tous qu'il ne faut pas répondre en conduisant, mais on le fait quand même…

Alyson se baisse pour attraper son portable. Elle se dit qu'elle va juste regarder le numéro ou le nom de son correspondant. Elle le rappellera plus tard lorsqu'elle se…

LE CHOC EST BRUTAL ET INATTENDU.

Alyson se relève, paniquée. Elle a percuté quelque chose. Une bordure de trottoir ? Un animal ? Elle écrase la pédale de frein et ouvre la portière de la Jeep. En trois secondes, le rythme de ses pulsations cardiaques a doublé. Dès qu'elle descend de la voiture, sa pire crainte est confirmée : ce n'est pas quelque chose qu'elle a percuté…

C'est quelqu'un.

Un enfant.

*

— Ça va ? Tu n'as rien ?

Alyson se précipite vers le petit garçon et ressent de l'épouvante à la vue de son corps inanimé. Son physique est frêle, minuscule. Sur ses habits ou sur le sol, pas de traces de sang, mais la position de sa tête fait craindre qu'elle n'ait heurté le rebord d'une des jardinières en béton qui bordent la route.

Déboussolée, Alyson tourne la tête de tous les côtés, cherchant désespérément un soutien.

— Au secours ! Aidez-moi !

Mais l'endroit est désert. Conjugué aux coups de tonnerre et aux éclairs, l'orage est au plus fort de sa puissance et a vidé les rues.

Ne panique pas ! Ne panique pas !

Elle retourne à sa voiture, ramasse son portable pour composer le 911, mais le numéro des urgences est saturé, sans doute à cause des intempéries.

Elle essaye une deuxième fois, puis une troisième. Sans succès.

Giflée par les trombes d'eau, elle décide de conduire elle-même l'enfant à l'hôpital.

Avec toutes les précautions, elle le soulève et le porte jusqu'à la Jeep.

— Tu vas t'en sortir ! Tiens le coup !

Elle démarre et, malgré la panique, parvient à rejoindre l'autoroute. Le General Hospital, à l'est de *downtown*, n'est pas très loin.

— Ne meurs pas !

Alyson ruisselle de pluie et de larmes. Elle ne croit pas en Dieu, mais l'implore quand même :

S'il vous plaît, faites qu'il s'en sorte ! Faites qu'il s'en sorte !

Sur la route, tout est sombre et déformé par l'averse. Il est trois heures de l'après-midi, mais on se croirait en pleine nuit.

Ne me punissez pas à travers lui.

Bientôt, le véhicule arrive sur le parking des urgences, mais l'accès principal est obstrué par deux camions de pompiers qui effectuent des manœuvres. Au lieu d'attendre qu'ils aient dégagé, Alyson préfère suivre les plots lumineux qui invitent à se diriger vers les parkings du fond. Une fois la Jeep garée, la jeune femme ouvre sa portière, contourne le tout-terrain et prend l'enfant dans ses bras. Mais, lorsqu'elle le soulève, elle est obligée de se rendre à l'effroyable évidence : le petit garçon est mort.

Elle pousse un cri terrible puis, dans une sorte d'état second, le serre très fort contre elle.

Il se passe un long moment avant qu'elle ne referme les portes de la voiture. Hébétée, incertaine sur la conduite à tenir, elle sombre dans la prostration. Alors, dans une sorte de dernier réflexe, elle décide de composer le numéro de son père.

★

Une demi-heure plus tard

La pluie a cessé et un brouillard humide enveloppe le parking.

Un énorme Hummer [1] aux vitres teintées pénètre dans l'enceinte du General Hospital. Richard Harrison est le premier à en descendre, suivi de près par un grand Black à la stature impressionnante. Curtis est à la fois le garde du corps d'Harrison et l'exécuteur de ses basses œuvres. Tout au long de son ascension, l'homme d'affaires a pris soin de s'entourer d'un petit nombre de personnes qui lui doivent tout et qui donneraient leur vie pour lui. Curtis est l'un d'entre eux.

Les deux hommes ont immédiatement repéré Alyson, assise contre un muret, la tête enfouie dans ses bras croisés. Ses vêtements sont trempés. Livide, elle tremble, claque des dents et semble être saisie d'une sorte de délire. Dans l'une de ses mains crispée, elle serre jusqu'au sang la gourmette en argent de l'enfant, qui est tombée dans la voiture. Richard se penche vers sa fille, pose la main sur son visage et constate qu'elle est brûlante de fièvre.

— Ramène-la à la maison, demande-t-il à Curtis, Graziella s'en occupera. Appelle le docteur Jenkins si les choses s'aggravent et tiens l'avion prêt à partir.

Tandis que Curtis enveloppe Alyson dans une couverture et la porte jusqu'au Hummer, Richard ouvre la portière de la Jeep, y découvre le cadavre de l'enfant, et la referme aussitôt.

— Et le « reste » ? demande Curtis d'une voix blanche.

— Le reste, je m'en charge, répond Richard.

★

1. Ce véhicule 4x4, utilisé à l'origine par l'armée américaine, fut rendu populaire par les images de la guerre du Golfe, entraînant sa commercialisation sous une forme civile et son adoption par certaines stars hollywoodiennes, dont Arnold Schwarzenegger, connu pour en posséder plusieurs.

Désert de Mojave
Est de la Californie

Richard Harrison roulait depuis trois heures au volant de la Jeep de sa fille. Il avait quitté la mégapole tentaculaire pour s'enfoncer dans le désert. Un voyage au bout de l'horreur avec, sur le siège passager, une couverture écossaise enveloppant, tel un linceul, le cadavre d'un enfant. Même dans ses pires cauchemars, Richard n'avait jamais imaginé avoir un jour à endurer un tel calvaire. Dans sa vie, il avait pourtant traversé toutes sortes d'épreuves : le Vietnam en 1965 lorsqu'il était jeune officier, le cancer de sa femme qu'il avait accompagnée à tous les stades de la maladie, la guerre économique qu'il vivait tous les jours dans le monde du business... Adolescent, pour dominer ses peurs, il cherchait constamment à anticiper les événements, projetant mentalement ses pires craintes dans l'espoir de les apprivoiser. Avec l'âge, il s'était endurci, mais il avait gardé cette habitude. Ces dernières années, il s'était ainsi préparé à la maladie, à la mort et se sentait capable de les affronter avec vaillance. Mais jamais il ne s'était préparé à *ça* : enterrer de ses mains un enfant tué par sa fille. Et il se demandait s'il serait capable d'aller jusqu'au bout de son geste. Depuis qu'il avait pris la route, il s'était arrêté plusieurs fois pour vomir et roulait à présent les fenêtres grandes ouvertes tant l'air lui semblait irrespirable. Malgré ça, il suffoquait et se sentait proche de l'accident vasculaire. Mais il ne pouvait pas abandonner sa fille. Elle avait été condamnée quelques semaines plus tôt à trois mois de suspension du permis pour conduite en état d'ivresse. Si on l'arrêtait maintenant pour avoir tué un enfant sans permis, elle écoperait de plusieurs années de prison et alors, malgré toutes ses relations, il ne pourrait plus rien faire pour elle.

Il essaya de se persuader qu'il pouvait encore sauver la situation et éviter la prison à Alyson. Un peu après Palm Spring, il s'était arrêté dans un magasin d'outillage pour acheter une pelle et une pioche. Il avait payé en liquide, tourné la tête pour éviter la caméra de surveillance, et était à peu près certain que personne ne l'avait reconnu. C'était l'une des plus grandes fortunes du pays, mais – hormis dans la presse économique – il n'avait pas la couverture médiatique de Bill Gates ou de Warren Buffet et il y avait heureusement fort à parier que la bimbo qui l'avait servi à la caisse lisait plus souvent *TV Guide* que *Business Week*.

Alyson, par contre, c'était un autre problème : avec ses frasques, elle avait acquis une grande notoriété chez les lecteurs de la presse de caniveau, soit… tout le monde à Los Angeles. D'autre part, malgré ce que lui avait dit sa fille au téléphone, Richard avait du mal à croire qu'aucun témoin n'ait assisté à son accident et il craignait que la police ne soit pas longue à remonter jusqu'à elle. Il lui fallait donc agir vite. Très vite.

*

Pendant encore une heure, la Jeep continua à traverser les massifs montagneux et les plaines rocailleuses où ne poussaient que des cactus. Alors que la nuit tombait, Richard arriva dans une étendue vraiment sauvage, non loin de la frontière du Nevada. Il quitta la route principale pour s'enfoncer dans une zone faite de cailloux poussiéreux et de rochers déchiquetés. Au milieu de cette terre aride, il avisa une parcelle un peu à l'écart, au sol craquelé, mais protégée par un arbre de Joshua.

L'endroit lui parla et il arrêta la voiture en laissant ses phares allumés.

Il était sept heures du soir lorsqu'il donna le premier coup de pioche.

Dix heures lorsqu'il mit le corps dans la tombe.

Minuit lors de la dernière pelletée.

À une heure du matin, Richard prononça une ultime prière, reprit la voiture et parcourut le chemin en sens inverse.

À trois heures, Curtis l'attendait au milieu de nulle part pour mettre le feu à la Jeep avant d'abandonner sa carcasse.

À six heures, Richard retourna à Beverly Hills et conduisit sa fille à l'aéroport.

Deux heures plus tard, le jet privé du milliardaire décolla en direction de la Suisse avec Alyson à son bord.

★

Richard resta aux États-Unis et attendit la suite.

Le premier jour, rien ne se passa. Pas plus que le deuxième, le troisième ou le quatrième.

Au bout d'une semaine, Richard estima qu'on ne remonterait jamais jusqu'à eux et que sa fille était tirée d'affaire.

Mais peut-on rayer un tel acte de sa mémoire et se faire croire qu'il n'a jamais existé ?

28

La vie devant toi

*L'avenir est un présent que
nous fait le passé.*

André Malraux

**Aujourd'hui
Dans l'avion
Dix-huit heures**

*Mesdames, messieurs, notre avion va bientôt
commencer sa descente vers New York. Veuillez regagner vos places, relever le dossier de votre siège et vous
assurer que votre ceinture est bien attachée.*

L'annonce du chef de cabine mit fin brutalement au
récit d'Alyson. Comme au sortir d'un mauvais rêve, la
jeune femme leva les yeux et regarda autour d'elle. Le
Floridita avait commencé à se vider et deux hôtesses
invitaient les derniers clients à rejoindre leurs places.

— Ce que j'ai fait est impardonnable, constata Alyson
en essuyant sur ses paupières des traces de mascara. Et

le pire, c'est que j'ai laissé mon père s'occuper de tout. Après le drame, je suis restée plusieurs mois en Suisse, allant de cure de désintoxication en dépression. Quand je suis revenue, on a fait comme si rien ne s'était passé !

À la fois secoué et terrifié par le récit d'Alyson, Mark essaya néanmoins de trouver les mots justes :

— Rien n'est impardonnable, mais il y a dans la vie des choses que l'on ne peut changer. Vous aurez beau vous infliger toutes les souffrances du monde, ça ne ramènera pas cet enfant à la vie.

— Ce n'est pas une consolation.

— Non, et je ne tiens pas non plus à vous consoler. Vous devez assumer votre responsabilité et prendre le risque d'avoir encore plus mal. Mais votre vie n'est pas finie. Il y a plein de choses sur lesquelles vous pouvez agir : vous pouvez venir en aide à d'autres enfants, vous investir dans des actions sociales ou humanitaires. Et pas seulement avec votre argent. C'est à vous de voir, mais ne restez pas prisonnière de votre passé. Et puis, peut-être que nous ne comprenons pas tout…

Il laissa sa phrase en suspens. Il pensait à sa fille qu'il avait miraculeusement retrouvée, et à sa propre souffrance. Alyson l'interrogea du regard pour l'inviter à poursuivre.

— Peut-être que la souffrance n'est jamais inutile, mais qu'elle ouvre la voie à autre chose, suggéra-t-il. Peut-être que le sens de tout cela nous échappe.

L'héritière baissa les yeux et demanda :

— Quel sens pourrait-il bien y avoir à la mort d'un enfant ?

Dépité, Mark ouvrit la bouche, mais ne trouva rien à répondre.

★

— Il faut vraiment regagner votre siège, monsieur, lui dit l'une des hôtesses en l'engageant fermement à quitter la table.

Le regard toujours plongé dans celui d'Alyson, Mark se leva comme un automate. Il aurait aimé lui parler plus longtemps, la convaincre de ne pas traîner ce drame comme une chaîne, l'inciter à se construire un avenir sans effacer son passé.

Brièvement, l'avion se mit à tanguer et commença sa descente vers les nuages. Cette fois, l'hôtesse se fit plus pressante et raccompagna le médecin jusqu'à l'escalier qui menait au pont principal.

Dans la précipitation, il oublia son portefeuille sur l'une des tables du Floridita. Lorsque Alyson s'en aperçut, Mark avait déjà quitté les lieux. Elle l'examina, remarqua l'usure du cuir, mais résista à la tentation de l'ouvrir. Au lieu de ça, elle le mit dans sa poche et se promit de le lui rendre plus tard.

Comme une promesse de le revoir.

★

Au même moment, à Manhattan, Connor jeta un coup d'œil à l'horloge ultramoderne qui ornait le mur du bureau qu'il occupait à la clinique Mozart. C'est ici qu'il traitait les cas les plus graves qu'il ne pouvait soigner à son cabinet. Dans moins d'une heure, il retrouverait Mark, et il attendait ce moment avec un mélange d'impatience et d'appréhension.

À quelques mètres de lui, assise au creux d'un canapé aux lignes épurées, Nicole avait ôté ses chaussures et replié ses jambes sous elle. Connor s'aperçut qu'elle frissonnait et lui apporta une couverture qu'elle posa sur ses genoux avant de le remercier d'un regard. Il posa sa main sur son épaule et, pendant un moment, chacun resta dans son silence. Le soleil qui déclinait sur Battery Park diffusait dans la pièce une lumière chaude, couleur thé, qui contrastait avec les tons bleus et froids de la clinique.

— Comment crois-tu qu'il va réagir en apprenant la vérité ? demanda enfin Nicole.

Lui aussi se posait la question. L'amitié qui le liait à Mark résisterait-elle à ce qui allait se passer ? Pour s'en convaincre, il se remémora cette terrible nuit de Noël où trois êtres à la dérive avaient convergé jusqu'à lui...

29

La nuit où tout commença (suite)

Si tu ne sais pas où tu vas,
souviens-toi d'où tu viens.

PROVERBE AFRICAIN

Nuit de Noël 2006, au cœur de Manhattan...

3 h 30 – CONNOR & ALYSON

La neige brille sous les lampadaires de Soho.

Après avoir garé son Aston Martin, Connor regagne son appartement, un loft froid et impersonnel dans lequel il ne passe que pour dormir. Lorsqu'il appuie sur l'interrupteur, c'est pour allumer une simple ampoule qui pend au plafond, comme si l'appartement était encore en chantier. L'air absent, il traverse le grand salon au parquet blond, où traînent encore quelques cartons qu'il n'a jamais pris le temps de déballer. La cuisine est aussi nue que le séjour. Les placards sont vides et les plaques en vitrocéramique flambant neuves. Dans un réfrigérateur chromé, Connor attrape une bouteille de chardonnay et s'en sert un verre avant de revenir dans le salon. La pièce étant glaciale, il augmente le thermo-stat du chauffage, mais l'appareil ne crache que de l'air froid. Pour se réchauffer, il avale son verre d'un trait et s'en sert un autre. Peut-être n'aurait-il pas dû emporter la bouteille avec lui. Comme souvent, dès qu'il n'est plus dans le cadre de son travail, il ressent un gouffre à l'intérieur de lui. Un gouffre que rien ne pourra jamais combler : aucune personne, aucune possession, aucune drogue. C'est ainsi, sa vie privée est à l'image de son appartement : désespérément vide.

Il dénoue sa cravate et fait quelques pas en direction de la baie vitrée. En bas, sur le trottoir, il aperçoit, aussi solitaire que lui, le bonhomme de neige à qui il a donné son écharpe. Connor lève son verre en direc-tion de ce compagnon d'infortune puis s'affale sur le canapé et allume machinalement le grand écran plat accroché au mur. Il coupe le son et se contente de zapper d'un canal à l'autre. Sur une chaîne cinéma passent des extraits de vieux films dont le dénouement survient la nuit de Noël : *It's a wonderful life, Miracle on 34th Street*...

Dans la croyance populaire, cette nuit est censée être particulière : la nuit où tout peut arriver...

Tu parles !

Connor ferme les yeux. L'image d'Evie, cette fille étrange et triste qui a essayé de lui voler son sac, continue de flotter dans son esprit : il sait qu'elle va passer la nuit dans la peur et le froid. Il l'a sentie proche de la rupture, consumée par le poids de sa haine, mais il n'a pas su l'aider.

Voilà ce qu'il se reproche lorsque son téléphone se met à sonner. Il fronce les sourcils. C'est sûrement

Nicole qu'il a oublié de rappeler. Il consulte le signal d'appel qui lui indique : « numéro privé ».

— Allô ?

— Vous êtes… vous êtes Connor McCoy ?

— Oui.

— Je sais qu'il est tard et que je vous dérange, mais…

C'est une voix de femme, plutôt jeune, envahie par la panique :

— … c'est mon père qui m'envoie vers vous… Il m'a dit que vous étiez le seul à pouvoir m'aider…

Chacune de ses paroles est étouffée par un hoquet.

— Que vous arrive-t-il ? demande le médecin.

— J'ai tué quelqu'un.

Un moment, Connor est déstabilisé. À l'autre bout du fil, il n'y a plus que des sanglots et des soupirs.

— Il faut vous calmer, mademoiselle, conseille-t-il. D'abord, puis-je savoir qui vous êtes ?

— Je m'appelle Alyson Harrison.

Connor fait quelques pas jusqu'à la fenêtre. À travers la vitre, plus bas dans la rue, il aperçoit une jeune femme appuyée contre le capot d'une voiture.

— Et où êtes-vous, Alyson ?

Perdue au milieu des flocons, la jeune femme lève les yeux vers une fenêtre du dernier étage. Son regard monte vers Connor et l'atteint au moment exact où elle répond :

— Juste en bas de chez vous.

★

Une heure plus tard

La pièce est plongée dans la pénombre. Alyson est endormie sur le canapé du salon. La panne de chauffage a forcé Connor à étrenner sa cheminée et un bon feu crépite dans le salon. Debout près de la fenêtre, le psychologue regarde sa nouvelle « patiente » avec perplexité.

Il sait qui elle est. Il a déjà vu sa photo dans les journaux et dans les magazines. Il a entendu parler de ses frasques et il n'ignore pas que son nom est généralement synonyme de scandale et de presse *people*. Mais la jeune femme à qui il vient de parler ne s'est montrée ni arrogante ni enfant gâtée. Perdue, rattrapée par un passé qui la pousse chaque jour plus loin vers l'abîme, elle est humblement venue réclamer son aide.

Pendant près d'une heure, Alyson lui a raconté sa terrible histoire : l'accident de voiture qui a coûté la vie au petit garçon, le cadavre que son père a fait disparaître, le refoulement, puis l'impossibilité de « vivre avec ça », la spirale de l'autodestruction et les tentatives de suicide. D'une façon ou d'une autre, elle veut que ce cauchemar s'arrête, même si elle craint qu'il n'existe aucune échappatoire à cet enfer. Ce soir, elle était prête à aller se livrer à la police, mais elle n'en a pas eu le courage. Comme un dernier recours, elle s'est alors tournée vers Connor, suivant ainsi un lointain conseil de son père et bien décidée à remettre son destin entre les mains du médecin.

Connor ajoute une bûche dans la cheminée et attise le feu. Il se souvient à présent que, quelques mois après la parution de son livre, il avait reçu un mot de Richard Harrison. L'homme d'affaires avait été marqué par son ouvrage et désirait le rencontrer. Connor n'avait pas donné suite, et il l'avait regretté lorsque, quelques mois plus tard, alors au sommet de la réussite, le milliardaire avait rendu publique sa maladie.

« Cet enfant que j'ai tué, avait confié Alyson à la fin de son récit, il revient toutes les nuits me hanter dans mes rêves. » À ces mots, Connor avait légèrement tressailli car, en écoutant la jeune femme, il croyait s'entendre lui-même et ressentait sa souffrance comme si c'était la sienne. C'est alors qu'il avait promis de l'aider.

Il lui avait fait prendre un anxiolytique et proposé de passer la nuit chez lui. Demain, il lui parlerait de nouvelles thérapies, mais, en attendant, elle devait prendre du repos. Rassérénée par les paroles du médecin, elle s'était allongée près du feu et avait fini par s'endormir, entortillée dans une couverture.

★

4 H 45 – CONNOR & EVIE

Perdu dans ses pensées, Connor s'apprête à allumer une cigarette lorsque son téléphone sonne de nouveau. Surpris par ce second appel nocturne, il décroche rapidement pour ne pas qu'Alyson se réveille.

— Docteur Connor McCoy ?

— C'est moi.

— Ici la police...

Je vous accuse du meurtre de deux hommes, à Chicago, en 1989.

— ... Lieutenant Dave Donovan, du 14e district...

Je vous accuse d'abriter une meurtrière sous votre toit.

— ... excusez-moi de vous déranger en pleine nuit docteur.

— Que puis-je pour vous, lieutenant ?

— Deux de nos gars viennent d'arrêter une jeune fille mineure qui squattait dans un hall d'immeuble du Village. Elle déclare que sa mère est morte et qu'elle n'a aucune famille à New York.

— Evie Harper ?

— C'est bien le nom qu'elle nous a donné : elle prétend qu'elle est votre patiente.

— C'est… c'est exact, ment Connor. Elle va bien ?

— Elle était en hypothermie, mais ça va mieux maintenant. Théoriquement, je devrais contacter les services sociaux, mais j'ai préféré vous avertir avant.

— J'arrive, promet Connor, avant de raccrocher.

Soulagé, le médecin ressent une sorte d'euphorie à l'idée d'avoir retrouvé Evie. Et si cette nuit était vraiment celle où tout peut arriver ?

— ATTENTION… JEREMY ! ATTENTION !

Connor se retourne vers le canapé d'un mouvement brusque. Agitée de cauchemars, Alyson se débat contre un ennemi invisible.

Il s'agenouille près d'elle et la réveille doucement.

— Il faut que je m'absente un moment, explique-t-il à Alyson.

— Mais vous allez revenir ? demande la jeune femme en émergeant de son sommeil.

— Dès que possible, assure-t-il.

Connor passe dans la cuisine pour lui préparer une infusion.

— Il s'appelait Jeremy, le garçon que vous avez renversé ?

— C'est tout ce que je sais de lui, confirme Alyson. C'était le prénom inscrit sur sa gourmette.

— Sa gourmette ?

— Il portait un petit bracelet au poignet dont le fermoir s'est cassé. Je l'ai ramassé dans ma voiture.

Accompagnant le geste à la parole, elle fouille dans son sac pour en sortir une chaînette à maillons aplatis qu'elle pose sur la table basse.

Connor revient dans le salon et tend à Alyson un mug fumant. Lorsqu'il s'empare du petit bracelet, il est bouleversé et doit accomplir un effort surhumain pour cacher son trouble à Alyson. Il enfile son manteau, articule un vague « à tout à l'heure » et quitte l'appartement. Ce n'est qu'une fois dans l'ascenseur qu'il peut laisser libre cours à sa peine.

Car il sait qui est Jeremy.

★

Commissariat du 14ᵉ district

— Voilà ce que vous m'avez demandé, dit Connor en tendant à l'officier le formulaire de prise en charge médicale qu'il vient de remplir sous ses yeux.

Pendant que le flic parcourt le document avec zèle, Connor fait les cent pas dans le hall. En cette nuit de Noël, une activité intense règne dans le commissariat : de toutes parts surgissent des flics escortant des zonards, des soûlards, des accidentés de la route. Connor déteste cet endroit, comme il déteste ce qui, de près ou de loin, se rapporte à la police. Depuis qu'il a vu *Les Misérables* à Broadway, il se prend pour une sorte de Jean Valjean redoutant sans cesse le retour de Javert. Au plus profond de lui, il est persuadé que le meurtre des dealers refera surface un jour ou l'autre et qu'il finira sa vie entre les murs d'une prison.

— C'est bon, tranche finalement l'officier en classant le formulaire.

Il décroche son téléphone et marmonne quelques mots avant de se tourner vers Connor.

— On va vous amener la fille, annonce-t-il avec la délicatesse d'un patron de bordel.

— Trop aimable.

Pourtant, Connor doit encore poireauter dix minutes avant qu'Evie ne soit libérée.

— Salut, dit-il en l'apercevant enfin.

— Salut, répond-elle en faisant quelques pas dans sa direction.

Elle est sale, affaiblie, et peine à garder les yeux ouverts. Le froid, le manque de sommeil ainsi que son passage en cellule l'ont durement éprouvée.

— On y va ? propose Connor en empoignant le sac à dos de la jeune fille.

★

Ils roulent en silence dans le confort de l'Aston Martin, tandis que la ville blanche et métallique défile sous leurs yeux. Les quelques flocons qui continuent à tomber sont immédiatement chassés du pare-brise par de puissants essuie-glaces.

— Merci d'être venu, soupire Evie d'un ton las. Désolée de vous avoir réveillé en pleine nuit.

— Tu as bien fait, répond Connor, je m'inquiétais pour toi…

Bien que les rues soient désertes, la neige incite à la prudence. Le médecin ralentit au croisement de Houston Street et prend la direction du sud.

— … et de toute façon, je ne dors jamais beaucoup, précise-t-il.

— Je le sais, confirme Evie.

Sur Lafayette Street, alors qu'ils dépassent Nolita et Little Italy, Connor fronce les sourcils.

— Comment ça, tu le sais ?

— Parce que c'est écrit dans le livre.

— Quel livre ?

— *Votre* livre, dit-elle en sortant du sac à dos son vieil exemplaire de *Survivre*.

Déconcerté, Connor hoche la tête et, pour la première fois, surprend un éclair d'espièglerie sur le visage de la jeune fille. Pas un vrai sourire, mais au moins une esquisse.

Evie se penche à la fenêtre. Le jour n'est pas encore levé, mais on sent que la nuit touche à sa fin.

La voiture s'engage à présent dans les rues étroites de Lower Manhattan. Écrasé par les parois verticales des gratte-ciel, le véhicule se faufile à travers un canyon de verre et d'acier, s'enfonçant dans Church Street jusqu'à la zone de Ground Zero.

— Où va-t-on ?

— A la clinique Mozart. C'est là que je travaille lorsque je ne suis pas à mon cabinet.

— Je ne veux pas aller dans un hôpital, prévient l'adolescente.

Il a suffi de quelques secondes pour que ses soupçons et sa méfiance reprennent le dessus, avec toujours cette crainte de ne pouvoir mettre à exécution la vengeance qu'elle porte en elle comme un exutoire.

— Tu dois prendre du repos et te faire soigner, réplique Connor d'un ton qui n'admet pas la contestation.

Mais Evie ne veut rien savoir :

— Je veux descendre ! se plaint-elle en agrippant la poignée intérieure d'ouverture de la porte.

— J'aurais dû te laisser en prison, soupire Connor sans s'arrêter pour autant.

Soudain, alors que la voiture roule à pleine vitesse, l'adolescente ouvre brutalement sa portière et dégrafe sa ceinture de sécurité.

Connor freine brusquement devant Trinity Church. Excédé, il bondit hors de la voiture, contourne l'Aston Martin et attrape la jeune fille par le col.

— Tu veux te tuer ? explose-t-il en la tirant hors du véhicule.

Surprise par la colère du médecin, Evie ferme les yeux et tourne la tête, comme si elle redoutait de recevoir un coup.

— Regarde-toi, bon Dieu ! hurle Connor. Tu ne ressembles plus à rien ! Tu es épuisée, flétrie, vieillie avant l'âge !

L'adolescente contemple son reflet dans la vitre de la portière, mais baisse très vite les yeux, tant ce qu'elle voit lui fait mal.

Connor poursuit :

— Si tu veux crever, continue comme ça, tu es bien partie ! Tu ne connais pas New York. Si je t'abandonne sur ce trottoir, tu ne tiendras pas une semaine ! D'ici là, tu seras morte ou tu feras la pute à quinze dollars la passe ! C'est comme ça que tu veux finir ?

De rage, le médecin balance un coup de poing dans le capot de sa voiture tandis qu'Evie, abasourdie, laisse des larmes brûlantes couler le long de ses joues.

★

Voilà, tout est dit. Ils restent là à se regarder dans le petit matin glacial, à l'ombre des tours mortes. Ils sont brisés, à bout de forces et vides de toute émotion.

Puis, lentement, Connor regagne son siège, allume le moteur et le laisse tourner. Evie, tel un fantôme, reste immobile, debout sur le trottoir.

— Pas une semaine, répète Connor, comme pour lui-même.

★

L'Aston Martin quitte le dédale des rues obscures de Wall Street pour déboucher sur les rives de l'Hudson. Connor rétrograde et s'engage dans Battery Park City. Construit aux portes de l'Océan, le luxueux complexe s'étend sur les remblais provenant de la terre extraite du sol lors de la construction du World Trade Center.

Avec sa carte magnétique, le médecin débloque l'accès à la zone de stationnement et se gare au niveau le plus bas. Il quitte la voiture et traverse le parking sans adresser la parole à Evie qui le suit quelques mètres derrière. Enveloppés dans le silence, ils atteignent l'ascenseur qui les emmène directement dans le hall de la clinique Mozart, un établissement ultramoderne occupant deux étages du Financial Center.

À l'accueil, Connor parlemente un moment avec le responsable de garde et se charge lui-même de remplir le dossier d'admission d'Evie tandis qu'une infirmière accompagne la jeune fille jusqu'à sa chambre.

★

Vingt minutes plus tard

Connor pousse doucement la porte de la chambre. Bien qu'aucune lampe ne soit allumée, une lueur bleu nuit monte de la ville. Vêtue du pyjama de la clinique, Evie est allongée sur le lit, une perfusion dans le bras, le regard perdu dans le vague.

— Ça va ? demande le médecin.

Silence.

Pour tenter de renouer le dialogue, il lui dit lentement tous les mots qu'il a sur le cœur :

— J'imagine qu'on ne t'a jamais apporté beaucoup de soutien ni de compréhension, et que, pour te protéger, tu as érigé une forteresse de dureté et de méfiance…

Evie ne bouge pas d'un pouce, mais Connor entend sa respiration.

— Tu as raison : c'est comme ça qu'on survit à la dureté de la vie et, pendant longtemps, j'ai été comme toi, Evie : je ne faisais confiance à personne.

Comme elle sent le regard de Connor posé sur elle, la jeune fille ferme les yeux.

— Mais rester dans l'isolement et la solitude ne résoudra pas tes problèmes.

Connor fait quelques pas vers la fenêtre. Tandis qu'il continue à parler, son regard se perd vers la marina de North Cove qui, posée au bord de l'eau, offre un écrin somptueux à une cinquantaine de bateaux dont les lumières brillent dans la nuit.

— Dans mon métier, je ne fais pas souvent de promesses, explique-t-il avec des accents de sincérité. Les certitudes n'existent pas lorsque l'on entre sur le terrain des émotions et des terreurs intimes. Je ne peux jamais garantir à un patient qu'il ira forcément mieux après m'avoir consulté.

Soudain, la porte de la chambre s'ouvre et une infirmière prévient Connor :

— Un appel pour vous au standard, docteur McCoy. Il paraît que c'est urgent.

Connor se retourne vers l'adolescente. Les yeux toujours clos, elle a retrouvé une respiration régulière et semble dormir. Le médecin termine néanmoins son étrange profession de foi :

— Ce que je peux te promettre, par contre, c'est que je vais faire tout ce dont je suis capable pour t'aider. Mais si tu veux qu'il y ait une chance que ça marche, il faudra me faire confiance…

Connor se penche vers le lit et lui murmure en guise d'adieu :

— Sans confiance, je ne peux rien.

★

Le médecin empoigne le combiné que lui tend la réceptionniste.

Au bout du fil, une voix de femme qui lui est familière :

— C'est Nicole.

— J'ai voulu te rappeler, commence Connor.

Mais elle balaie ses explications :

— Il faut que tu m'aides, c'est au sujet de Mark.

— Il est revenu ?

— *Oui, mais...*

La voix de Nicole se brise.

— Il vivait dans la rue, tu te rends compte ? Pendant tout ce temps, il vivait avec les clochards ! Il faut faire quelque chose, il ne va pas bien du tout : il est à bout de forces et a du mal à respirer.

— Calme-toi, lui demande Connor, et explique-moi tout.

La voix entrecoupée de sanglots, Nicole lui raconte alors comment, après l'avoir sauvée d'une agression, Mark s'était résolu à passer la nuit chez elle. Bien que blessé, il avait voulu repartir aux premières lueurs de l'aube avec le labrador qui l'accompagnait. Impuissante, Nicole l'avait regardé s'éloigner dans le froid, terrifiée à la pensée de perdre pour la seconde fois l'homme qu'elle aimait. Longtemps, elle était restée immobile au milieu du trottoir, jusqu'à ce qu'elle aperçoive le labrador qui revenait vers elle en aboyant. Elle avait suivi son sillage qui l'avait conduite deux rues plus bas.

Mark n'était pas allé bien loin. Étendu dans la neige, les bras en croix, il avait perdu connaissance et restait insensible aux cris plaintifs du chien.

— Si on ne fait rien, il va mourir, termine Nicole.

— Reste avec lui, réclame Connor. Je vous envoie une ambulance le plus vite possible.

★

La nuit de Noël touche à sa fin.

Malgré le froid, Connor sort sur le parvis de la clinique pour attendre le retour de l'ambulance. Derrière lui s'élèvent les tours de verre et de granit du Financial Center. Pour se réchauffer de la brise matinale, le médecin fait quelques pas le long de la promenade qui borde le fleuve.

Il vient de vivre une nuit insolite au cours de laquelle trois êtres meurtris ont convergé vers lui.

Alyson,

Evie

et Mark.

Trois êtres au bord du précipice, mais encore vivants.

Ce matin, il se sent écrasé par une lourde responsabilité.

Sera-t-il capable de les aider ?

Et comment ?

Pensif, il allume une cigarette et regarde les vedettes de police qui patrouillent dans le port. À présent, le vent souffle fort, chassant les nuages vers l'ouest. La journée sera belle. Connor lève la tête. Très haut, à la faveur d'une trouée de ciel, il aperçoit un avion qui laisse une longue traînée blanche derrière lui.

C'est alors que lui vient une idée.

30

Ouvre les yeux

Living is easy with eyes closed...
John LENNON

Il restera toujours la peur. Un homme peut détruire toute chose en lui-même : l'amour, la foi, la haine et même le doute. Mais aussi longtemps qu'il tient à la vie, il ne peut pas détruire la peur.

Joseph CONRAD

Aujourd'hui
Dans l'avion
Dix-huit heures trente

L'avion poursuivait sa descente vers les nuages, projetant son ombre immense sur l'étendue cotonneuse des cirrostratus.

Mark regagna sa place auprès de Layla et d'Evie qui semblait sommeiller dans son coin.

— Tu as bouclé ta ceinture ?

La petite fille hocha la tête.

— On arrive bientôt, annonça-t-il en lui tapotant la joue. Tu es contente de retrouver la maison ?

Layla le regarda tendrement, mais ne répondit pas à sa question.

Mark n'insista pas et tourna la tête vers le hublot. D'épais nuages filandreux enveloppaient maintenant l'avion comme dans un linceul humide et sombre. Tel un insecte pris au piège, l'Airbus semblait se débattre au milieu de toiles d'araignées célestes.

Finalement, Layla rompit son silence par une phrase sibylline :

— Tu sais, je t'ai vu quand tu étais dans le noir…

— Dans le noir ?

— Dans le tunnel, précisa-t-elle en regardant son père d'un air triste. Le tunnel du métro…

Le tunnel, le noir, le métro…

Il fallut un long moment pour que Mark comprenne que Layla évoquait la période qu'il venait de passer dans les égouts et les souterrains de Manhattan. Deux ans d'enfer dans le monde implacable des sans-abri. Deux ans dans les entrailles de la ville, à hanter les boyaux du métro et les tunnels du réseau ferroviaire. Deux ans pendant lesquels il s'était enterré vivant, rejoignant la faune des marginaux et des drogués. Deux ans passés à noyer son désespoir dans l'alcool…

La panique le gagna d'un coup : comment Layla pouvait-elle être au courant de cet épisode ? Qui lui avait parlé de sa descente aux enfers ? Nicole ? Son ravisseur ?

— Je suis triste lorsque tu vas dans le tunnel, reprit la petite fille. Ne retourne plus là-bas, papa !

— Mais… bredouilla Mark, comment sais-tu que…

— Parce que je t'ai vu, répéta Layla.

— Tu m'as vu, mais où étais-tu ?

— Là-haut… fit-elle en pointant son doigt vers le plafond.

Désemparé, Mark leva la tête en quête de ce « là-haut » qu'il ne pouvait pas voir.

— Il ne faut plus que tu boives, implora Layla. Il ne faut plus que tu t'en ailles. Retourne vivre avec maman.

Bouleversé, Mark essaya de justifier son comportement :

— J'étais parti parce que je n'arrivais plus à faire face. J'avais… j'avais tellement peur pour toi. Sans toi, je ne savais plus à quoi servait ma vie…

En quelques secondes, Mark avait à nouveau perdu toutes ses certitudes et nageait dans le brouillard. Il regarda Layla. Recroquevillée dans son fauteuil, elle semblait si petite. Mark avait bien conscience qu'une donnée essentielle lui échappait : un élément évident qu'il avait sous les yeux depuis le début du voyage.

— Il faut que tu m'expliques quelque chose, chérie, dit-il en se penchant vers Layla.

— Oui ?

— Pourquoi tu ne veux pas parler à maman ?

La petite fille sembla marquer un temps de réflexion. Puis, sentant peut-être que le moment était venu, confessa doucement :

— Parce qu'elle le sait déjà.

— Qu'est-ce qu'elle sait déjà ?

— Que je suis morte, répondit Layla.

★

Au même moment, sur le pont supérieur, Alyson Harrison regarda à travers le hublot : peu à peu, les nuages se dissipaient et laissaient entrevoir des bouts d'océan.

Le visage crispé, elle serrait dans sa main le portefeuille que Mark avait oublié sur la table du Floridita. Pourquoi ressentait-elle cette envie irrépressible d'en explorer le contenu ? C'était autre chose que de la curiosité : un besoin vital, une nécessité profonde, comme si une voix lui chuchotait à l'oreille que sa vie en dépendait.

Il n'y avait pas grand-chose dans l'étui en cuir lustré : deux cartes de crédit, quelques dollars, un permis de conduire, une carte professionnelle ainsi qu'une photo de Mark et de sa femme. Alyson regarda Nicole avec fascination et la trouva belle et distinguée : le genre d'élégance qu'elle rêvait d'avoir, mais qu'elle n'aurait jamais. Elle s'apprêtait à refermer le portefeuille lorsqu'elle remarqua une autre photographie collée derrière celle du couple. C'était le portrait d'une petite fille d'environ cinq ans, au nez retroussé et au sourire malicieux. Sa tenue de sport, ses cheveux courts et sa casquette de base-ball lui donnaient des airs de garçon manqué. Elle avait ramené ses mains sous son menton et, à son poignet gauche, on pouvait voir distinctement une gourmette en argent gravée au nom de Jeremy.

Un éclair traversa douloureusement le cerveau d'Alyson. Elle comprenait tout à présent : l'enfant qu'elle avait renversé avec sa voiture était… la fille de Mark ! Sous l'effet de la panique, de la pluie et à cause de sa tenue de base-ball, elle l'avait prise pour un petit garçon et sa première impression avait été confirmée par le prénom sur le bracelet. Elle apprendrait plus tard que la gourmette appartenait à un cousin de Layla qui lui en avait fait cadeau lorsque son propre poignet était devenu trop grand pour la porter.

Terrifiée, Alyson se leva d'un bond et, malgré les vitupérations de l'hôtesse, se précipita vers l'escalier qui menait au pont principal.

★

— Pourquoi… pourquoi dis-tu que tu es morte ? continua Mark, abasourdi par la réponse de sa fille.

— Parce que c'est vrai, répondit Layla, presque désolée.

— Mais c'est impossible, puisque tu es là.

Elle haussa gentiment les épaules, comme pour faire comprendre que les choses n'étaient pas si simples.

— Depuis quand serais-tu morte ? se força à demander son père.

— Depuis le début, avoua calmement Layla. Depuis que la voiture m'a renversée.

— La voiture ?

— La Jeep, précisa-t-elle.

— Tu… tu n'as jamais été enlevée ?

— Non, c'était un accident. J'étais sortie du magasin pour m'amuser et je me suis perdue à cause de l'orage.

Dépassé par la situation, Mark eut une réaction inattendue :

— Mais pourquoi es-tu sortie ? la gronda-t-il. On t'avait répété mille fois de ne jamais t'éloigner dans les magasins. Il pleuvait, c'était dangereux…

— Quand on est enfant, c'est marrant de marcher sous la pluie, répondit Layla d'un ton désarmant.

Mark sentait ses yeux qui le brûlaient. Aussi irréaliste que soit cette conversation, il savait au fond de lui que Layla lui disait la vérité, même s'il n'était pas encore prêt à l'accepter.

— Je suis morte mais tu ne dois pas être triste, dit la petite fille en lui prenant la main.

— Comment veux-tu que je ne sois pas triste ? demanda Mark d'un ton implorant.

— Parfois, les choses arrivent parce qu'elles doivent arriver, expliqua Layla, fataliste.

Mark comprenait à présent que le temps lui était compté et que, quoi qu'il fasse, la situation finirait par lui échapper. Alors, il serra Layla dans ses bras, comme si cette étreinte pouvait encore l'arracher aux griffes de la mort.

— Parfois, les choses arrivent simplement parce que c'est l'heure, ajouta Layla d'une petite voix, en partie couverte par le bruit des moteurs.

— Non ! cria Mark dans un dernier effort.

Son exclamation se mêla à des éclats de voix en provenance de l'arrière de l'appareil. Le médecin se retourna et vit Alyson qui courait dans sa direction. Lorsqu'elle arriva à un mètre de lui, la jeune femme s'arrêta net.

— L'enfant que j'ai renversé… commença-t-elle d'une voix blanche.

Elle lâcha la photo qu'elle tenait entre ses mains. Le cliché tournoya dans les airs pour venir se poser aux pieds du médecin.

— … je croyais que c'était un petit garçon, compléta Alyson. Mais c'était… votre fille.

Dans le même mouvement, Mark et Alyson se tournèrent vers le siège de Layla.

La petite fille n'était plus là.

Mais ce n'était pas tout.

Les hôtesses, les stewards, les six cents passagers : tout le monde semblait s'être volatilisé ! L'immense A380 était vide. Au milieu du ciel, dans cet avion de plus de cinq cents tonnes, il ne restait plus que trois personnes :

Mark,

Alyson,

Evie.

31

Comme avant

> *Tu prends la pilule bleue, l'histoire s'arrête là, tu te réveilles dans ton lit, et tu crois ce que tu veux.*
> *Tu prends la pilule rouge, tu restes au Pays des Merveilles et je te montre jusqu'où va le terrier.*
>
> Dialogue du film *Matrix*

Aujourd'hui
Dans l'avion

— Qu'est-ce que…

Alyson voulut hurler, mais son cri s'étrangla dans sa gorge.

Evie écarquilla les yeux, saisie d'une terreur incontrôlable.

C'est impossible…

Désemparé par la situation, Mark contemplait d'un œil hébété les centaines de sièges mystérieusement désertés.

Il n'y avait plus personne. En une seconde, les voyageurs et les membres de l'équipage avaient tous disparu.

Le médecin remonta la travée centrale suivi par les deux jeunes femmes. Tous les fauteuils étaient vides. Sur les banquettes, ni vêtements, ni sacs, ni livres, ni journaux. Dans sa course, Alyson ouvrit les compartiments à bagages pour en inspecter le contenu : vide, vide, vide.

— Layla ! gémit Mark. Layla !

Mais son cri de désespoir resta sans réponse.

Alyson et Evie se regardèrent, cherchant chacune dans l'autre un peu de réconfort. *Ce n'est pas la réalité*, pensa Evie pour se rassurer, mais le cauchemar avait l'air si vrai qu'elle fondit en larmes sous le coup d'une peur violente et incontrôlable.

— Les pilotes ! interrogea Mark. Que sont devenus les pilotes ?

En apparence, l'avion était stable et continuait sans accroc sa descente vers New York, mais y avait-il toujours quelqu'un aux commandes ?

Accompagné d'Alyson et d'Evie, le médecin emprunta en courant l'escalier qui menait au pont supérieur. Les première et les classe affaires étaient aussi désertes que le reste de l'avion. Mark s'engouffra le premier dans la zone de service, une salle fonctionnelle qui donnait accès à la cabine de pilotage située entre les deux étages. La porte d'accès au cockpit n'étant pas verrouillée, Mark la poussa avec appréhension.

À l'avant de l'immense cockpit, huit écrans de contrôle encadraient les manches verticaux qui ressemblaient à de gros joysticks. Mais les sièges du pilote et du copilote étaient vides.

Alyson et Evie rejoignirent Mark dans la cabine. Plongés dans l'effroi, tous les trois s'approchèrent de la surface vitrée. L'avion volait bas. Il venait de sortir des nuages et s'approchait de Manhattan. Le jour commençait à tomber et, malgré l'horreur de la situation, les derniers passagers du vol 714 ne purent s'empêcher d'être hypnotisés par le spectacle qui s'offrait à leur vue. La lumière donnait au ciel des reflets cuivrés, découpant la ligne de gratte-ciel la plus célèbre du monde sur un éclatant fond mordoré.

Mais le plus déconcertant, dans le paysage qui s'étendait sous leurs yeux, c'était la présence des deux tours du World Trade Center qui semblaient crever le ciel.

Comme avant...

Avant que Mark ne perde sa fille.

Avant qu'Alyson n'écrase Layla.

Avant qu'Evie ne perde sa mère.

C'était tellement étrange d'avoir remonté le temps et de revoir le « vieux » New York.

Guidé par une force invisible, l'avion avait ralenti son allure. Avec la légèreté d'un planeur, il frôla les tours jumelles, son fuselage blanc se reflétant dans les vitres argentées.

Mark, Alyson et Evie s'étaient rapprochés. Leurs bras, leurs mains, leurs épaules se touchaient. Ils avaient peur et ne voulaient pas être seuls pour traverser cette épreuve.

Que se passait-il ? Chacun de leurs trois cerveaux essaya de trouver une explication rationnelle à ce qu'ils étaient en train de vivre. Le rêve ? Les effets hallucinatoires d'une surdose de cocaïne ou d'alcool ? Non. Cet étrange voyage les avait renvoyés à leurs souffrances les plus intimes. Ils avaient affronté leurs démons, revivant mentalement les moments décisifs de leur existence, essayant tous les trois de prendre du recul sur leur parcours et de mettre de l'ordre dans leur vie comme pour se préparer à... la mort.

La mort…

Était-ce la vraie destination de ce voyage ? Ce vol pouvait-il être une sorte de purgatoire ? La traversée d'un long tunnel lumineux semblable à celui qu'empruntent ceux qui ont vécu une expérience de mort imminente ?

Possible…

Au-dessus de l'East River, l'avion entama un demi-tour aérien qui le fit revenir vers le sud de l'île. À présent, il volait vraiment très bas, à quelques dizaines de mètres seulement du sol et de l'eau. La ville paraissait déserte et immobile. Le gros-porteur dépassa Battery Park et survola la baie de New York jusqu'à Ellis Island et la statue de la Liberté.

*

Quelques secondes avant que l'avion ne s'écrase, Alyson agrippa le bras de Mark et lui murmura :

— Je suis désolée.

Le médecin hocha la tête. Dans son regard brouillé, la compassion l'emporta sur la haine.

Son dernier geste fut de se tourner vers Evie. Comme il lisait de la panique dans les yeux de l'adolescente, il lui prit la main et la rassura :

— N'aie pas peur.

*

L'avion heurta la surface de l'eau avec violence.

Il y eut un cri bref.

Puis du bleu.

Puis du noir.

Et après ?

Et après…

32

La vérité

*Pour trouver le bonheur, il faut
risquer le malheur.*
*Si vous voulez être heureux, il
ne faut pas chercher à fuir le
malheur à tout prix. Il faut plutôt
chercher comment – et grâce à
qui – l'on pourra le surmonter.*

Boris CYRULNIK

Aujourd'hui
Clinique Mozart
Dix-neuf heures

Trois corps.

Mark,

Alyson,

Evie.

Trois corps allongés côte à côte dans une salle d'hôpital.

281

Trois corps placés chacun dans un compartiment inso-
norisé en forme de cocon.

Trois têtes coiffées d'un casque muni d'électrodes
reliées à un ordinateur.

Debout derrière une console, Connor et Nicole atten-
dent avec anxiété que les trois patients émergent de
l'état hypnotique dans lequel ils sont plongés depuis
plusieurs heures.

Il n'y a jamais eu d'avion.

Jamais eu de vol 714.

Jamais eu de crash.

La rencontre, au cours d'un voyage en avion, de Mark,
d'Evie et d'Alyson n'a été rien d'autre que le scénario
d'une thérapie collective basée sur l'hypnose. Une sorte
de jeu de rôle thérapeutique imaginé par Connor pour
soigner les trois personnes qui, cette fameuse nuit de
Noël, étaient venues réclamer son aide.

Ni lui ni Nicole n'avaient jugé raisonnable d'annoncer
à Mark que Layla était morte. Il était dans un tel état de
faiblesse et de désorganisation mentale que cette révé-
lation aurait pu le faire basculer vers le suicide ou la
folie. Pour lui apprendre la terrible nouvelle, Connor
avait eu l'idée de cette mise en scène qui devait également amener Evie à renoncer à sa vengeance et faire
accepter à Alyson la culpabilité d'avoir tué Layla.

Nicole regarda son mari avec inquiétude. Alors que
quelques minutes plus tôt, il semblait dormir paisible-
ment, son corps était à présent agité de petits
mouvements annonçant une prochaine sortie de sa
transe hypnotique. Presque en même temps, Evie
bougea la tête et Alyson étira le bras.

Comprenant que la sortie du « coma » était proche,
Connor examina les écrans d'ordinateur qui s'étalaient
en arc de cercle devant lui. L'hôpital était équipé des
dernières avancées technologiques en matière d'IRM,

ce qui permettait au neurologue de suivre en temps réel l'activité du cerveau de ses patients. Pendant toute l'expérience, il avait surveillé les moniteurs. Durant une séance d'hypnose, l'activité cérébrale était généralement très intense, le relâchement des mécanismes d'inhibition favorisant la production d'images mentales et rendant plus vulnérable aux émotions.

Sur la console de visualisation, Connor constata une augmentation d'activité dans le lobe frontal où siégeait le contrôle des fonctions exécutives, indiquant que les sujets étaient en train de reprendre le contrôle de leur corps. Progressivement, les trois patients émergeaient en effet de leur léthargie.

— J'ai besoin de vous, annonça Connor en pressant le bouton de l'interphone.

Presque aussitôt, deux infirmières accoururent pour assister le réveil des patients et les aider à se débarrasser du goutte-à-goutte qui depuis plusieurs heures diffusait dans leur organisme une solution médicamenteuse à base de DMT, un puissant psychotrope hallucinogène.

Mark fut le premier à ouvrir les yeux et à retirer son casque. Il essaya de se mettre debout, tituba et fut contraint de s'asseoir. Dans sa tête, des milliers d'images et de sensations jaillissaient à une vitesse fulgurante et se télescopaient : l'émotion lors des retrouvailles avec sa fille, sa joie indicible de la savoir vivante, la peur prémonitoire lors du décollage de l'avion, les hallucinations qui l'avaient effrayé, le manque d'alcool qu'il avait cru ne jamais pouvoir surmonter, son étrange rencontre avec Alyson et les confessions d'Evie qui l'avaient tant ému.

— Comment te sens-tu ? lui demanda Connor.

Mark voulut répondre, mais, encore sonné, il porta la main à son crâne. Les images continuaient à exploser dans sa tête, comme des éclairs douloureux : des bribes de son enfance avec Connor, des bouts de son histoire d'amour avec Nicole, la bouille rieuse de Layla devant son énorme glace, puis son visage fragile lorsqu'elle lui avait enfin révélé qu'elle était morte…

Connor s'avança vers son ami et lui mit la main sur l'épaule.

— Ça va aller, mon vieux, ça va aller.

Soutenue par Nicole et une infirmière, Alyson se mit debout difficilement. Elle se débarrassa de son casque et posa ses mains sur ses genoux pour ne pas s'effondrer. La tête lui tournait, elle peinait à respirer. L'hypnose avait été éprouvante et il lui fallut un long moment pour reprendre pied dans la réalité.

À son tour, Evie étira ses jambes, ses bras et sa nuque. Tandis qu'on lui retirait la perfusion, une grande lourdeur s'abattit sur elle, suivie d'une brève sensation de catalepsie. Elle cligna des yeux à plusieurs reprises, peinant à discerner les silhouettes qui tournoyaient autour d'elle. Son premier réflexe fut de regarder son bras : son tatouage, tout comme celui d'Alyson, avait disparu.

Connor regagna sa console pour augmenter progressivement la lumière de la pièce jusqu'alors plongée dans une quasi-obscurité. Brodé sur la poche de sa blouse, le symbole de la clinique apparut aux yeux de tous :

Clinique Mozart

★

Connor avait-il réussi son pari ? Il était encore trop tôt pour le dire. Il était allé en tout cas jusqu'à l'extrême frontière de ses connaissances, incorporant dans cette expérience les enseignements de toute sa carrière.

L'hypnose l'avait toujours fasciné. Depuis des années, il utilisait cette technique pour soigner la dépendance au tabac et à l'alcool, la dépression, les migraines, les insomnies, la boulimie et l'anorexie. L'hypnose permettait de contourner les blocages et de court-circuiter les processus mentaux de défense. Surtout, en état de transe hypnotique, le thérapeute et son patient avaient accès au coffre-fort de l'inconscient où étaient stockées les milliers de données qui gouvernaient la vie de chaque être humain. Dans cet état particulier, le patient était capable d'accéder à des souvenirs oubliés et de vivre des rêves éveillés comme s'ils étaient réels.

Pour guider Mark, Alyson et Evie dans la voie de la guérison, Connor avait élaboré ce scénario comme un jeu de rôle. Le corps « débranché », l'esprit connecté à une sorte de réalité virtuelle, ils avaient dû affronter leurs démons et leurs peurs les plus profondes. Pendant plusieurs heures, Connor les avait guidés, égrenant d'une voix lente des suggestions pour mieux les orienter sur le chemin du deuil, de l'acceptation et du pardon. L'hypnose avait ainsi joué le rôle d'un accélérateur de thérapie, permettant à leur esprit de réaliser en quelques heures des évolutions qui auraient nécessité plusieurs années de psychothérapie classique.

Pour accentuer cet état de transe profonde, Connor avait mis au point un casque magnétique qui, en soumettant le cortex temporal à un champ magnétique intense, devait brouiller la conscience de ses patients. Combiné au DMT, il avait provoqué de puissantes hallucinations ainsi que la résurgence de souvenirs intenses empruntés à leur enfance ou aux périodes traumatiques de leur vie.

À présent totalement réveillés, Mark, Alyson et Evie se jetaient des regards hésitants. Depuis Noël, Connor menait avec eux des entretiens psychologiques individuels et il avait pris garde à ce qu'ils ne se rencontrent jamais entre eux. C'était donc la première fois qu'ils se voyaient dans la « vraie vie » et, même si personne n'osa adresser la parole aux autres, ils se savaient désormais unis par un lien indéfectible. Physiquement, ils se sentaient encore dans un état second, à bout de forces et d'énergie, comme s'ils venaient de courir pendant des heures sans reprendre leur souffle. Mais c'était surtout dans leur esprit que l'évolution était la plus marquante. À l'image du disque dur d'un ordinateur, leur cerveau leur donnait l'impression d'avoir été reprogrammé, défragmenté, purgé de ses virus et de ses fichiers infectés. Mais étaient-ils délivrés du poids du chagrin et de la culpabilité qui les écrasait depuis si longtemps ?

*

Après avoir quitté la clinique, ils se retrouvèrent tous ensemble sur l'esplanade de Battery Park City.

Battue par un vent vif, la promenade qui bordait le fleuve était prise d'assaut par les joggeurs, les vendeurs à la sauvette et les amateurs de roller-blade. Le soleil déclinait déjà, mais le ciel avait toujours cet éclat électrique qui faisait ressortir la couleur printanière des pelouses où les enfants jouaient au ballon et au Frisbee.

Un peu en retrait, Connor regardait ses trois patients en se demandant ce que leur réserverait l'avenir. On ne pouvait pas prévoir les conséquences de ce type de thérapie. Après être sorti de l'état hypnotique, on se sentait presque toujours plus libre et plus léger, mais les effets à long terme n'étaient pas garantis. Connor avait eu des malades qu'il pensait avoir guéris et qui s'étaient suicidés de façon inexplicable. D'autres au contraire, considérés comme des « cas désespérés » par certains collègues, menaient aujourd'hui une vie équilibrée et heureuse.

Serait-ce le cas pour Alyson ? L'héritière venait de s'engouffrer dans un taxi. À travers la vitre, Connor la vit indiquer une direction au chauffeur et parlementer avec lui quelques instants. Finalement, le *yellow cab* démarra et, avant que le véhicule ne se perde dans la circulation, la jeune femme et le neurologue échangèrent un regard bref mais profond. La dernière image que Connor emporta d'Alyson fut celle de sa main qu'elle avait posée contre la paroi de la vitre en signe d'adieu.

Alors que Nicole s'éloignait à son tour pour récupérer sa voiture, Mark et Connor restèrent silencieux côte à côte, les yeux dans le vague.

— Si tu savais comme tout avait l'air vrai... confia Mark au bout d'un moment.

Connor le regarda avec empathie.

— Layla... poursuivit Mark d'une voix tremblante, elle était si réelle... si vivante...

— C'est le seul moyen que j'ai trouvé pour t'aider, expliqua Connor. Lorsque tu es revenu à Noël, tu n'étais pas en état d'apprendre la mort de ta fille. Ça t'aurait tué toi aussi.

— C'est vrai, admit Mark.

Son regard se perdit vers le large, du côté de la statue de la Liberté et d'Ellis Island.

— Merci de m'avoir permis de lui parler une dernière fois, dit-il enfin. C'était si important pour moi...

Connor regarda son ami. Des larmes silencieuses coulaient sur son pull et sur le sol. Alors que les deux hommes tombaient dans les bras l'un de l'autre, Mark ajouta :

— Elle allait bien, tu sais. Elle avait l'air d'être heureuse, là-haut...

Là-haut...

Le mot résonna étrangement dans leur esprit et, à nouveau, chacun se recueillit dans le silence, méditant sur le sens à accorder à ce *là-haut* : pur produit d'un esprit sous hypnose ou véritable au-delà ?

La berline de Nicole s'arrêta devant eux, interrompant leur réflexion. La violoniste ouvrit la vitre électrique et, d'un ton détaché qui masquait mal une certaine inquiétude, demanda à son mari :

— Où veux-tu aller ?

Sans hésitation, Mark s'installa à côté d'elle et répondit :

— Chez nous.

★

À présent, le soleil avait presque disparu. Encore dix minutes et la couleur rose des tours de Battery Park se teinterait de brun et de gris. Connor rejoignit Evie près des rambardes de la marina qui encerclaient la serre du *winter garden*. Bien que l'endroit ait été endommagé par les attentats, il ne restait plus de trace visible du 11 Septembre. Pourtant, Ground Zero était tout proche et il flottait encore dans l'air un trop-plein de mort, de vent, de vie...

Assise en tailleur sur l'un des bancs qui bordaient le fleuve, la jeune fille regardait sans les voir les élégants voiliers alignés dans North Cove.

— Comment tu te sens ? demanda Connor en s'accoudant à la balustrade.

— Ça va, répondit Evie d'un ton neutre.

Sans quitter des yeux l'adolescente, Connor alluma une cigarette et tira dessus avec nervosité. Il aurait tant voulu que sa thérapie réussisse et qu'Evie renonce définitivement à se venger de l'assassin de sa mère.

— Ça vous tuera, constata-t-elle au bout d'un moment.

— Quoi donc ?

— La cigarette.

Connor haussa les épaules.

— Tant de choses tuent…

— Ça ne vous fait donc pas peur de mourir ?

Connor réfléchit quelques secondes, laissant échapper des volutes de fumée.

— Vivre m'effraie bien davantage, avoua-t-il avec une sincérité qui le surprit lui-même.

Malgré tout, il jeta son mégot dans le fleuve et résista à la tentation d'allumer une autre cigarette.

Ces dernières semaines, il n'avait pas beaucoup dormi. Chaque nuit, avec un acharnement perfectionniste, il avait travaillé sans relâche pour mettre au point les étapes de cette thérapie de groupe. À présent, toute la fatigue accumulée rejaillissait de façon inattendue, cassant son corps et brouillant son esprit. Pourtant, il n'avait pas tout à fait terminé sa « mission ». Il fallait encore qu'il s'assure qu'Evie ne passerait pas à l'acte. Et il ne voyait qu'un moyen d'en être sûr. Un moyen violent et inhabituel qu'on n'enseignait pas à l'école de médecine. Mais il n'était pas un médecin comme les autres… Sa réussite, son argent, sa voiture de luxe, son appartement à deux millions de dollars : tout ça, c'était du vent et il le savait. Il n'avait jamais fait partie du petit cénacle des psys new-yorkais. Ce monde n'était pas le sien. Son monde à lui, c'était celui des quartiers délabrés de Chicago, le monde de l'enfance saccagée, de la violence et de la peur.

Après une dernière hésitation, il se rapprocha d'Evie, s'assit à côté d'elle sur le banc et sortit un pistolet à crosse argentée de la poche de son manteau.

*

C'est l'arme qu'il a récupérée vingt ans plus tôt chez les dealers. Une preuve accablante dont il ne s'est pourtant jamais débarrassé, comme si un sixième sens l'avait averti qu'il en aurait encore besoin un jour.

À la vue du flingue, Evie est restée stoïque. Comme Connor, elle vient du monde d'en bas : le monde du fracas et des coups, le monde où le pire arrive plus souvent que le meilleur.

— Je l'ai retrouvé, expliqua Connor.

— Qui ? demanda-t-elle en accrochant son regard au sien.

— Craig Davis, l'assassin de ta mère.

À présent, leurs deux visages n'étaient plus séparés que de quelques centimètres. Connor vit Evie tressaillir légèrement et une flamme subite s'alluma dans ses yeux.

— Il habite un petit immeuble, juste derrière la cathédrale St. John the Divine. Depuis une semaine, j'y vais tous les soirs. Je connais le numéro de son appartement, le code de la porte d'entrée, ses horaires de garde et l'endroit où il va faire ses courses.

D'instinct, Evie sentit que Connor lui disait la vérité, mais pas un instant elle ne se douta de l'étrange proposition qu'il allait lui faire :

— Si tu me le demandes, je suis prêt à aller le tuer, dit-il en désignant le pistolet de la tête.

Evie fut abasourdie par l'offre de Connor.

— Si tu veux vraiment te venger, continua le neurologue, ça peut être terminé ce soir. Tu n'as qu'un mot à dire et, dans une heure, Craig Davis ne sera plus de ce monde.

Evie fut d'autant plus déconcertée qu'elle comprit que ce n'étaient pas des paroles en l'air.

— Maintenant, c'est toi qui décides, dit Connor en se levant, bien conscient d'avoir remis son destin entre les mains de l'adolescente.

*

Il se passa peut-être une minute avant qu'Evie vienne rejoindre Connor près de la rambarde. Sans un mot, délicatement, elle lui prit des mains le pistolet, dernier témoin de l'épisode douloureux qui avait marqué la vie du médecin.

Avec un mélange incertain de répulsion et de fascination, elle regarda l'arme quelques secondes avant de la projeter de toutes ses forces dans les eaux froides de l'Hudson.

*

Le soleil avait maintenant complètement disparu. Face à l'éventail de gratte-ciel illuminés, la jetée était presque déserte. Longtemps, Connor et Evie étaient restés silencieux, immobiles, ensemble et solitaires. Puis le vent s'était levé d'un coup et Evie avait frissonné.

Alors qu'ils revenaient vers la clinique, Connor posa son manteau sur les épaules de la jeune fille.

Ils échangèrent un regard apaisé et Connor comprit qu'il l'avait sauvée.

Et qu'elle l'avait sauvé à son tour.

Épilogue n° 1

La vie d'après…
Mark & Alyson

Mark ne reprit jamais son travail au sein du cabinet de Connor.

Deux mois après la thérapie, il trouva un poste de « psychiatre des rues » au sein d'une association d'aide aux SDF. Pendant la journée, il arpentait la ville, supervisant une centaine de sans-abri qu'il essayait de faire décrocher de l'alcool, de sortir de la rue et d'éviter qu'ils n'y retombent. Il s'investit totalement dans ce nouveau combat et y connut des réussites. Sa propre descente aux enfers l'avait transformé : le jeune psy, ambitieux et sûr de lui, avait cédé la place à un homme plus vulnérable, mais plus humain.

★

Souvent, il lui arrivait de voir Layla, au détour d'une rue, assise sur les marches d'un perron ou sur la balançoire d'un *playground*. Elle avait le même beau visage, grave et serein, que dans l'avion. Elle ne parlait pas, mais lui faisait un petit signe de la main auquel il répondait discrètement. Ça le rassurait de savoir qu'elle était là, dans son ombre, à veiller sur lui comme l'ange gardien de son enfance. Il n'en parla ni à Connor ni à Nicole, car il savait bien que ces apparitions n'avaient lieu que dans sa tête. Mais qu'importe : cet imaginaire faisait partie de l'équilibre qu'il s'était construit pour reprendre pied.

Et c'était tout ce qui comptait.

*

Un matin de septembre, en allumant la radio, Mark apprit la mort d'Alyson Harrison dans un accident d'hélicoptère en Amazonie. À la tête de l'une des fondations créées par son père, la jeune héritière s'était, depuis quelques mois, beaucoup investie dans le combat écologique contre la destruction de la grande forêt tropicale.

*

Il fallut plusieurs semaines pour localiser l'épave de l'hélicoptère, mais on ne retrouva jamais ni le corps du pilote brésilien ni celui de la riche héritière.

*

En novembre, Mark reçut une carte postale envoyée de Lhassa. La photo représentait la sculpture d'une roue de la loi devant l'entrée d'un monastère tibétain.

Le courrier n'était pas signé, mais il comprit tout de suite qu'il provenait d'Alyson.

Sur la carte, ces quelques mots :

> *Je pense à vous souvent.*
>
> *Peut-être aviez-vous raison : peut-être que l'on peut réellement refaire sa vie et pas seulement se contenter de la continuer. C'est en tout cas l'espoir auquel je vais m'accrocher désormais.*
>
> *En attendant, je voulais vous faire parvenir quelque chose. J'ai retrouvé ces notes sur l'un des carnets que tenait mon père. J'aime à croire qu'il les avait conservées avec l'intention de vous les remettre un jour...*

Suivaient trois mots : *latitude, longitude, altitude...* accompagnés d'une série de chiffres qui plongèrent Mark dans la perplexité jusqu'à ce qu'il en comprenne la signification.

C'étaient les coordonnées GPS de l'endroit où était enterrée Layla.

*

Un samedi de décembre, Mark et Nicole traversèrent en voiture les massifs montagneux et les plaines rocailleuses du désert de Mojave. Au début d'un après-midi sans soleil, ils arrivèrent dans une étendue sauvage, non loin des frontières du Nevada. Comme le leur suggérait le récepteur GPS, ils quittèrent la route principale pour s'enfoncer dans une zone faite de cailloux poussiéreux et de rochers déchiquetés. Au milieu de cette terre aride, ils avisèrent une parcelle un peu à l'écart, au sol craquelé, mais protégée par un arbre de Joshua. Ils surent immédiatement que c'était *là*. Ils descendirent de la voiture et, main dans la main, s'avancèrent vers l'endroit où était enterrée leur petite fille.

Six ans après sa mort, ils purent enfin lui dire adieu.

★

Puis la vie les rattrapa...

Un jour, Mark se surprit à sourire et à nouveau parla d'avenir.

Avec le temps, les apparitions de Layla s'espacèrent.

Ce n'est pas qu'il ne pensait plus à sa fille, mais il y pensait autrement.

Il pouvait désormais se souvenir d'elle sans en souffrir atrocement.

Un soir, Nicole lui annonça qu'elle était enceinte et il accueillit la nouvelle avec joie.

Ils eurent un premier fils puis un deuxième, trois ans plus tard.

★

Et les années passèrent...

Une fin d'après-midi de juillet, dix ans après le début de cette histoire, une étrange rencontre eut lieu à l'aéroport d'Heathrow.

Cet été-là, Mark et Nicole avaient pris de longues vacances pour faire découvrir à leurs fils – Théo, huit ans, et Sam, cinq ans – les merveilles du Vieux Continent. Après avoir visité Athènes, Florence, Paris et Londres, la petite famille s'apprêtait maintenant à s'envoler pour Lisbonne.

— Allez viens, Sammy ! lança Mark en soulevant le petit garçon pour le mettre sur ses épaules tandis que Nicole attrapait Théo par le bras. Ainsi regroupés, tous les quatre empruntèrent l'escalier roulant qui menait aux zones d'embarquement.

Un couple descendait en sens inverse. L'homme, de type sud-américain, couvait des yeux sa femme et sa fille, une jolie petite métisse à la peau cuivrée.

Lorsque les deux familles arrivèrent au même niveau, le regard de Mark croisa brièvement celui de la femme qui passait devant lui. Il fut certain qu'il s'agissait d'Alyson Harrison. Physiquement, elle avait subi une métamorphose : la blonde anguleuse au corps filiforme et à l'allure sophistiquée était à présent une femme épanouie, brune, avec quelques rondeurs qui lui donnaient un air tranquille. Ses yeux seuls n'avaient pas changé.

Mark s'était souvent demandé ce qu'était devenue Alyson. Quelques mois après sa mort présumée, il avait lu dans un journal que la veuve de Richard Harrison avait repris les rênes de l'empire Green Cross après la disparition tragique de sa belle-fille.

Et ce fut tout.

C'est sur cette dernière information qu'Alyson tira sa révérence à la presse, elle qui, pendant des années, avait fait la une des tabloïds du monde entier.

Quand il s'interrogeait sur les sentiments que lui inspirait désormais Alyson, Mark n'éprouvait aucune amertume et espérait même qu'elle avait trouvé la paix.

Lorsqu'il la croisa sur l'escalator, Mark devina que l'ex-héritière avait refait sa vie sous une autre identité, en compagnie du pilote d'hélicoptère qui l'avait aidée à simuler sa mort, et qu'elle était enfin heureuse.

Alyson elle aussi l'avait reconnu. Ils n'échangèrent qu'un long regard, mais chacun put voir dans celui de l'autre le reflet de tout ce qu'il éprouvait.

Épilogue n° 2

Leur histoire…
Evie & Connor

Chicago

Evie sortit en courant de l'hôpital et grimpa dans le taxi qui l'attendait depuis vingt minutes. Elle donna au chauffeur l'adresse d'un restaurant sur Magnificent Mile puis, encore en blouse blanche, entreprit de se changer à l'arrière du véhicule.

Dix ans s'étaient écoulés depuis sa première rencontre avec Connor. L'adolescente écorchée vive était devenue une belle jeune femme de vingt-cinq ans. Deux mois plus tôt, elle avait brillamment décroché son diplôme de médecine et commençait cette semaine sa première année de résidanat dans le service des grands brûlés du Chicago Presbyterian Hospital. L'endroit où, bien des années plus tôt, Connor avait été soigné après son agression. Une coïncidence qui n'en était pas vraiment une…

Evie avait fait tout ce qu'il fallait pour obtenir ce poste. Elle avait souhaité venir dans la ville où Connor était né et où il avait passé son enfance. Elle voulait marcher dans ses pas, voir ce qu'il avait vu, souffrir ce qu'il avait souffert, jusqu'à ce qu'elle se confonde avec lui.

Pour fêter son diplôme, elle avait invité Connor au restaurant. Une manière de le remercier de tout ce qu'il avait fait pour elle depuis dix ans : avoir toujours été présent, lui avoir payé ses études et l'avoir accueillie au sein de la famille qu'il formait avec Mark et Nicole.

Et puis, elle avait aussi un aveu à lui faire.

Quelque chose qui pesait sur son cœur depuis long-temps…

*

Deux jours plus tôt, lors d'une visite guidée destinée au nouveau personnel, Evie avait croisé la doyenne de l'hôpital, Loreena McCormick, qui avait autrefois dirigé le service des grands brûlés. Sans l'avoir jamais vue, Evie savait qui elle était. Connor lui avait parlé d'elle et de son dévouement lors de son hospitalisation.

— C'est grâce à elle si je suis encore de ce monde, avait-il confessé dans un de ses rares moments d'abandon.

Evie était donc curieuse de rencontrer la doctoresse. Ce qui la surprit, en revanche, ce fut l'insistance trou-blante avec laquelle la doyenne la regarda, alors qu'elle n'était pas censée la connaître.

La perplexité de la jeune femme s'était encore accrue le lendemain lorsqu'elle avait reçu de Loreena McCormick un courrier électronique se résumant au simple numéro de dossier d'un mystérieux patient.

Évie s'était renseignée, mais le dossier était trop ancien pour être consulté en ligne. Au milieu de la nuit, après sa garde, elle s'était donc rendue aux archives reléguées dans le troisième sous-sol. Pendant des heures, elle avait arpenté les couloirs formés par des étagères croulant sous le poids des cartons, avant de mettre la main sur le dossier référencé.

C'était celui de Connor.

★

Elle l'ouvrit, les mains tremblantes. Au milieu des radiographies et des comptes rendus d'opérations, Evie découvrit des dizaines de dessins réalisés par Connor lors de son hospitalisation. La gorge serrée, elle regarda attentivement les premières esquisses puis les suivantes. C'était toujours le même visage de femme, crayonné avec une extrême douceur.

Et ce visage, c'était le sien.

★

Elle décida d'interpréter cet épisode comme un signe du destin. Un signe qui devait lui donner le courage d'avouer son amour à Connor.

Les racines de l'attachement d'Evie étaient profondes.

Après la séance d'hypnose, Connor s'était senti responsable de la jeune fille qui lui rappelait tant l'adolescent qu'il avait été.

« Elle est des nôtres », avait reconnu Mark pendant la thérapie, et c'est vrai qu'ils avaient traversé les mêmes épreuves, ressenti les mêmes humiliations.

Dès le début, ils avaient été proches et l'affection de Connor pour Evie n'avait fait que se renforcer au fil des ans.

De son côté, Evie n'avait plus que lui au monde. En acceptant son aide, elle avait remis sa vie entre ses mains et il était devenu tout pour elle. Souvent, elle se remémorait la liste qu'elle avait dressée à la fin de son journal lorsqu'elle vivait encore à Las Vegas. Peu de choses s'étaient réalisées. Elle n'était jamais allée en vacances avec sa mère. Celle-ci était morte sans avoir eu son nouveau foie. Mais Evie avait réussi à partir pour New York et elle avait enfin rencontré quelqu'un qui la comprenne.

Quant à son dernier vœu – *« qu'un jour, quelqu'un tombe amoureux de moi »* –, elle ne souhaitait qu'une chose : que ce quelqu'un soit Connor.

★

Connor arriva le premier devant le restaurant. Il abandonna au voiturier le coupé BMW qu'il avait loué à l'aéroport et prit l'ascenseur jusqu'à la terrasse panoramique qui dominait la Chicago River. On l'installa à une table baignée de soleil d'où il put contempler à loisir la forêt grandiose de gratte-ciel qui s'étendait devant lui. C'était la première fois qu'il remettait les pieds dans cette ville qui l'avait vu naître et qu'il avait quittée trente ans plus tôt dans de tragiques circonstances. Il était parti en banni, il revenait en conquérant.

Ces dix dernières années avaient été fastueuses. Ses expérimentations dans le domaine de la thérapie par l'hypnose étaient à présent reconnues par ses pairs et enseignées dans les écoles de médecine. Grâce à cette méthode, il avait soigné des centaines de personnes et reçu deux années d'affilée le titre de *Best Doctor in America*.

Côté famille : il était le parrain des deux fils de Mark qu'il continuait à voir presque quotidiennement. Même s'ils ne travaillaient plus ensemble, les deux amis étaient restés très proches. Mark était d'ailleurs le seul à qui il ait osé confier le secret qui le tourmentait depuis bientôt deux ans et contre lequel il luttait…

★

Dans le taxi, Evie enleva ses baskets qu'elle remplaça avantageusement par une paire d'escarpins. Elle fouilla dans son sac pour en sortir une petite trousse de maquillage. Hop ! un peu de poudre, un trait d'eye-liner et le tour était joué. Elle voulait être belle, comme sur les dessins de Connor.

Quelle allait être sa réaction en l'entendant lui révéler sa flamme ? Elle n'en savait strictement rien. Mais elle ne pouvait pas taire son amour plus longtemps car, en grandissant, il était en train de l'étouffer et de la détruire.

Tout ce qui lui était arrivé de bien dans sa vie l'avait été grâce à Connor. Souvent, elle se demandait ce qu'elle serait devenue si sa route n'avait pas croisé celle du neurologue, ce fameux soir de Noël où elle avait cherché à lui voler son sac. Où serait-elle à présent ? En prison ? Morte ? Serveuse dans un motel de troisième zone ? Parfois, la réussite d'une vie tenait à pas grand-chose : une rencontre, une décision, une chance, un fil…

Toutes ces années, elle avait constamment cherché à l'épater, quêtant sans cesse son approbation. Tout ce qu'elle entreprenait, elle le faisait pour lui. Car il n'y avait qu'avec lui qu'elle se sentait réellement elle-même. Connor était sa partie manquante. Il savait tout d'elle et elle savait tout de lui. Elle sentait ses fractures, ses failles, ses peurs.

Surtout, lorsqu'elle se projetait dans l'avenir, c'est toujours lui qu'elle voyait à ses côtés et elle n'imaginait personne d'autre pour être le père de ses enfants.

★

Connor regarda sa montre et but une gorgée d'eau minérale. Pourquoi avait-il accepté cette invitation ? Pourquoi s'imposait-il cette souffrance ?

Pendant longtemps, Evie et lui avaient été très complices puis, ces derniers temps, Connor s'était éloigné, multipliant les conférences à l'étranger et ne la prenant plus au téléphone. Pourquoi ? Parce qu'il s'était rendu compte qu'il était tombé amoureux de la jeune femme et qu'il ne se sentait plus capable de maquiller son amour en simple affection. Il aimait tout chez elle : sa voix, ses gestes, son sourire, le grain de sa peau, et elle savait tout sur lui. Lorsqu'il était avec elle, Connor sentait se réveiller ce qu'il avait enfoui au fond de lui-même : l'espérance, l'envie de s'ouvrir aux autres et la foi en l'avenir. En tant que neurologue, il savait bien que le processus amoureux n'était rien d'autre qu'une affaire de biologie, d'hormones et de neurotransmetteurs. Mais cela ne changeait rien à son problème : il fallait qu'il s'arrache à l'emprise de cet amour.

Même s'il gagnait le cœur d'Evie, la perspective de la perdre un jour suffisait à le faire renoncer. Il venait d'avoir quarante-cinq ans. Il était au sommet de sa carrière et de sa popularité. Pour l'instant, il était encore séduisant et attractif. Mais demain ? Dans dix ans, quinze ans, vingt ans ?

Soudain, n'y tenant plus, il se leva brusquement. Qu'est-ce qu'il foutait dans ce restaurant pour touristes, à attendre une femme qu'il ne pourrait jamais aimer ?

Il jeta un billet sur la table, se fraya un chemin vers la sortie et appela l'ascenseur pour quitter la terrasse.

★

Le taxi déposa Evie devant le restaurant.

Elle traversa la salle principale et appela l'ascenseur pour gagner la terrasse.

Les deux cabines se croisèrent sans qu'ils en sachent rien.

À quoi tient que deux amours se ratent ? Une poignée de secondes, une hésitation, une chance, un fil…

★

Connor récupéra sa voiture et, l'esprit désordonné, décida de regagner l'aéroport. Il allait s'engager sur la voie express lorsque, dans une inspiration aussi soudaine que dangereuse, il effectua un demi-tour et prit la direction du quartier de son enfance.

★

En trente ans, peu de choses avaient changé à Greenwood. Le processus d'embourgeoisement qui avait touché une partie du South Side n'avait pas atteint les tours délabrées de la cité de son enfance. Connor gara le coupé flambant neuf au milieu du parking. À son époque, une voiture comme ça aurait été volée ou brûlée en moins d'un quart d'heure. Tiendrait-elle plus longtemps aujourd'hui ? Sans doute pas, à en juger par les regards et les quolibets que lui lançaient déjà un groupe de zonards. Connor passa devant eux sans dévier sa trajectoire d'un iota. Un ballon de basket roula jusqu'à ses pieds. Il se baissa pour le ramasser et le renvoya en direction des deux gamins qui jouaient en « un contre un » sur le terrain où Mark et lui avaient si souvent usé leurs semelles. Avec une certaine appréhension, Connor pénétra dans le hall de son ancien immeuble. Seule une partie des boîtes aux lettres étaient arrachées. Sur les boîtes restantes, il retrouva quelques noms autrefois familiers, mais pas celui de sa dernière famille d'accueil.

Dans la cage d'escalier, un gosse faisait ses devoirs en silence.

Il y en a toujours un, pensa Connor en lui adressant un signe de tête.

Puis il emprunta l'escalier qui menait au local des poubelles. Le pas mal assuré, il descendait lentement, en se tenant à la rampe en béton. Pourquoi faisait-il ça ? Qu'allait-il chercher dans cet endroit froid et sombre où il avait perdu son enfance ?

— ALORS, LA LOPETTE, TU SAIS CE QU'ON EN FAIT, NOUS, DES ORDURES ?

Il se retourna en sursaut, mais il n'y avait personne. Juste son imagination qui lui jouait des tours. Trente années s'étaient écoulées depuis cette soirée tragique mais, dans sa tête, la plaie était toujours aussi vive.

Arrivé au seuil du local, il actionna l'interrupteur. La pièce resta dans le noir, comme si l'ampoule brisée n'avait pas été changée depuis tout ce temps. Il hésita à entrer. Que cherchait-il à se prouver ? Qu'il n'avait plus peur ? Qu'il pouvait affronter ses démons ?

Avec appréhension, il pénétra néanmoins dans la pièce et referma la porte métallique derrière lui.

— LES LOPETTES, ON LES FAIT CRAMER, cria une voix dans sa tête.

À présent, il était seul dans le noir, cerné par les ténèbres. Il sentait son corps qui tremblait et les gouttes de sueur qui coulaient le long de son dos. Il y eut un nouveau bruit et, malgré l'obscurité, il lui sembla distinguer la silhouette fantomatique d'un gosse de quinze ans. Son cœur s'accéléra. Il fit quelques pas dans sa direction et se vit tel qu'il était autrefois avec sa pâleur, sa maigreur et ses habits trop étroits pour son âge. L'enfant qu'il avait été le regardait comme un visiteur trop longtemps attendu. Connor sentit se réveiller en lui cette peur ancestrale qui ne l'avait jamais abandonné et qui lui avait si souvent gâché la vie.

— Tu ne dois plus avoir peur, lui murmura le jeune adolescent.

Connor lui répondit tristement :

— Mais c'est pour toi que j'ai peur.

L'autre le regarda d'un air qui se voulait rassurant :

— Moi, ça va, maintenant.

Connor posa la main sur l'épaule de l'enfant qu'il avait été, puis il ferma les yeux et laissa la peur refluer lentement.

Et disparaître.

★

Lorsque Connor sortit de l'immeuble, Evie l'attendait près de la voiture. Elle n'avait pas été longue à le retrouver. Au fond d'elle-même, elle s'était toujours doutée que tout finirait ici, au pied des tours de l'enfance que l'on ne quitte jamais vraiment.

Confiante, elle avança vers lui.

Elle savait que tout irait bien désormais.

Car là où on s'aime, il ne fait jamais nuit.

Pour en savoir plus :

www.guillaumemusso.com

Entre nous…

Chère lectrice, cher lecteur,

Depuis maintenant quatre livres, vous me faites l'honneur et la confiance de me suivre à travers mes personnages et mes univers.

Vous avez été nombreux à m'écrire pour me témoigner votre attachement à mes histoires qui sont devenues les vôtres. J'ai lu chacune de vos lettres et chacun de vos messages.

On s'est parfois croisés, au détour d'une séance de dédicaces : quelques paroles touchantes, forcément trop brèves ; quelques mots chaleureux, trop vite échangés…

Après chacune de ces rencontres, toujours la même impression : celle de ne pas vous avoir dit l'essentiel.

Et l'essentiel, c'est : merci.

Merci de faire vivre mes romans.

Merci de les faire exister, de les faire connaître, de les défendre.

Car c'est votre lecture qui donne désormais du sens à mes mots.

Mais sans doute saviez-vous déjà tout ça…

À bientôt, entre deux pages.

Guillaume
6 mars 2007

Les mystérieuses phrases qui apparaissent sur le mur en page 98 reviennent, l'une, à Marie Curie (« Rien n'est à craindre, tout est à comprendre ») et l'autre, à Ernest Hemingway (« Un homme, ça peut être détruit, mais pas vaincu »).

À l'ombre des tours mortes, l'expression employée au chapitre 29, est le titre d'un album illustré d'Art Spiegelman, écrit après la tragédie du 11 Septembre.

Table

1. La nuit où tout commença................................9
2. La disparue................................19
3. Quelqu'un qui me ressemble................................31
4. Le chemin de la nuit................................45
5. Lumière................................49
6. Vivante................................53
7. Made in heaven................................61
8. Le terminal................................67
9. Alyson. Premier flash-back................................79
10. Dans l'avion................................87
11. Evie. Premier flash-back................................101
12. Mark & Alyson................................111
13. Alyson. Deuxième flash-back................................115
14. La roue de la vie................................127
15. Evie. Deuxième flash-back................................135
16. Evie. Troisième flash-back................................143
17. Losing my religion................................149
18. Survivre................................155
19. Mark & Connor. Premier flash-back................................159
20. Mark & Connor. Deuxième flash-back................................171
21. Au-delà des nuages................................189
22. Evie. Quatrième flash-back................................191
23. Le mot de passe................................197
24. The Good Life................................207
25. Mark & Connor. Troisième flash-back................................213

26. Notre vengeance sera le pardon.............................233
27. Alyson. Troisième flash-back...............................241
28. La vie devant toi...253
29. La nuit où tout commença (suite).........................257
30. Ouvre les yeux...271
31. Comme avant..277
32. La vérité...281
Épilogue n° 1. La vie d'après... Mark & Alyson.....293
Épilogue n° 2. Leur histoire... Evie & Connor.........299

Le plus difficile n'est pas de rencontrer l'amour, c'est de savoir le garder

(Pocket n° 12861)

Un soir d'hiver en plein cœur de Broadway, Juliette, jolie Française de ving-huit ans, croise la route de Sam, jeune pédiatre new-yorkais : ils vont s'aimer le temps d'un week-end intense, magique, inoubliable. Mais Juliette doit retourner à Paris et Sam ne sait pas trouver les mots pour la garder à ses côtés. Et l'avion de Juliette explose en plein ciel. Pourtant, leur histoire est loin d'être terminée...

Il y a toujours un Pocket à découvrir

Et si on nous donnait la chance de revenir en arrière ?

(Pocket n° 13269)

« *Papa ?*
— Non, Elliott, je ne suis pas ton père.
— Alors, qui êtes-vous ?
L'homme me posa la main sur l'épaule. Une lueur familière brilla dans ses yeux. Il sembla hésiter quelques secondes avant de répondre :
— Je suis toi, Elliott... »

Elliott est revenu trente ans en arrière : pourra-t-il modifier le destin qui lui avait alors enlevé Ilena, sa bien-aimée ?

Imprimé en France par

à La Flèche (Sarthe)
en août 2012

POCKET – 12, avenue d'Italie – 75627 Paris Cedex 13

N° d'impression : 69902
Dépôt légal : mars 2011
Suite du premier tirage : août 2012
S21074/06